O SILÊNCIO DOS LIVROS

FAUSTO LUCIANO
PANICACCI

O SILÊNCIO DOS LIVROS

FAUSTO LUCIANO PANICACCI

1ª IMPRESSÃO
2019

PandorgA
NACIONAL

Todos os direitos reservados
Copyright © 2019 by Editora Pandorga

Direção Editorial
Silvia Vasconcelos
Produção Editorial
Equipe Editorial Pandorga
Preparação e Revisão
Equipe Editorial Pandorga
Diagramação
Cristiane Saavedra (CS EDIÇÕES)
Capa
Gisely Fernandes (CS EDIÇÕES)

Todos os direitos reservados e protegidos pela lei 9.610 de 19/02/1998. Nenhuma parte deste livro, sem autorização prévia por escrito da editora, poderá ser reproduzida ou transmitida sejam quais forem os meios empregados: eletrônicos, mecânicos, fotográficos, gravação ou quaisquer outros.

Texto de acordo com as normas do Novo Acordo Ortográfico da Língua Portuguesa (Decreto Legislativo nº 54, de 1995)

Dados Internacionais de Catalogação na Publicação (CIP)
Ficha elaborada por: Aline Graziele Benitez CRB-1/3129

P15s   Panicacci, Fausto Luciano
1.ed.   O silêncio dos livros / Fausto Luciano Panicacci. – 1.ed. São Paulo: Pandorga, 2019.

256 p.; 16 x 23 cm.

ISBN: 978-85-8442-392-7

1. Literatura brasileira. 2. Ficção. I. Título.

CDD 869.93

Índice para catálogo sistemático:
1. Literatura brasileira: ficção

2019
IMPRESSO NO BRASIL
PRINTED IN BRAZIL
DIREITOS CEDIDOS PARA ESTA EDIÇÃO À
EDITORA PANDORGA
RODOVIA RAPOSO TAVARES, KM 22
GRANJA VIANA – COTIA – SP
Tel. (11) 4612-6404
WWW.EDITORAPANDORGA.COM.BR

*Para Gabrielle, João, Benício e Liz,
com Amor.*

Agradecimentos: à minha mãe Maria Bernadete Rochetto e aos meus tios, que me conduziram, ainda muito cedo, ao mundo dos livros; às professoras que incentivaram o amor pela Literatura e por nossa maravilhosa Língua; e aos valiosíssimos amigos que leram o original ou de qualquer outra forma participaram da realização desta obra.

festina lente
(apressa-te lentamente)

PREFÁCIOS

Os muitos dizeres de um silêncio:
O silêncio dos livros

Beatriz Virgínia Camarinha Castilho Pinto
MESTRE EM LINGUÍSTICA

O silêncio dos livros é uma grande metáfora sobre o papel dos livros na vida das pessoas. É uma declaração de amor à Literatura e também à Língua Portuguesa, cuja história recria miticamente. É, ainda, uma trama romanesca sobre o amadurecimento.

O romance se passa num futuro próximo, em que os livros estão proibidos e a relação das pessoas com o mundo – e consigo próprias – é mediada pela tecnologia. Nesse ambiente, circulam um homem que só virtualmente interage com mulheres, uma mãe cuja única ocupação é ver tevê, uma adolescente que se relaciona com o mundo apenas por meio das redes sociais, e uma menina que adora histórias – porém estas são proibidas. O conflito se acirra quando chega à cidade um estrangeiro empenhado na liberação dos livros, portando um misterioso caderninho de anotações.

A história se inicia em Vila Nova de Gaia, Portugal, contada sob o ponto de vista da menina: *Era um daqueles períodos da História tão tragicamente adultos que o absurdo só se faz visível aos olhos da infância.* A segunda parte do romance é ambientada no Brasil, narrada do ângulo de visão de um misterioso personagem, enquanto a terceira parte se passa novamente na região do rio Douro, mais uma vez sob a perspectiva da menina.

Fazer o leitor ver o mundo pelos olhos de uma criança é um dos grandes achados do romancista, que, com tal recurso, leva ao extremo o efeito de estranhamento e a sensação de absurdo. O leitor sente junto com a menina, sente aquilo que ela sente.

O silêncio dos livros é um romance para ser saboreado não só pelo seu enredo recheado de tensões e suspense, mas também pelos detalhes de sua construção, como o trabalho com a linguagem, as descrições impactantes e a escolha dos nomes dos personagens. A menina chama-se Alice, mas a família só a trata por "menina". O que significa não ser alguém tratado pelo nome? E por que o autor escolheu o nome Alice? Quem é a Alice do universo dos livros, já que estes são o tema do romance? E sua irmã, por que tem ela o nome de Beatriz? A qual personagem literário tal nome remete? A Beatriz do romance é um espelho ou um espelho invertido da musa de Dante Alighieri? Recuperar a memória literária dos nomes é uma forma de demandar a participação ativa do leitor e, assim, agregar novos sentidos à obra.

Manejando uma linguagem precisa e poética, o autor cria metáforas surpreendentes, seja com advérbios: *períodos tragicamente adultos*; seja com expressões adjetivas: (a menina) *inundada de ausências;* seja ainda com verbos: *o barulho de louça dançando na pia da cozinha*. Também explora recursos estilísticos como os oxímoros: *aconchego de uma serenidade agitada*; a sonoridade: *o odor era de penas e peles em brasa*; e o polissíndeto: *repetiu tudo com a segunda cova, e com a terceira, e com a outra, e mais outra...* Sabe convidar o leitor a desvendar sentidos apenas sugeridos, interpretando um silêncio feito de não-ditos, porém prenhe de significados possíveis.

O romance se insere na melhor tradição da cultura ocidental, com sutis menções a livros, poemas e vinhos, a mitos clássicos e folclore, a obras de arte e teorias científicas, sem qualquer traço de pedantismo. De outra parte, envereda pelas grandes discussões da contemporaneidade, como a programação genética, a privacidade invadida por câmeras e dispositivos de gravação, a questão da identidade no mundo virtual, o direito ao esquecimento, o papel da literatura, o livre-arbítrio.

Este livro pode ser entendido como um romance de formação, na medida em que mostra o amadurecimento e a dor que se experimenta nesse processo. Ao crescer, a menina está tomada de cicatrizes: *ser sabida dá uma dor danada*. Para crescer, deve apressar-se lentamente. Tal é a epígrafe do romance: *festina lente* (*apressa-te lentamente*), oxímoro que retrata o delicado equilíbrio entre a presteza e a precisão. Ao longo da narrativa a frase será ilustrada pelo desenho de uma âncora entrelaçada por um golfinho, que aparece tanto na logomarca do editor renascentista Aldo Manuzio, quanto em um pingente. No limite, a frase – bem como a imagem – simboliza os paradoxos da vida humana, espremida na tênue fronteira entre o bem e o mal, a sanidade e a loucura, equilibrando-se sobre a voragem que separa o eu do outro.

Além da leitura literal, o romance, por seu caráter simbólico, pode também ser interpretado de diversas outras formas, sendo verdadeira obra aberta.

Por todas essas qualidades, *O silêncio dos livros* exibe um escritor maduro, com pleno domínio da arte literária, apto a conduzir um passeio pelas terras, pelas gentes e pela língua de Brasil e Portugal, convidando o leitor a mergulhar no abismo dos grandes problemas humanos.

Dezembro de 2018

O silêncio dos livros:
prosa poética de beleza incomensurável

Maria José Gargantini Moreira da Silva
Especialista em Língua Portuguesa e em Produção Textual

Learn by heart this poem of mine
Books only rest a little time
György Faludy (1983)

TER LIVROS É CRIME. DENUNCIE.

FESTINA LENTE: APRESSA-TE LENTAMENTE. Como em *Felicidade Clandestina*, de Clarice Lispector, em que a menina procrastina a leitura de um livro tão desejado, para assim prolongar seu prazer em lê-lo, o mesmo ocorre ao se ter em mãos *O silêncio dos livros*, como se isso pudesse mesmo ocorrer.

Assim, como a Alice (por coincidência?) do *País das Maravilhas*, que desvela mundos paralelos e fantásticos, o leitor de *O silêncio dos livros* se vê por entre caminhos labirínticos que conduzem a cada porta/caminho/

linha e levam a uma nova descoberta, um novo acessar aos mestres da Literatura universal.

Este livro, repleto de "insinuações", conduz-nos a um passeio por entrelinhas alheias, através de metalinguagens veladas e muito bem postadas no decorrer da leitura.

Com a placa insistente "TER LIVROS É CRIME. DENUNCIE", forma-se o pano de fundo deste romance/denúncia (a)temporal e muito pertinente em tempos hodiernos, em que a sobrevivência de editoras e livrarias se vê ameaçada. A lembrança de *Fahrenheit 451,* romance distópico de Ray Bradbury, se faz presente sutilmente.

O incêndio de uma residência, como a transformar em cinzas todo um passado, também remete a *A menina que roubava livros,* de Marcus Zusak, em que a personagem Liesel "roubava" livros que seriam incinerados para poder sobreviver à vida real, afinal estava na idade em que *"o dia seguinte basta para superar traumas."*

A referência ao gene-C faz uma interlocução com o romance de Aldous Huxley, que em *Admirável mundo novo* trata de uma Londres futurista a antecipar a manipulação genética.

Assim como os narradores de Javé, dois personagens tentam manter o registro de suas memórias para que não submerjam frente a uma sociedade que se desvanece em sua cultura, história e tradição.

Os diálogos com que o leitor se depara ao adentrar o *"bosque - portão para o futuro"* – ao desvendar os mistérios do livro – são construídos de tal forma e com tal habilidade que o leitor ávido de descobertas não consegue silenciar...

Silenciá-los? Como? Com os livros *"podemos transcender a platitude de nosso cotidiano"*...

São eles que, *"além do que revelam já à superfície"*, nos levam a "recônditos" de nossas vidas, *"e através das personagens conseguimos observar o mundo com outros olhos, saboreando vidas que não as nossas e, assim, melhor entender os que nos cercam".*

E, então, imaginou *"uma mulher trazendo-lhe livros [...] um oceano de livros, livros feitos de mar, as ondas despejando nele os livros e indo embora, levando um pouco dele e deixando um pouco dela, ela, onda, ele, mar"* ...

Dezembro de 2018

PRIMEIRA PARTE

PELOS OLHOS DE ALICE:

O desconcerto do mundo e o Estrangeiro que contava histórias

> TER LIVROS É CRIME.
> DENUNCIE.

Era a última tarde do inverno e o vento embrenhava-se nas rachaduras do muro quando ela atravessou a rua sob o céu cinza, os olhos baixos evitando a placa sombria. Era um daqueles períodos da História tão tragicamente adultos que o absurdo só se faz visível aos olhos da infância: num mundo de sinal invertido, a base da montanha é seu ponto mais alto, e o pico, o vértice do abismo; não por outra razão, o que ali se passou só poderia mesmo ser contado pelos olhos de Alice.

Havia placas iguais por todo lado, é certo, mas aquela, afixada no muro bem à entrada do bosque, tornava tudo pior. Algo como um derradeiro alerta – TER LIVROS É CRIME. DENUNCIE – a lembrar à menina os perigos que corria por guardar seu livro em casa. Eram apenas umas páginas velhas, pensava, com dedicatória de avó e tudo, mas tinham sido banidas. E era o único remanescente da antiga coleção do tio, uma dádiva colhida da estante abarrotada de livros que convidavam a uma amizade genuína e que encantaram a menina antes mesmo que ela soubesse ler: vez por outra, ainda muito miúda, a menina vira uma lombada saltar da prateleira como se a desafiá-la "venha, devora-me, decifra-me" – e ela metia-se então em devaneios, inebriada com as cores, texturas e cheiros do papel. Mas depois o tio acabou preso por colecionar livros e todos os volumes foram destruídos, sobrando só aquele, de histórias, que a avó conseguira esconder na antiga máquina de costura.

Nem sempre havia sido assim: a menina ouvira sobre uma época, remota e mágica, na qual era permitido ler histórias em livros – o que, sendo uma coisa boa, tinha agora o rosto de um mito.

A menina gostava de histórias, mas não tinha quem as contasse. Os contadores já se tinham ido, e ela andava à cata de alguém que narrasse o mar, desertos, colinas. Naquele tempo ela nada sabia sobre o crime, os grandes projetos arquitetônicos ou a Biblioteca de Babel, e pouco entendia das dores e cicatrizes de gente crescida. Naquele tempo ela queria ser sabida.

Sob ataque de torvelinhos de poeira, ela cruzou o portão de bronze e entrou no bosque. Névoa. Ergueu a gola do casaco para proteger do frio as orelhas, desceu contornando os salgueiros, tomou a ponte de pedra e seguiu pela trilha preferida, de onde podia avistar trechos do rio amigo. As águas do rio Febros iam passeando por Vila Nova de Gaia, aqui e ali mais rápidas sobre as pedrinhas amontoadas, então de novo serenas. As águas eram sinceras.

Afastando-se do rio, a menina enveredou pela parte alta do bosque, passou ao largo do palacete neoclássico, há tempos fechado, e enfim chegou ao sobrado de concreto vermelho com painéis azuis e amarelos: era a sua casa, seu reduto de tranquilidade e segurança. Mas bastou abrir a porta para ser agarrada e arrastada escada acima, rumo ao escritório, sob gestos mudos e inequívocos que impunham silêncio. A menina foi jogada num canto como se atira papel amassado a um cesto de arame e, com a boquinha imóvel e os olhos dilatados, esperou pelo próximo ato, atormentada com o que, já sabia, viria a seguir.

Só havia o som de papel sendo rasgado.

A menina ouviu o barulho, depois outro igual, e outro, e mais outro, as folhas de seu precioso livrinho sendo arrancadas, as letras partidas, o livro desmantelado. A fragmentadora de papel foi ligada, e a menina viu a capa colorida nela esmaecer. Então foi a vez da folha com a dedicatória da avó. Então várias. A menina ia vendo seus mundos convertidos num macarrão sem graça, a máquina a cuspir tiras de papel e letras, mastigando a alma do livro, mastigando a menina. E outra folha, e outra, e mais outra, as tiras de papel parecendo neve suja. A menina chorava sem barulho, e queria acreditar que aquilo lhe era feito só por proteção; mas doía saber que não poderia haver reclamos — era uma regra da mãe — e que nada se diria ao pai — outra regra. Metida no camisolão bege (quase sempre era assim), a mãe retirou-se sem explicar *como* encontrara o livro — estava escondido no porão entre as latas de querosene, combustível do velho aeromodelo do pai. Com a visão embotada, a menina foi até a máquina trituradora, abriu o compartimento transparente, enxugou os olhos, apanhou seu tesouro moído. Lembrou-se de quando o recebeu da avó como um grande segredo, lembrou-se das páginas amassadas, do formato das letras, da capa colorida, dos sustos, dos risos, as letras dando as mãos para formar palavras e o mundo. Tentou recuperar aquele mundinho no papel picotado, mas agora eram só tiras de letras. Aqui e ali identificava um "a" decapitado, um "e" dilacerado, um "s" assassinado; mas era só isso, as letras separadas não formavam palavras, nem frases, nem história, nem nada; eram um Nada inultrapassável. Pensou nas letras como pessoas, agora todas separadas, cortadas ao meio; pensou que, quando se separam as pessoas, viram pessoas partidas – e não se forma mais nada; o montinho afofado de papel não formava mundinho nenhum.

Mas, como que por feitiço, o montinho afofado lembrou-a dos cabelos nevados da avó, e a recordação trespassou os olhos e foi molhando. Então ela agarrou-se aos cabelinhos de papel da velhinha.

Ainda atordoada, pela janela a menina assistiu ao sol desvencilhar-se das nuvens numa fresta horizontal. Feito um deus que morre, o sol incendiava o fim do dia pintando tudo de laranja e vermelho, e ia deslizando para repousar no espaço vazio em formato de letra "v" entre dois morros, como se descesse a um abismo.

A menina sorriu: gostava do crepúsculo – ainda mais quando expulsava o cinza do resto do dia. Mas era agora um sorriso torto, trêmulo, atrapalhado.

Na tarde de fogo, não havia mais nenhum livro para ser lido.

Veio a tarde seguinte e a menina repetiu o trajeto; a placa TER LIVROS É CRIME. DENUNCIE a parecer-lhe mais e mais repulsiva. (Na verdade, naquele tempo, "repulsiva", como tantas outras palavras esquisitas, não fazia ainda parte do vocabulário da menina; mas substituiu bem, anos depois, o adorável termo "feiosa" que ela encontrou anotado em um de seus caderninhos.)

A menina passara a madrugada a chorar pelo livro, retorcida na cama. Estava muito triste. Mas estava também na idade em que o dia seguinte é o quanto basta para superar traumas para todo o sempre (todo o sempre equivalendo a uns vinte anos) e podia alegrar-se de novo com as trivialidades da vida: desvirou um besouro e sorriu ao ver o bicho voar. Não era diferente quando algum passarinho batia nas vidraças da casa: ela apanhava-o depressa do chão, deixava escorrer água fria de torneira no biquinho e depois era só aguardar o voo. Fora assim com um estorninho-malhado semanas antes, bem no dia do aniversário da menina. Mas foi uma data de nada, sem graça; não teve balão, nem bolo, nem nada. Naquele tempo já não se festejavam os dias de anos, nem mesmo os das crianças miudinhas – algo que a ela parecia tão estúpido quanto destruir livrinhos.

Penetrando no bosque, inundada de ausências, a menina pensava no livro picotado e na mãe; e também no pai e na irmã. Amava-os. Pensava nos pais e na irmã como bonitas caixas de sapato, das que se empilham em lojas, juntinhas, mas sem se verem umas às outras por dentro, sem verem a menina. Eles tinham-lhe algum amor, talvez – um amor raquítico, se tanto –, e vez ou outra até houve ternura; mas foram tão poucas as vezes que o tempo degolou a memória: quando de algo se tem pouco, agarra-se com afinco a esse pouco; mas quando esse pouco é menos que pouco, esvai-se e perde-se em pó.

Os pais diziam que a menina perturbava demais os adultos, não precisava saber tudo, tinha de parar com aquela história de histórias – umas asneiras dessas. Chamavam-na de doida. Então ela ia à floresta à espera de algum acontecimento fantástico: podia ser um fruto, um coelho, um pio, um espelho. Não era bem uma floresta, mas a menina gostava de pensar que o bosque era muito sabido e podia transformar-se em uma.

Lembrar-se do bosque dá uma vontade danada de chorar.

Depois da ponte de pedra, a menina avançou pela trilha companheira do riozinho e seguiu encantada com o aroma da mata, o farfalhar das folhas e a robustez das árvores. Como de costume, ela meteu-se a recapitular os nomes das coisas conhecidas do bosque e também a inventar outros para as desconhecidas. Distraída com o voo de uma garça-real, o tropeço veio e, com ele, o joelho a raspar-se no chão. Ajeitando a meia-calça, agora desfiada no entorno do joelho ferido, ela levantou-se. Feixes de luz derrubavam-se das copas frondosas, descortinando retalhos azuis do céu e decorando o chão com círculos alumiados. Acariciada pela brisa que fazia na mata sua música, a menina tornou a caminhar sem pressa, até que notou abertas as janelas do palacete – uma novidade em meses. Ela aproximou-se com rapidez, as folhas secas a cochichar sob suas sapatilhas, e a casa do vizinho foi crescendo nos olhos: as colunas pareciam carretéis de linha branca, e as janelas e arcos emprestavam olhos às paredes cor de palha, podendo-se agora ver acesa, lá dentro, uma arandela de alabastro. Parou, curiosa.

Um homem saiu pelos fundos do palacete tendo uma das mãos bem fechada e a outra a abraçar um martelo. Os cabelos negros penteados para trás davam-lhe ares de grande seriedade, e as feições revelavam sabedoria e retidão de caráter, com o semblante a exibir a tranquilidade de quem, se não era desprovido de pecados, pelo menos tinha com eles uma boa briga. (Na verdade, essas coisas a menina ainda não sabia, mas gostava de pensar que as pessoas tinham a alma publicada na testa.)

O homem tomou o caminho até a cerca branquinha, feita de estacas com pontas suaves. Ele agachou-se e a mão foi aberta. Colocou o martelo num canto e com a mão livre pegou dois pregos da outra mão, levando-os à boca. Tirou de lá um, apoiou-o e fez com que atravessasse o furinho da dobradiça solta, colocando-a no lugar delineado pela antiguidade. Apanhou o martelo de volta e deu o primeiro golpe, mas o preguinho entortou e ele teve de arrancá-lo fazendo alavanca. Puxou para si uma pedra de superfície plana, apoiou nela o prego que agora parecia uma cimitarra e, com batidinhas de quem sabe o que faz, foi restituindo o prego à forma original, medindo bem a força para não ser de mais nem de menos. Como se forjasse uma espada. Recomeçou. Dessa vez as pancadas foram certeiras e o prego foi-se misturando à madeira, a ordem regressando ao bosque, o homem agigantando-se ao cravar do jeito certo o prego certo na madeira certa.

Ele pegou o segundo prego, brilhoso e sublime. Mas era outro prego teimoso que se recusou a curvar-se e, com a batida, espirrou. O homem pôs-se em pé e cruzou a abertura do portãozinho; reclinou as costas, largas como o Atlântico, ajoelhou-se, dobrou as mangas da camisa e com a mão direita foi tateando a vegetação rasteira.

A menina deslizou até o limiar da cerquinha sem ser notada, com o verde e o vermelho do uniforme escolar misturando-se às folhagens e flores, e os longos cabelos mimetizando o castanho do tronco das árvores. Ela carregava numa das mãos apenas o *tablet* do colégio e, na outra, o caderninho de tomar notas, o caderninho que não largava – o que lhe rendera entre os colegas de classe a indesejável fama de esquisita, a dolorosa falta de amigos e o apelido "A Caderninhos" (diziam-lhe "Caderninhos, venha cá", "Caderninhos, tome nota deste xingamento nos seus caderninhos" e, com uns petelecos que punham a arder-lhe as orelhas, "Caderninhos, vá conversar com velhos, que gostam de papel").

Ela deu mais alguns passos e estancou dentro das sapatilhas – sempre de numeração maior para que pudesse mexer os dedinhos, como bem gostava. Mexeu os dedinhos.

— O senhor viu por aí uma gata? — perguntou a menina.

Ainda ajoelhado, o homem mostrou-se surpreso. Os cabelos pareciam reavivados de tinta, leves rugas revelavam que ele sorria com o rosto todo, as orelhas eram pequeninas; mas foram os olhos que intrigaram a menina, parecendo a ela duas esferas polidas, da tonalidade que se vê no horizonte quando o sol se levanta. O homem fitava-a como o faria um garoto da idade dela — como se naquela face de adulto houvessem plantado olhos ingênuos de criança.

— Vi um gato mais cedo — respondeu ele.

— De que cor?

— Acho que era preto, marrom e bege — disse erguendo-se, pujante e rochoso, agora parecendo um *moai*.

— Então não era um gato. De três cores, só fêmeas. Pelo menos minha avó dizia isso. Ela era a dona da gata.

— Sua avó...

— Minha mãe diz que ela virou estrelinha. Mas sei que ela morreu. Finjo não saber para que mamãe não fique triste. Minha avó dizia que, quando ela morresse, viveria na gata; para me proteger e para eu não sentir saudade. Ela também dizia que se um dia a gata fosse embora era porque eu não precisava mais da proteção dela. O senhor vai morar aí?

— Isso mesmo. Estou fazendo alguns reparos.

— Não quis chamar alguém para arrumar isso? — perguntou a menina, apontando para o portãozinho de madeira.

— Gosto de consertar as coisas.

— O senhor é português?

— Não. Venho do Brasil.

— O senhor tem uma filha para brincar comigo?

— Infelizmente não tenho família. Morarei sozinho aqui. E você, onde mora?

— Ali. Sou sua vizinha. Sempre volto da escola pelo bosque. A Artemisa costuma me esperar no caminho, mas desde ontem não aparece.

— Artemisa...

— Minha gata.

— Entendo... Mas, pelo bosque? E sozinha? Não é perigoso?

— Só se o senhor tiver medo de doninhas. Há um monte delas. São minhas amigas. O senhor pode ir à minha casa?

— Bem... Tenho várias coisas para fazer aqui e...

— Meu pai sempre diz isso. Ele sempre tem coisas para fazer. Eu gostava era da minha avó e do meu tio. Eles tinham tempo para as crianças, contavam histórias. Agora ninguém mais conta.

— Lamento. Também gosto de histórias.

— Minha avó e meu tio contavam umas boas.

— E na escola? Não leem lá boas histórias?

— Chatas. Eles dão uma história e todo mundo fica mudando tudo. Quando o príncipe vai encontrar a princesa, vem um chato e faz o príncipe morrer na história. Depois vem outro e faz ele viver de novo. Aí vem um e faz a princesa não gostar mais do príncipe. Vem outro e muda tudo, dizendo que não existem mais príncipes nem princesas. Nunca termina. Uma chatice. Gostava mesmo era das histórias do meu tio e da minha avó. Tinham começo e fim.

— Meio também?

— Isso. Meio, começo e fim.

— Como você se chama, mocinha?

— Alice Maria Crástino. Mas em casa só me chamam de "menina". O senhor pode me chamar de Alice. Se quiser.

— É um prazer conhecê-la, Alice. Chamo-me Santiago — disse ele, inclinando o corpo numa reverência.

— Só Santiago?

— Na verdade, Santiago Pena.

— Só isso?

— Está bem, você me pegou. Santiago Pena de Jesus.

— Agora sim, senhor Pena. Ou devo chamá-lo de outra forma?

— Pode chamar-me apenas de Santiago. Se quiser.

— Muito bem, senhor Santiago. Agora tenho de ir.

A menina deixou o lugar com um contentamento enorme: ela sabia que dali surgiria uma grande amizade, algo que mudaria sua vida.

Na verdade, não sabia de nada disso, mas era assim que gostava de contar a história.

A manhã seguinte apresentou surpresas à menina: a mãe, normalmente refratária a novidades, interrompeu o leite com torradas para insistir em conhecer o homem que acabara de mudar-se para o palacete. O pai tentou desconversar, falou em compromissos, reclamou da falta de tempo, disse não haver razão para meter-se com vizinhos. Como de hábito, foi vencido e, enquanto finalizava o pastel de nata, cabisbaixo, concordou. Enfiado na calça de pregas posta mais alta do que devia, o pai vestiu a gravata – a ponta, como sempre, acima do lugar certo –, tendo o colarinho a apertar-lhe o pescoço gorducho, tudo a conferir-lhe o ar engraçado e inofensivo de um pelicano. Quando não estava com seus eletrônicos ou coleções, o pai era carinhoso e até ensinava coisas à menina, falava da importância de se fazer tudo com segurança, ser comedido, ser pontual. A menina adorava o pai. Adorava a mãe e a irmã também, embora com elas tivesse menos prosa.

Impulsionado pela mãe da menina, antes de ir para o trabalho o pai caminhou até a residência do vizinho – a última da Rua do Bosque e a única que fazia divisa com o terreno dos Crástinos. Agachada atrás do arbusto, a menina viu o pai apresentar-se e fazer o convite para o jantar; encabulado, o senhor Santiago, que insistiu em ser chamado apenas pelo prenome, aceitou. Só depois que o pai se foi a menina deixou o esconderijo, tomada de leve culpa – a mãe vivia a chamá-la de xereta, queria saber coisas demais, devia parar com aquilo, não tinha de falar com todo mundo e tal. A menina era de fato isso tudo e assim agia no direito de toda criança: ser xereta. Gostava de aventuras, de saber das coisas, do som das palavras – principalmente das que evocavam histórias antigas. Gostava de ouvir conversas e repetir para si as falas dos outros, imitando as vozes para memorizar. Como uma catadora de palavras, anotava tudo em seus caderninhos. Não entendia muito bem o que os adultos diziam, mas abraçava as palavras mesmo assim – para quando crescesse e fosse sabida.

Mais tarde, ao voltar da escola, a menina deparou-se com um homem de terno cinza-chumbo parado na lateral da casa do senhor Santiago. Sacando do bolso da calça uma luneta retrátil, o homem espiou pelo vidro da janela o interior da casa e, com o movimento ascendente dos braços, seu paletó subiu, deixando à mostra, pendurado na cintura, o objeto reluzente: uma arma.

Ele repetiu o procedimento em mais duas janelas. Depois, acenando para o rapaz que estava ao lado de uma viatura, balançou a cabeça em sinal negativo. Saíram dali apressados.

Não haveria de ser nada, pensou a menina, que, com a expectativa para o jantar, via aquele dia de primavera desdobrar-se numa longa espera, uma ansiedade incontida que só iria findar-se no início da noite.

— O estrangeiro chegou! — gritou lá dos fundos a mãe da menina.

Às 20:27 pelo marcador digital da TV, três minutos adiantado, Santiago postava-se defronte à casa dos Crástinos, tendo na mão uma garrafa de vinho. A menina estava no sofá com suas oito bonecas, e pela bandeira lateral da porta conseguiu ver o convidado ali parado, o paletó preto sobre o colete de mesma cor, o tronco ereto numa altivez de carvalho.

Miudinho em sua calça larga, o pai atendeu à porta e, com as mãos molhadas de suor, deu boas vindas ao vizinho. Enquanto desembaçava os óculos retangulares, o pai disse que não era necessário Santiago ter trazido vinho, mas aquele era nobre e uma coisa assim não recusaria. Atrás do pai veio a mãe de saltos altos como há tempos não se punha, enfiada num vestido branco acetinado, com ombros desnudos e seios quase à mostra, por entre os quais imiscuía-se um colar que combinava com os brincos de pedras azuis – tudo numa harmonia insidiosa.

— Boa noite, senhor Cícero Crástino — disse Santiago, cerimonioso, ao pai da menina.

— Boa noite, senhor Santiago. Esta é minha esposa, Louise.

— Muito prazer em conhecê-la, senhora Louise. Obrigado pelo convite.

— O prazer é todo meu. E obrigada por aceitá-lo — respondeu a mãe, entortando a boca com um sorrisinho não usual, embora mantendo a voz áspera e os olhos desviantes de sempre (a mãe encarava crianças, mas extraviava os olhos quando lhe falava um adulto).

— Se me permite a curiosidade, a senhora é brasileira?

— Portuguesa, certamente — respondeu a mãe.

— Desculpe-me — disse Santiago, constrangido.—- Mesmo morando em Portugal há meses, ainda não me acostumei ao fato de que nas cidades maiores fala-se como lá no Brasil.

— Falamos a mesma língua, não? — interferiu o pai.

— Sim, mas referia-me ao antigo sotaque português — respondeu Santiago.

— Ah... Bem, como já deve saber, não falamos mais daquele jeito — disse o pai.

—Veio com família para Portugal? — foi a vez da mãe.

— Não. Vivo sozinho aqui.

A menina aproximou-se, mas ficou a olhar, muda.

— Olá, Alice.

— Oi, senhor Santiago — falou ela, trêmula, emocionada por ser chamada pelo nome. — O senhor veio até minha casa! Já pode me contar uma história?

— Que é isso, menina?! Não aborreça o senhor Santiago — irritou-se o pai, apertando o ombro da filha.

—Vá ali brincar com suas bonecas — emendou a mãe.

— Tudo bem, Alice. Talvez outra hora eu possa contar uma história — disse o convidado.

— Papai sempre diz isso. Outra hora...

— Sossegue, menina! — disse o pai com mais severidade — Subirei com nosso convidado até o escritório.

—Vai chatear o vizinho com suas coleções, querido? Os tacos e aquela velharia de vinis de rock? Depois ele não volta mais aqui...

Santiago interferiu, polidamente:

— Está tudo bem, senhora Louise.

Os homens galgaram a escada, solenes como se integrassem um cortejo fúnebre. A mãe foi à cozinha, e barulho de talheres veio de lá. A menina ia alinhando as bonecas em duas fileiras de quatro, enquanto ouvia o pai explicar a Santiago a origem de cada taco, seus efeitos sobre a bola e o nascimento de sua paixão pelo beisebol na juventude, quando estudara nos Estados Unidos. Com um berro, a mãe anunciou o jantar e eles desceram.

A mãe sentou-se na cadeira de estofo vermelho, conferiu-se no losango espelhado da parede oposta e ajeitou o cabelo para trás, expondo o rosto triangular de sardas leves; como de costume, ficou batendo as pontas das unhas, recém-pintadas de marrom, nos pés da mesa.

— Querida, onde está a Beatriz? — o pai tinha expressão grave.

— Ela disse que só viria mais tarde. Desculpe-me, senhor Santiago. Nossa outra filha também deveria estar aqui para recebê-lo. Adolescente. Sabe como é.

— Não se incomodem com isso, por favor — disse Santiago, mexendo no enorme relógio que cobria o pulso e parte das costas da mão.

Emoldurada pelo papel de parede bege que ostentava desenhos abstratos, a mãe, agora parecendo uma pintura cubista, disse ter feito duas de suas especialidades: caldo verde e lampreia. Ela destampou a sopeira e o refratário transparentes, liberando aromas pela sala, e, manejando os pratos de bordas decoradas com espirais vermelhas, serviu de caldo o convidado, depois a si própria, depois à menina; passou a concha ao marido, sem olhar para ele, e voltou-se para Santiago:

— O senhor irá morar ali?

— Ficarei por um bom tempo. Tenho algumas atividades para desenvolver no Porto.

— Se não me engano o senhor mencionou estar em Portugal já há meses. Negócios? — perguntou a mãe, desdobrando com vagar o guardanapo de linho.

— Não exatamente. Trabalho para uma fundação cultural. Desenvolvemos parcerias para o fomento às Artes.

O pai pediu licença para atender ao celular e deixou a mesa sob o olhar reprovador da esposa, que prosseguiu conversando com o convidado.

— O senhor deve viajar muito, não? Ao Brasil também?

—Viajo bastante, mas não voltei a meu país desde que me mudei para cá.

— Disse não estar com familiares. Amigos por aqui?

— Não. Estou mesmo sozinho. Passei um período na zona rural, no Cima-Corgo, com algumas interrupções para viagens ao exterior; mas eram jornadas rápidas, dos aeroportos para salas de reuniões e vice-versa. Tenho contatos em diversos países, mas não posso dizer que tenha feito amigos.

— Pois o senhor terá amigos nesta casa!

— Obrigado pela acolhida, senhora Louise — disse Santiago, inclinando-se em sua típica reverência.

— Conhecia o antigo dono de sua casa? — perguntou a mãe.

— Um tal de António, parece-me. Pelo que soube, um homem culto e muito atarefado.

— Creio que sim. Nunca ficava ali. A casa estava sempre fechada.

Com o prolongado silêncio do convidado, a menina aproveitou para falar:

— Já pode me contar uma história, senhor Santiago?

A mãe interferiu, era para a menina ficar quieta, não incomodar. Santiago prometeu que após a refeição poderia tentar, e nesse momento o pai voltou desculpando-se pela interrupção e tomou de novo o assento à mesa. Foi quando ouviram a batida da porta frontal. Beatriz surgiu de vestidinho preto e saltos desmedidos que faziam um toque-toque irritante, os olhos medíocres de tão pequeninos contornados a lápis número 2, o cabelo rasgado por uma fina mecha descolorida. O decote expunha alguma mocidade, e ela carregava no punho argolas de todas as cores, as quais nunca permitia à menina tocar. Sem nenhuma pressa, Beatriz tirou os fones de ouvido, que na certa embalavam *acid jazz* – algo que ela escondia das amigas, mas a menina sabia.

— Está atrasada — disse o pai. — Cumprimente nosso convidado.

— Oi — murmurou Beatriz, sentando-se com empáfia.

Era o jeito dela, inalterável. Mesmo por aqueles dias, quando uma amiga havia morrido por consumir umas pedrinhas - coisa que a menina não conseguia entender -, Beatriz não se mostrava particularmente preocupada, nem sequer aborrecida; apenas distante.

— Senhor Santiago, desculpe-nos pelos maus modos de nossa filha — disse a mãe. — Beatriz, você precisa conhecer direito as pessoas e...

— Eu não quero conhecer ninguém! — gritou Beatriz, que quando irritada falava de um jeito incomum, parecendo fazer sumirem as vogais.

A mãe retomou:

— Beatriz, cumprimente nosso convidado. *Adequadamente.*

Ela ignorou a mãe e colocou uma concha de caldo verde no prato fundo. Tirou os sapatos, pousou os pequenos pés na cadeira ao lado, com o tronco todo retorcido a parecer um saca-rolhas, e começou a comer enquanto mexia no celular. A mãe bufou, levou a mão à boca, trocou olhares com o marido, fez barulho com a colher tocando o prato. Mas, como não havia muito o que fazer com a filha que ainda precisava ser amansada, os adultos reiniciaram a conversa, agora condimentada pelas respostas que o vizinho teve de dar às muitas perguntas dos pais da menina. Os Crástinos lançaram à mesa breves notas biográficas, e naquela noite Santiago soube do trabalho do pai no ramo de seguros; soube também que a mãe era formada em Comunicação, mas abandonara o emprego quando do nascimento da filha mais nova; soube, ainda, que o casal decidira que a mãe não mais trabalharia – a fim de ter tempo para as crianças, disse ela.

— Não sou mais criança — rosnou Beatriz. — E a mamãe só vê TV. O dia todo.

— Beatriz! — dessa vez a mãe gritou.

A filha mais velha espertamente não prolongou o confronto, sabedora de que não podia com a mãe, de quem herdara o gênio – insistente, mas precavido. Beatriz não puxara à mãe, no entanto, nos cabelos castanho-claros e quase cacheados – os da adolescente eram negros e lisos como o do pai –, nem nas sardas, nem no verde ocular. Ainda assim a mistura ficou bonita: com curvas bem definidas, Beatriz parecia um jarro de porcelana chinesa com cabelo de índia americana.

— Papai, o senhor viu o novo vestido da Emília? — perguntou de repente a menina.

O pai não respondeu.

— Papai. Papaiê. Papaizinho. Papai?

— Diga logo — falou rispidamente o pai, que suava mais que os outros homens que a menina já havia visto e sempre desembaçava os óculos antes de falar.

— O senhor viu o novo vestido da Emília?

— Emília? Ah, sim, bem, sim, claro que vi... Quem é mesmo Emília?

— Já te falei mais de mil, mais de cem vezes, papai. Essa aqui, ó. A de cabelo amarelo.

— É... Sim... Ah, bonito. Agora deixe o papai conversar com nosso convidado.

O jantar transcorreu sem outras interferências das filhas, com pausa para troca dos pratos fundos pelos rasos, e os adultos falando de assuntos que iam de alterações climáticas às chances de a seleção portuguesa vencer o próximo mundial de futebol. Mas as conversas seguiam truncadas, começavam e morriam com risos vacilantes, tudo entremeado pelas costumeiras interrupções da mãe para dizer ao pai que comesse mais devagar. Num momento, porém, atenta demais ao convidado, a mãe colocou um enorme pedaço de lampreia na boca, maior do que conseguia mastigar, e engasgou-se. Ligeira, livrou-se da maçaroca enrolando-a no guardanapo e, segundos depois, levantou-se para substituí-lo por outro, logo retornando da cozinha; mas teve de correr até lá de novo, furiosa, para buscar um pano – o pai acabara de derrubar na mesa a jarra d'água.

A curiosidade dos anfitriões foi-se aguçando e as perguntas deixaram de ser genéricas, com a conversa tornando-se mais informal conforme as taças de vinho se sucediam. Abriram outra garrafa, e mais outra. Os pais pediram detalhes sobre os projetos da tal fundação cultural, e Santiago contou ter sido convidado para integrar um grupo que reivindicava a volta dos livros.

Marido e mulher entreolharam-se atônitos.

— Mas... Para quê? — questionou o pai. — Ninguém mais vai ler um livro inteiro. Os poucos que se arriscam na tela logo usam as ferramentas de modificação e criam a própria história sobre a original. A interatividade irrestrita, uma das principais vantagens de nossa época, é democrática; já os livros não eram nada democráticos: congelavam a visão do autor.

— Se me permite, gostaria de discordar — disse Santiago. — Há várias camadas de leitura, e um livro pode convocar-nos à reflexão, confrontar-nos, deleitar-nos. Reavivar o prazer da leitura é justamente o que o grupo pretende. Aliás, haverá um evento sobre o tema no Centro Português de Fotografia na próxima semana. Se puderem comparecer, será na terça-feira à noite.

— Por que num centro de fotografia? — perguntou o pai.

— São parceiros da fundação, e estamos ajudando-os a não fechar as portas. Não sei se soube, mas, assim como houve a proibição dos livros, inicia-se agora movimento semelhante pelo fim das fotografias impressas e também das fotos digitais protegidas contra alterações. O argumento é o mesmo: "congelariam" uma visão de mundo, e por isso só deveriam ser autorizadas fotos disponibilizadas na rede nas quais qualquer um pudesse fazer modificações.

— Entendi — disse a mãe. — Até gosto das velhas fotos impressas. Já quanto aos livros... Ninguém mais tem tempo para ler mesmo...

— Bem, querida, se você assistisse menos à TV...

— Não é nada disso! — irritou-se a mãe. — É que nos livros não havia respostas imediatas. E gosto de ter tudo o que desejo com rapidez.

Houve um vácuo de vozes, os anfitriões aguardando Santiago dizer algo. Mas ele não o fez. A mãe lançou um olhar para a menina e ela entendeu a mensagem: "nenhuma palavra sobre o livro picotado". Nenhuma palavra a respeito fora dita desde a fragmentadora de papel, e nem o seria: a mãe não permitiria que o pai soubesse – isso daria a ele munição para mais chacotas sobre a avó da menina.

Por obra da mãe, a conversa derivou para outras bandas e os adultos falaram do recente flagelo num país africano – algo triste, mas necessário à sobrevivência do mais apto, disse a mãe (outra coisa que a menina não conseguia entender). Santiago desconversou e perguntou se não era perigoso a menina andar sozinha pelo bosque. Os pais disseram já terem ordenado a ela que usasse o outro acesso ao bairro, mas a menina teimava em cortar caminho pelo bosque. O vizinho perguntou sobre a escola, se era boa, e o pai afirmou que sim, havia duas de igual qualidade nas redondezas, uma mais longe, outra mais perto.

— Optaram pela mais próxima, penso.

— Na verdade, não — disse o pai a Santiago. — As duas tinham educação bilíngue, o que era uma exigência nossa. No final, decidiram por nós — completou, olhando para a esposa.

— O senhor quer dizer *ela* decidiu? — perguntou Santiago, sorrindo, com a cabeça pendendo na direção da mãe da menina.

— Não é bem isso — respondeu o pai. — A proximidade por certo seria uma vantagem; mas usei duas vezes o aplicativo de consulta aleatória e ele indicou a escola mais distante. Por isso *teve* de ser aquela.

Com a testa povoada por dobras de expressão aflitiva, Santiago olhou para a mãe da menina.

— Melhor mudarmos de assunto. *Detesto* essas coisas eletrônicas que meu marido e Beatriz usam — disse a mãe, cáustica, olhando para o pai. — Decidem tudo na base da sorte.

A menina também detestava coisas decididas na base da sorte. Nisso ela concordava com a mãe, com quem, aliás, aprendera o verbo *detestar*, dela copiando o jeito engraçado de entortar as sobrancelhas ao falar "detesto".

— Como pode ver, senhor Santiago, minha esposa é arredia às inovações tecnológicas — retomou o pai. — O que ela não percebe é que o método randômico é o mais seguro e mais justo já adotado em toda a história da Humanidade. E isso por uma razão muito simples: porque está em perfeita consonância com o que o universo é, com o que nós somos — uma combinação aleatória de infinitos fatores. Há tempos superamos aquelas bobagens sobre escolhas e responsabilidade, valores, livre-arbítrio. Nada mais leve para o coração humano do que depositar tudo na grandiosa mão da sorte.

O rosto de Santiago como que derretia, e pareceu que ele ia falar algo sério; mas a mãe pôs-se em pé e pediu ao marido, de forma não muito cortês, que a auxiliasse a levar dali os pratos, impedindo assim a continuidade do assunto. Desconcertado, Santiago ofereceu ajuda, que foi educadamente recusada. Da porta que dava para a cozinha, a mãe perguntou ao convidado se aceitava sobremesa. Ele agradeceu, estava já satisfeito. A mãe insistiu, mas, para azar da menina, não consultada, Santiago disse não ser muito de doces, e nada mais veio à mesa de jantar.

Já na sala de estar, a mãe serviu café nas xícaras amarelas – a menina preferia as antigas faianças portuguesas, infelizmente abandonadas no porão. Beatriz quis ir para o quarto, mas o pai proibiu: a filha teria de ficar com eles até que o convidado partisse. Ela esbravejou, falando aos solavancos, aos socos, como todos os adolescentes daquele tempo, mas acabou rendendo-se e largou-se no sofá da sala. Depois de encher as taças com vinho do Porto, a mãe apanhou o paletó que Santiago estendera no braço do sofá e pendurou-o numa cadeira; mas ela não conseguiu o equilíbrio desejado — a vestimenta teimava em pender para um dos lados.

— Há algo pesado em seu paletó, senhor Santiago — disse a mãe, sem jeito.

— Não se incomode com isso, senhora Louise — respondeu ele, retesando-se na poltrona preta de couro. — É que carrego um caderno de notas no bolso lateral.

— Caderno de notas? Veja, querida, sua velha mãe fazia isso — ironizou o pai. — E a menina também faz com uns caderninhos, senhor Santiago. Escreve tudo. Nunca nos deixa ver. É o segredinho dela — completou, servindo-se mais uma vez de Porto. — A propósito, senhor Santiago, o que é que se faz com um caderno nos dias de hoje?

— Uma daquelas promessas que fazemos e não cumprimos integralmente. Ganhei-o de uma pessoa importante para mim e...

— Que coisa mais antiga... — interrompeu Beatriz, sem tirar os olhos da tela de seu celular.

— É verdade. Sou antiquado. E da promessa só tenho cumprido a parte de carregar o caderno. Para escrever falta-me o tempo.

Santiago pareceu distanciar-se dali, como se pensasse não no dilatado tempo das crianças, mas no achatado tempo dos compromissos adultos.

A menina deixara a mesa e estava à porta da sala de jantar, parada e equilibrista; quando tentou o passo, porém, duas bonecas de pano foram ao chão. As bonecas não se feriram, é certo, mas ela assustou-se e os olhos buscaram os da mãe, os olhinhos pedindo desculpas e ajuda.

— Que droga, menina! Sempre essas bonecas para lá e para cá! — exaltou-se a mãe.

— Queria ter oito braços — disse a menina, olhos postos no convidado.

— Posso saber por quê? — perguntou Santiago, sorrindo.

— Um para cada boneca. Elas sempre caem. Senhor Santiago, agora já é outra hora? O senhor já pode me contar uma história?

— Deixe de perturbar nosso convidado, menina! Senhor Santiago, desculpe-me. Essa menina tem o gene maldito da avó. Devemos protegê-lo dela — afirmou o pai.

Santiago mostrou-se atordoado como se tivesse levado uma pancada na nuca. Ao perceber, o pai emendou:

— Pode ficar tranquilo, senhor Santiago. A menina não tem o gene criminoso. Ninguém nessa família tem. O senhor está a salvo conosco. Ninguém aqui é capaz de qualquer crime. Ao falar em gene maldito, referia-me ao hábito de azucrinar os outros com essa coisa de lendas, fábulas, histórias. Minha sogra era terrível.

— E a história, senhor Santiago?

Os pais iam repreender de novo a menina, mas dessa vez Santiago adiantou-se:

— Não sou bom contador de histórias, Alice, mas conheço algumas. Posso tentar.

— Não se incomode com a menina, senhor Santiago. Ela vive a pedir isso a mim e ao pai — interferiu a mãe.

— E vocês nunca contam! A mamãe sempre tem um programa na TV, o papai tem de trabalhar, Beatriz finge não me ver. Por favor, senhor Santiago, só uma historinha...

— Está bem, Alice.

A menina aconchegou-se no pufe branco, defronte a Santiago, e ajeitou as bonecas em duas fileiras de quatro. Ela só tinha olhos para o vizinho que agora contava uma história curta, mas intensa nos perigos, com ilha, labirinto e Minotauro — a primeira de tantas histórias que revelariam a atenção devotada por Santiago à menina.

Havia no relato tantos detalhes que nos momentos iniciais a menina pensou que o protagonista da história era o próprio contador, o vizinho estrangeiro ocultando-se ao falar como se de outra pessoa; depois, algo espantoso — já não havia diferença entre o mundo da história e a sala onde estavam; depois, um breve retorno à casa quando ela ouviu o barulho de uma taça sendo posta na mesa; e depois, o espanto cresceu, pois parecia ser ela própria, a menina, quem buscava um fio no labirinto.

Ao ouvir a entonação indicativa do fim do relato, a menina deu um salto.

— Foi como nas histórias da minha avó e do meu tio! — exultou ela, abraçando pelo pescoço o convidado.

Os pais nada disseram.

— Onde o senhor aprendeu essa história?

— Num velho livro, Alice.

— O senhor possuía muitos?

— Tive poucos livros, mas antigamente havia lugares chamados bibliotecas, e nelas se podia ler livros e até tomá-los emprestados. Infelizmente, foram todos queimados.

— Que triste... — disse a menina, ainda agarrada ao contador de histórias.

A mãe serviu mais vinho do Porto e o pai correu os dedos pelo celular.

— Mas adorei *mesmo* a história — frisou a menina ao desprender-se de Santiago.

— Que coisa idiota... — ironizou Beatriz.

— Não é não! — indignou-se a menina.

— É sim — disse Beatriz.

— Parem já! — gritou a mãe.

A menina perdeu-se em pensamentos sobre a avó e o livro picotado. Talvez o livro tivesse ido embora porque era hora de Santiago chegar. Talvez as coisas tivessem de ir embora, mesmo sendo isso triste, para que outras pudessem vir. Mas, como estava proibida de falar do assunto, achou estar proibida também de pensar no assunto, e então freou o pensamento. Apanhando as bonecas que tinham perfume de meninice, ergueu-as uma a uma, apresentando-as ao vizinho: Emília, Azul, Bolinha, Miloca, Faquiolina, Joninha, Lua e Zazá.

— Tive uma ideia — disse Santiago.

O contador de histórias retirou-se rumo ao palacete e voltou minutos depois com um rolo de corda fina de nylon e uma tesoura; silencioso ao abrir a porta, ele quase surpreendeu o pai da menina, que ironizava o palavreado formal do novo vizinho. Santiago sentou-se na mesma poltrona de antes, cortou um pedaço de cerca de três metros de corda e passou a fazer amarrações daquelas que sabem os homens de muitas aventuras no mar, formando uma linha entremeada por laços suaves. Ele pegou as bonecas, passou o pulso da primeira boneca pelo primeiro laço e apertou. Passou o pulso da segunda boneca pelo segundo laço e apertou. Passou o pulso da terceira boneca pelo terceiro laço e apertou. E foi assim, sempre contornando as costas das bonecas com o próprio fio, que chegou à oitava boneca. Cortou a sobra, levantou-se, abriu os braços, tendo cada ponta do fio numa das mãos, e exibiu as bonecas, agora unidas como as letras de um livro.

A menina acompanhara quieta, em pé sobre o tapete, fitando Santiago que, com as costas eretas e peito inflado, parecia uma nobre personagem de histórias esquecidas.

— Pronto. Agora suas bonecas não caem mais — disse ele. — E você nem precisará de oito braços.

— Obrigada, senhor Santiago.

Ele ajoelhou-se, entregando as bonecas à menina, e ela tocou-lhe no ombro, feito uma rainha a ordenar seu cavaleiro.

— O senhor é uma pessoa tão boa... — disse a menina.

Santiago ficou em silêncio como se visitado pela surpresa, como se aquele comentário simples o tivesse atirado a lembranças de algo longínquo. Depois agradeceu sorrindo, daquele jeito que só fazem os gênios e os atrapalhados.

— Obrigado, Alice. Você é mesmo adorável. Tenho tentado... — e interrompeu-se, como se falasse a si mesmo e a voz minguasse.

Levantando-se com olhos úmidos, Santiago disse ser hora de ir para casa e desculpou-se com os adultos pelo mau jeito com a história — não queria ter causado conflito entre as irmãs. Os pais pediram-lhe relevasse a rispidez da filha mais velha e a impertinência da menina, que tomara o tempo dele com bobagens. De forma alguma, respondeu Santiago: tudo havia sido muito prazeroso.

— O prazer foi *todo meu* — disse a mãe, frisando o "todo meu" e exibindo os dentes azulados de vinho, a boca entreaberta em sorrisos impudentes. — Fique mais um pouco.

— Adoraria, senhora Louise. Mas há tempos eu não exagerava no vinho e estou um tanto sonolento — ponderou Santiago enquanto pegava, do chão, o paletó que havia escorregado da cadeira sem ninguém ter percebido.

A menina viu algo sob a cadeira e correu até lá. Apanhou o objeto, um caderno. A capa branca possuía linhas paralelas entre as quais alguém escrevera um nome com esferográfica azul. A menina leu os escritos: "Hilário Pena".

— Senhor Santiago, isso deve ter caído do seu paletó — disse ela.

Ele voltou-se, e parecia apavorado. Depois se agachou para ficar da altura da menina e, recebendo dela o caderno, agradeceu e fez aquilo deslizar para dentro do bolso lateral do paletó, desfranzindo a testa em alívio.

Na despedida, a mãe confirmou com o vizinho a data e o horário do evento sobre livros e perguntou ao marido se ele pretendia ir. O pai falou que dependeria do trabalho, tentaria voltar a tempo, avisaria Santiago na casa dele. Melhor pelo celular, disse Santiago, informando que iria a Lisboa pela manhã e só retornaria na terça-feira da outra semana, no dia do evento.

Tão logo Santiago partiu, a mãe postou-se na janela, com os olhos lascivos afivelados na casa do vizinho. A menina surgiu por baixo e, copiando a mãe na postura, apoiou uma das mãos no vidro gelado. Beatriz saiu dizendo que iria a uma festa em Matosinhos e retornaria lá pelas duas da madrugada. Voltou às três, quando a mãe cochilava diante da TV da sala, enquanto o pai visitava um site de meninas tatuadas, mais ou menos da idade de Beatriz, que tinham se esquecido de vestir as roupas.

A menina não entendia por que os pais nunca iam para a cama no mesmo horário. Parecia que nunca dormiam. Já a menina gostava de dormir bastante. Atipicamente insone naquela noite, no entanto, ela acendeu a luz do quarto e pôs-se a arrumar as bonecas na prateleira, cuidando para que nenhuma tapasse os desenhos de lavanda do papel de parede – à exceção dos desenhos da plantinha lilás, o resto do quarto tinha ares de clínica, sem decoração, nenhum quadrinho (não deixavam a menina pendurar nada), só mesmo as paredes cor de gelo, a cama pequena, o guarda-roupas e a cômoda-escrivaninha. Depois a menina passeou pela casa, indo grudar-se de novo na janela que dava para o palacete.

Na madrugada, a casa do vizinho dançava na mata sem tocar o solo.

A menina gastou parte da madrugada a escrever em seu caderninho a história contada pelo novo morador do palacete. Pensou em Santiago e que, se ele fosse um pai, talvez contasse histórias à beira da cama a uma filha. Contaria certamente. Encantou-se com a ideia. Agora poderia ter dois pais: um que conhecera desde bebê, e esse, o senhor Santiago, o "pai de letrinhas". Gostou disso – não tinha problema ter dois pais. O senhor Santiago poderia ser seu pai de letrinhas contador de histórias. Melhor, seria o avô que não conheceu. Sim, o senhor Santiago seria o avô que ela não teve, e haveria de ser um avô calmo como o rio Febros que serpenteava pelo bosque da menina, contador de histórias como a avó que vivia na gata sumida, apreciador de cachimbos como o tio que fora preso por guardar livros. Um avô que afastasse a saudade do desconhecido, que preenchesse o buraco da ausência. Um Avô de Letrinhas.

Ela pensou também em um monte de outras coisas: queria saber por que o mundo era do jeito que era, por que foram proibir logo os livros, por que se havia de denunciar quem os tivesse, e mais um punhado de porquês. Naquela noite em especial, porém, estava encafifada era com o "caderno Hilário Pena". Talvez ali o senhor Santiago anotasse histórias. "Hilário Pena"... O nome de família era o mesmo do senhor Santiago: "Pena". A menina queria saber o que havia no caderno. E queria saber quem era o tal Hilário Pena. Depois ela veria isso com o bosque.

A menina sabia que, quando se deseja algo no bosque, o bosque atende, e que, tendo pedido alguém que contasse histórias, o bosque já havia lhe entregado. Estava muito grata. Sabia também que, se aquele era mesmo um caderno de histórias, algum dia, quando fosse maior e mais sabida, o bosque iria trazê-lo para ela. Mas talvez até lá ela ainda tivesse muito que crescer. Talvez viesse a conhecer a história de Hilário Pena por escritos dele próprio. Ou talvez aprendesse sobre Hilário Pena pela voz de Santiago, o Estrangeiro que contava histórias.

SEGUNDA PARTE

POR OUTROS OLHOS:

Hilário Pena e a Biblioteca de Babel

I

Réquiem

(Brasil, muitos anos antes...)

Hilário Pena tinha vinte e dois anos no dia do crime.
    O frio de maio em São Paulo não impedia a concentração de moças e rapazes, e a algazarra avivava a tarde no bairro boêmio, antes reduto de idosos; raios de sol escapavam por brechas nas nuvens, aclarando os telhados, e iam reforçar o amarelo-vivo da calçada; dali, era quase inaudível a apresentação de chorinho que ocorria nos fundos do bar. À sombra do salgueiro-chorão, Hilário aguardava a chegada dos colegas de trabalho – engenheiros do setor de projetos, seus superiores na construtora. Balançando-se na cadeira, ele apoiou os cotovelos no tampo da mesa e, aproveitando a proximidade do retrovisor de um carro estacionado, ajeitou os cabelos negros e lisos. Desvestiu o casaco, deixando à mostra os braços robustos, e esfregou as mãos, tateando os calos que evocavam a época de atividade na marcenaria. Enquanto tomava sua cerveja, leu no quadro de avisos, montado sobre um barril de carvalho, a chamada para a roda de samba do domingo e o cartaz da campanha pela restauração da Biblioteca Municipal.
    Naquele tempo Hilário não dava a mínima para livros, mas a discussão na mesa ao lado capturou sua atenção: três garotas e um loiro magricela receberam com abraços o baixotinho de traços indígenas que acabara de chegar de bicicleta; ao sentar-se, o baixotinho depositou na mesa um livro poeirento que tirara da blusa, dando início à contenda.

— Essa velharia tem de acabar! — gritou o loiro, e entre risos emendou que os livros eram detestáveis e antidemocráticos, que era caso de ser moderno e proibi-los como na Suíça, de meter fogo em tudo.

O baixotinho encrespou-se, falou com desembaraço, ganhou apoio das moças; mas logo a discussão foi suplantada pelo burburinho do boteco. Espremendo parte da clientela na calçada, o "Galeriano´s Music Bar" tinha esse curioso efeito de baralhar por instantes as vidas de desconhecidos, mesclando vozes e impressões, enlaçando olhares, repicando assuntos como pedacinhos de vidro num caleidoscópio.

O som de buzinas fez Hilário olhar para a rua. Um idoso de pele crestada pelo sol puxava sua carrocinha recolhendo lixo reciclável – atrapalhava o trânsito e, embora a lentidão em regra não incomodasse quem estava a passeio, com *aquilo* os motoristas não tinham paciência. Hilário mediu-se com o velho, que lhe pareceu um sentenciado a trabalhos forçados, mas não demorou para esquecer-se dele – naquela época Hilário ainda carregava o otimismo típico da mocidade, com a certeza de sucesso no porvir: da infância marcada pela pobreza às gozações na faculdade por usar sapatos simplórios, todos os seus percalços pareciam agora superados; a roda da fortuna iria girar e ele chegaria ao ápice, ganharia respeito; e já percebia que até mesmo Cristina, a engenheira ruiva de pernas de arranha-céus, era-lhe mais e mais receptiva.

Quando finalmente chegaram os quatro rapazes, parabenizaram Hilário brevemente pela promoção de estagiário a *trainee*, sentaram-se e puseram-se a tagarelar sobre a viagem realizada no ano anterior, da qual ele não participara. Alheado da conversa, Hilário alternou tragos de tequila com goles de cerveja e pôs-se a observar a jovialidade das saias curtas que desafiavam o vento. Já um tanto embriagado, ele levantou-se, serpenteou entre as cadeiras, mesas e pessoas à beira da rua, e depois foi conferir a área interna do bar – o longo retângulo de paredes revestidas de madeira, nas quais pendurados instrumentos musicais; mas nada de Cristina ali também. Ao retornar à sua mesa, Hilário percebeu que os vizinhos tinham retomado a conversa sobre proibir os livros; ia mencionar tal assunto aos engenheiros quando alguém berrou "silêncio!", e então todas as atenções voltaram-se para o noticiário exibido no televisor fixado sob o toldo do bar.

A TV vinha repetindo a mesma matéria desde cedo: a decisão judicial era agora definitiva, não cabia recurso, e a legislação sobre o novo método de redução da criminalidade seria aplicada. A técnica consistia no exame que investigava a presença de um gene condicionante da violência, e com isso seria possível mapear os criminosos em potencial e impor a pena capital aos autores de crimes graves. O noticiário ecoava o de uns quatro anos antes, quando a lei fora publicada, mas de imediato suspensa, e o assunto agora retornava porque os ministros do tribunal tinham ouvido especialistas, revisto conceitos, mudado o entendimento. As medidas anticrime haviam obtido espantosos resultados na Inglaterra, Estados Unidos e Alemanha, dizia o empolgado âncora; depois foram adotadas por toda a Europa; e a partir daquele dia seriam vistas no Brasil. A reportagem exibiu uns protestos, arruaceiros gritando contra a pena de morte, mostrando fotografias, amarrando-se a postes, fazendo baderna com seus cartazes. Hilário não deu atenção.

Já Túlio, o engenheiro que por alguma razão ininteligível era tido em alta conta por Cristina, festejou: finalmente o Governo – ou alguém maior que o Governo – cumpria sua função, resolvia os problemas, os criminosos seriam todos presos, e os cidadãos comuns poderiam beber suas cervejas em paz. Logo celulares tocaram, alguém relembrou uma piada antiga, outro comentou o jogo de futebol da quarta-feira, e o assunto foi encerrado quando chegaram as porções de torresmo e pastel. Vieram à mesa feijoada e caipirinha, duas horas transcorreram na tarde cinza de espasmos amarelados, e todos esqueceram-se da reportagem e dos genes. Ao longe o sol embaçado despencava das nuvens e ia encovando-se atrás dos prédios; àquela altura Cristina até já havia chegado irradiando sua beleza cúprica, mas limitara-se a acenar da porta, indo embrenhar-se na ala interna com as amigas. Como de costume quando bêbado, Hilário devaneou sobre alguma atuação heroica que pudesse caber-lhe – precisava de algo que despertasse o interesse dos outros, pois tinha a constante sensação de que permanecia excluído de tudo, como se em qualquer parte do mundo fosse ser sempre um forasteiro.

Chovia fino quando Túlio se levantou e se postou entre os dois rapazes da mesa vizinha; falava alto, as mãos abrindo e fechando nervosamente; pareceu não ter sido muito respeitoso com uma moça de lilás. Tudo começou com uma simples discussão, mas em segundos braços entrelaçavam pescoços, pernas alcançavam alturas inimagináveis, cabeças eram atingidas. Uma sinfonia foi composta por copos, garrafas e cadeiras se quebrando; o barril de carvalho foi ao chão, partindo-se com estrondo, e um "não", gritado em coral, foi sucedido pelo estranho som de pele se rasgando.

Com os pés na calçada e o dorso no asfalto molhado, o baixotinho do livro vertia sangue pelo pescoço tingindo a calçada, tingindo o asfalto, tingindo tudo. Um cachorro esquálido cruzou a rua e com as patas tintas foi carimbando a calçada, carimbando o asfalto, carimbando.

Pálido de horror, Hilário Pena tinha na mão um gargalo de garrafa em forma de adaga.

Não era a melhor maneira de acordar. O braço bateu na parede estufada pela umidade e farelos de tinta caíram no rosto de Hilário, impedindo-o de abrir os olhos. Que lugar era aquele ele não sabia; havia um entorpecente cheiro de porão. Ergueu seu tronco do chão áspero, esfregou as pálpebras e então viu, fora de foco, o padrão de hastes alinhadas à sua frente como soldados asseados. Tentou rememorar o ocorrido, mas tudo parecia envolto em água, névoa e vômito.

Havia respingos de sangue em sua camisa, mas aparentemente não estava ferido. Encontrou um esparadrapo grudado na junção do braço com o antebraço. Pondo-se em pé, Hilário percebeu-se em uma cela e teve vertigem, agarrando-se às barras metálicas para não cair. Vomitou. Segundos depois, mais aprumado, constatou estar numa ala de quatro celas cúbicas: a sua e a contígua, de um lado do corredor, e duas idênticas, do outro. Paredes de alvenaria cinzenta delimitavam os fundos e uma das laterais de sua cela, enquanto grades fechavam a frente e faziam a divisão com a cela adjacente; não havia lâmpada no teto encardido e o piso era de cimento grosseiro, parecendo uma chapa de zinco amassada e imunda. Hilário afastou a cortina bege da lateral esquerda e descobriu o minúsculo banheiro; havia um espelho trincado, pendurado acima da pia diminuta, um buraco sanitário e um chuveiro cuja fiação esgueirava-se pela parede. Um feixe luminoso proveniente da pequena abertura na parede traseira invadia a cela, projetando no chão, em luz e sombras, o desenho do gradil.

Subindo na cama de concreto, estreita como um catre de campanha, Hilário ficou na ponta dos pés, mas, apesar de ter quase um metro e noventa de estatura, não alcançou as barras da janela. Ao descer da cama, notou seu relógio caído num canto e abaixou-se para pegá-lo.

— Bem-vindo a Babel.

A voz vinha do corredor e apanhou Hilário ainda agachado; ele voltou-se e viu um sujeito de uniforme cinza com cara de hiena.

— O que estou fazendo aqui? — perguntou Hilário, levantando-se.

—Você não sabe? Ótimo. Diga isso ao juiz. Talvez ele leve em conta sua amnésia. Talvez ele se esqueça de mandar apertarem o botão para fritar seus miolos.

— Juiz? — e Hilário vomitou mais um pouco.

O estômago doía como se um bicho peçonhento percorresse suas entranhas. As lembranças chegavam aos poucos: a garrafa ferindo o solo, estilhaços, ele na defesa dos amigos. O agente penitenciário retirou-se assoviando.

Veias e artérias tripudiavam na cabeça de Hilário, obrigando-o a deitar-se mesmo tendo o vômito ali, com seu cheiro ajuntado ao de tequila e de frituras de boteco. Atordoado com o que ouvira, ficou imóvel e acabou adormecendo. Quando acordou, a tela digital de seu relógio marcava 20:01, sincronizada com os ponteiros. Encontrou, recostada à grade, uma marmita de alumínio e abriu-a, mas o cheiro dos legumes refogados provocou ânsia, e com a bile desenhando-se na garganta não houve meio de comer. Rememorou os acontecimentos no bar, e não entendia por que *ele* estava preso; aquilo era insondável – e um rematado absurdo. Buscou abrigo em um canto menos frio, longe da cama que parecia um jazigo e da mancha de vômito que emporcalhava o chão. Ao usar seu casaco como cobertor, lembrou-se de Dona Marta, a senhorinha que lhe presenteara com aquela peça de camurça. Da velhinha o pensamento saltou para o Professor Andrada, marido dela, e para as bolsas de estudos – de aprendiz de marceneiro, Hilário era agora estudante de Arquitetura e Engenharia e estava prestes a se graduar nos dois cursos. Lembrou-se de quando ajudou o professor, então um desconhecido, a trocar pneus numa noite de chuva; lembrou-se da amizade surgida entre o senhor culto e o adolescente de unhas sujas, das tardes jogando xadrez na casa dos velhos, de Dona Marta – sempre comovida com a história do órfão que trabalhava em troca de um lugar para dormir – ensinando-lhe Música; o que mais comovera os velhos, no entanto, não fora a orfandade, e sim a história das listas: despojado de qualquer coisa que pudesse chamar de sua, o garoto Hilário tinha capturado todas na fantasia: eram listas de viagens sonhadas, de brinquedos de vitrine, brinquedos de feira, bichos, amigos, guloseimas, familiares – enfim, de ausências. A memória invulgar havia também reunido tesouros etéreos: listas de ditados de rua, de palavras raras, de equações insólitas. Hilário não refugou quando, alguns anos depois, o professor ofereceu-lhe as bolsas de estudos e, meio abobado, descobriu que a habilidade de trocar pneus podia valer uma faculdade. Duas.

A madrugada encontrou Hilário entre o sono e a vigília, tentando lembrar-se do que lhe parecia ter sido a véspera, o sábado no bar com o pessoal da construtora. No início achara-os esnobes, decepcionando-se um pouco com os ricos: eram chatos, contavam sempre as mesmas histórias sem graça e vestiam-se como se pertencessem a um mesmo time de rúgbi. Ninguém ali tinha apanhado quando criança, nem precisava se envergonhar ao ter de preencher o maldito campo "filiação" nalgum formulário estúpido. Mas eles moravam em casas suntuosas e tinham carros velozes, e não foi difícil gostar daquele mundo: em poucos meses, Hilário trajava-se como eles, imitando-os em tudo. Cristina fora a propulsora da mudança, é certo, embora sem dizer nada – uma mulher daquelas não precisava falar nada para mostrar o que queria. Convencido de ter apenas cumprido um dever ao defender os amigos, Hilário adormeceu, reconfortado.

Hilário acordou com gritos da hiena: alguém importante queria vê-lo. Na certa um dos engenheiros; talvez Cristina; ou até mesmo o Professor Andrada.

Conduzido por corredores delgados intercalados por portas oxidadas e ladeados por celas vazias, Hilário chegou a uma sala escura, sem janelas e de ar pestilento. Logo os olhos adaptaram-se à pouca luz e ele pôde enxergar algo: havia uma mesa retangular, sobre a qual descia a luminária suja que dava ao lugar a aparência de casa de jogatina, além de quatro cadeiras e um arquivo de metal. Colocado de costas para a porta numa das cadeiras, percebeu na lateral uma escada de alvenaria. Três homens engravatados contornaram a mesa e sentaram-se, e o mais velho, de vivaz rosto negro, apresentou-se:

— Senhor Hilário Pena, sou Carlos Castelo, advogado — disse o sujeito, enquanto desabotoava o paletó azul visivelmente caro. — Fui nomeado para representar seus interesses. Minha atuação será *pro bono*. Gratuita. Estes dois senhores são da Comissão de Investigação, Análise e Execução do Ministério de Política Criminal.

Hilário mirou o rosto oval que falava sobre a tal comissão de nome comprido e estranho. Os olhos do advogado piscavam por trás dos óculos de aros redondos, os dedos ajustavam as abotoaduras de ouro, e os cabelos e a barba embranquecidos, aparados à máquina bem curtos, davam contorno perfeito ao formoso crânio. A primeira impressão que se tinha do Doutor Castelo era a de um homem bom, lhano, daqueles que se acionam em situações extremas – como fazem velhos camponeses ao pedirem a intercessão de um santo.

Desviando para as duas figuras espectrais da Comissão, Hilário sentiu-se enfiado numa tina com gelo: vestiam ternos pretos idênticos e, não fosse a barba comprida e longa cabeleira de um em contraste com o corte militar do outro, seriam intercambiáveis os dois sujeitos, ambos com o mesmo rosto pálido e os mesmos olhos opacos de verdugo.

Recostando-se na cadeira, Hilário provocou um som surdo ao bater com as algemas no tampo da mesa de jatobá.

— Muito prazer, doutor. O Professor Andrada chamou-o para minha defesa? Ou foi o pessoal do trabalho?

— Fui nomeado pelo Estado — respondeu o advogado, abrindo uma pasta.

— Deve haver algum engano. Tenho certeza de que meus amigos chegarão logo. Peça-lhes para contatarem o professor. Com todo respeito ao senhor, doutor, prefiro alguém da confiança dele.

— O Professor Andrada já esteve aqui enquanto você dormia — disse o advogado com firmeza. — Ao inteirar-se do caso pediu que ninguém mais o incomodasse. Deixou claro que você era apenas um garoto que ele ajudou há alguns anos. Não pareceu confortável com a situação.

— Entendo. Ele já tem certa idade, não deve compreender essas coisas. Mas e os rapazes que estavam comigo no bar?

O Doutor Castelo hesitou, mas Hilário projetou o corpo para a frente, numa indicação de que o advogado devia responder.

— Seus amigos não virão.

— Como assim?

— Prestaram depoimento no 3º Distrito da Capital e foram enfáticos: não atenderiam nenhuma ligação sua.

— Não pode ser, doutor! — gritou Hilário. — Estou aqui por eles! Só peguei a garrafa para que ninguém mais se ferisse.

— Acalme-se. Veja, sou seu advogado, mas só poderei fazer um bom trabalho se me disser a verdade. *Toda* a verdade. Vamos recapitular: você matou um homem e ninguém confirmou ter sido para se defender ou...

— Isso é ridículo! Eu não matei ninguém! Aqueles sujeitos é que estavam batendo nos meus amigos. O baixotinho tinha até um revólver, poderia ter matado o Túlio!

O advogado rodopiava a unha do indicador por sua pasta de couro de avestruz.

— Na verdade, Hilário, seus amigos é que estavam em maior número e, segundo eles, quando tudo já havia sido apaziguado, você saltou sobre um dos rapazes, desequilibrou-se, caiu e, enquanto se levantava, apoderou-se de uma garrafa de cerveja, quebrou-a no meio-fio e cravou o gargalo no pescoço daquele jovem.

— Quem disse isso?!

— Vou pedir novamente que você se acalme. Do contrário não chegaremos a lugar algum. Veja, pelos depoimentos colhidos, sua situação é bem delicada.

— Doutor, eu não fiz nada de errado. O rapaz tinha um revólver!

— Por enquanto nenhuma testemunha falou em arma de fogo. De qualquer maneira, temos um possível trunfo caso você seja condenado, e é por isso que estes dois senhores da Comissão estão aqui.

Hilário levantou-se berrando: queria falar com o Professor Andrada, tinha direito a um telefonema, alguém deveria contatar o pessoal da construtora, alguém tinha de vir resolver aquela confusão. O advogado esclareceu que sim, tinha direito a uma ligação, mas não, não poderia ligar para os amigos que já haviam vetado suas chamadas. A hiena veio até a porta da sala com o cassetete em riste; Hilário sentou-se, enterrou a cabeça nos braços e ficou olhando os próprios joelhos. O advogado esperou-o voltar à posição original e prosseguiu:

— Você tem mais alguém para quem queira ligar?

Hilário não tinha. Estava só. De novo. Era não mais que limalha humana.

Os homens da Comissão permaneciam imóveis, parecendo gárgulas de uma catedral gótica. Hilário quis saber sobre o tal "trunfo", mas olhou de soslaio para os sujeitos do Ministério de Política Criminal e perguntou se não teria uma entrevista reservada com o advogado. O Doutor Castelo respondeu que depois haveria tempo para isso, mas naquele primeiro contato a presença dos agentes era de suma importância para o caso. Só então os sujeitos apresentaram-se.

— Sou o Agente Martins. Muito prazer — disse o homem sem barba. — Este é o senhor Supervisor, Agente Meireles.

Hilário cumprimentou-os apenas movendo a cabeça e voltou-se para o advogado, que começou a explicar.

— No dia em que tudo ocorreu a nova legislação de rastreamento genético de criminalidade já estava em vigor. Agora a boa notícia, mais para você do que para o Governo — disse o advogado num tom irônico. — Antes de ser trazido para cá você passou pelo Hospital Central da Capital. Estava desacordado. Por determinação do delegado, extraiu-se um pouco de seu sangue para exame de alcoolemia e de entorpecentes e...

— Eu não uso drogas!

— Sabemos, os exames confirmaram. Mas permita-me concluir, por favor. Seu sangue também foi submetido aos testes de mapeamento genético. Você foi um dos primeiros. E o único com resultado negativo. Pode escapar da pena de morte e...

— Pena de morte?! Primeiro o carcereiro e agora o senhor também, doutor?! Só podem estar brincando.

— Infelizmente, tudo isso é bastante sério — e o advogado esfregou o polegar nos lábios. — Há cerca de quatro anos foi promulgada a lei que permite o uso de exames genéticos para indicação da tendência de criminosos reincidirem...

— Não sou criminoso!

— Deixe-me prosseguir — disse o advogado, impaciente. — Essa lei foi uma cópia descarada da norte-americana e incluiu a possibilidade de execução dos condenados, algo até então inconcebível neste país. Talvez você tenha ouvido alguma coisa na época. Integrei o grupo que contestou esse absurdo no Supremo Tribunal Federal. Desgraçadamente, perdemos: nove dos onze ministros acolheram a tese de que, com o ato presidencial de "declaração de guerra à criminalidade violenta", a pena de morte, prevista na nova lei, poderia ser adotada para casos de homicídio, estupro, tortura, terrorismo e latrocínio. O tribunal também decidiu que o Direito deve acompanhar as inovações científicas e, por isso, a análise dos genes não implica violação a direitos fundamentais nem...

— Desculpe-me, doutor — interrompeu Hilário — mas esse palavrório todo não me diz nada! Aliás, sempre detestei o Direito e seus termos empolados. O senhor havia falado em "boa notícia", mas agora há pena de morte e antes não havia, não?

— Realmente, só posso lamentar esse ponto. Mas não era a isso que me referia. Veja, a nova legislação permite a execução de assassinos, mas apenas os reincidentes ou os que, sendo primários, como você, tenham identificado em seus exames o gene da criminalidade. Você *não o tem*. Aliás, essa é a razão pela qual estes dois senhores estão aqui: seu caso pode representar um furo na teoria do gene criminoso. Nos outros países, em todas as oportunidades em que foram realizados os exames, invariavelmente os autores de homicídios possuíam tal gene, e recomendou-se fossem executados pois, por predisposição genética, na certa cometeriam mais delitos brutais. Mas estudos acadêmicos indicam que indivíduos não portadores daquele gene nunca cometem crimes violentos. Seu caso é único. Mesmo que tenha agido sem ser em defesa própria ou alheia, poderemos argumentar que, não tendo o gene, você não oferece perigo à sociedade, e então poderá ser solto em alguns anos.

— Alguns anos?! O senhor deve estar louco. Eu não fiz nada de errado! Peguei o gargalo da garrafa depois. Nem sei quem cortou o rapaz. Queria apenas defender meus amigos. Tenho um bom emprego, duas faculdades para terminar e...

— Sinto informá-lo, Hilário, mas o porta-voz da universidade já anunciou pela imprensa que suas bolsas de estudos serão canceladas — disse o advogado. — E os papéis de sua demissão estão na minha pasta.

Subitamente Hilário sentiu-se fraco; os pés ficaram amortecidos e manchas escuras invadiram seu campo de visão. Bem que poderia ter um ataque e pronto, todo o inferno desapareceria, pensou. Um dos homens da Comissão tentou segurá-lo pelos ombros, mas não houve tempo e o preso caiu.

A noite sem sonhos foi interrompida por apenas seis curtos lances de bile. Quando despertou pela manhã, Hilário sentou-se na cama, percebendo não mais vestir a própria roupa, mas um uniforme amarelo, feito em tecido pesado e áspero como lona de acampamento; seu casaco também havia sumido. Gritou pelo agente penitenciário, que agora era outro, e o homem veio até as barras. Uma linha de sombras unia o cavanhaque negro ao cabelo das têmporas que se juntava atrás no rabo de cavalo preso, desenhando uma borda para calvície do funcionário. O substituto da hiena limitou-se a dizer que o advogado só viria no fim da tarde.

Com o auxílio de dois copos d'água, Hilário engoliu o pão murcho, pensando em como seria longa a espera até a próxima visita do advogado. Mas logo ouviu o ganido da porta de ferro e o funcionário reapareceu, agora dizendo que o doutor havia se antecipado. Hilário refez o trajeto do dia anterior, indo dar na mesma sala escura. Estava ali apenas o Doutor Castelo.

— Espero que esteja melhor — disse o advogado.

— Sim, estou. Obrigado. Desculpe-me, doutor; não sei bem o que aconteceu. Creio ter desmaiado.

— Isso. Falávamos de cumprir alguns anos de prisão.

Desta vez o preso manteve-se firme e perguntou sobre os homens da Comissão, sendo informado do retorno deles ao Ministério. Não, aquilo não causaria nenhum prejuízo, esclareceu o advogado: os agentes só tinham vindo conhecer o caso que, logo no primeiro dia, parecia contrariar toda a lógica do Programa. Hilário disse não saber onde estava e tampouco há quanto tempo, indagando por que parecia ser o único preso naquela ala, já que ouvia, pela janela, vozes de outros homens.

Com um ar grave, o Doutor Castelo contou que, após o crime, Hilário desfaleceu, ficando inconsciente por horas, quase em coma alcoólico; acordou agressivo e teve de ser dopado. A Polícia estava ansiosa para ver em funcionamento os testes genéticos de criminalidade, mas, como o de Hilário deu negativo, a Secretaria de Segurança Pública foi logo avisada. Ele ainda estava desacordado quando, num ajuste entre o Secretário e a Polícia Federal, foi transportado na madrugada para aquele presídio em Itaí, situado a cerca de trezentos quilômetros de São Paulo, exclusivo para estrangeiros.

— Isso é insano! Como o senhor bem sabe, doutor, não sou estrangeiro! Por que estou aqui?

— Dê-se por feliz. Se você ficasse lá no 3º Distrito da Capital ou fosse mandado para algum estabelecimento comum estaria dividindo uma cela menor com uns vinte homens.

— Ainda não entendi... E por que isolado?

— Este lugar está repleto de traficantes internacionais e contrabandistas, mas em outros pavilhões. Seu isolamento é uma forma de protegê-lo.

— Proteger-me *de quem*? E por que essa coisa de prisão para estrangeiros?

— Veja, é provável que seu caso ganhe repercussão no exterior, e talvez representantes de outros países venham vê-lo. Pesquisadores. Quem sabe até alguém da ONU. Este presídio ficou conhecido como Babel por abrigar falantes das mais diversas línguas, e logo se transformou num inferno pela superlotação. Alguns anos atrás, no entanto, depois de uma visita de observadores internacionais, o Governo sofreu muita pressão. O prédio foi reformado e ampliado, e virou uma instituição-vitrine: há oficinas de artesanato e marcenaria, quadra poliesportiva, vasto campo de agricultura no entorno, e é uma das únicas penitenciárias do país que conta com uma boa biblioteca. Por isso você está aqui. Afinal, se for visitado, não ficará bem para a Presidência que delegações estrangeiras sejam recebidas em local inapropriado. Nem que o encontrem machucado ou morto.

— Morto?! Por que alguém faria isso comigo?!

— Você está em um presídio, Hilário, e nunca se sabe o que pode acontecer num lugar desses. Aceite de bom grado o isolamento como uma proteção especial. Bem ou mal, neste aspecto você está com sorte.

Hilário não gostou do gracejo – excluídas as bolsas de estudos, nunca teve a porcaria da sorte em nada. O advogado perguntou se ele estava disposto a ouvir sua estratégia de defesa. Com o aceno afirmativo do cliente, o Doutor Castelo passou a explicar:

— Não pude dizer tudo ontem, pois algumas coisas eu não queria que o pessoal da Comissão soubesse. Fui ao local do crime e constatei que um dos edifícios daquela rua possui câmeras de segurança. A Polícia parece não ter atentado para esse detalhe, e antecipei-me pedindo as gravações ao síndico, que me entregará uma cópia — disse o advogado, com um sorriso de contentamento e vitória. — O prédio dista uns quarenta metros do bar, e ainda não sei se as câmeras captaram algo; ao menos há uma chance de a ação ter sido filmada, e aí poderemos ver o que de fato aconteceu.

— Ótimo! Poderei provar minha inocência.

— Isso *se* as gravações confirmarem o que está dizendo.

— O senhor não acredita em mim?

— Não é isso, meu rapaz... Temos de trabalhar com as mais diversas possibilidades. Veja: todas as testemunhas foram contra sua versão e, se não tivermos o apoio de imagens, a situação agrava-se.

Hilário pediu ao advogado esclarecimentos sobre aquela coisa de genes criminosos – nada superficial, enfatizou, pois sua vida dependia daquilo. Sim, Hilário lembrava-se de ter lido algo nos jornais, de grupelhos fazendo protestos; mas nunca se interessara – não era criminoso e não tinha por que se preocupar; agora, porém, queria entender tudo sobre o tal Programa. O Doutor Castelo consultou o relógio e assentiu: tinham tempo o bastante e ele explicaria em detalhes – estudava a matéria há anos. Hilário então ouviria uma narrativa de sucesso científico que por quase meia hora iria raptá-lo da sala de ar escasso, submergindo-o num mundo onírico habitado por pesquisadores geniais que cruzavam jardins indizíveis a discutir novidades salvadoras da Humanidade. Durante o relato, Hilário quase podia tocar aqueles homens que ele imaginava grisalhos, de cinturas avantajadas e barbas cônicas cultivadas com afagos entre um experimento e outro. O Doutor Castelo tinha a voz límpida de um contador de histórias e, entrecortando gestos no ar com seguidos ajustes nas abotoaduras, foi relatando:

— Há alguns anos, ganhou força uma teoria segundo a qual nós, humanos, seríamos um mero aglomerado de genes que possuiriam vontade própria e condicionariam nossas ações. Segundo tal teoria, cada gene lutaria para manter-se não só no presente como também no futuro, buscando perpetuar-se — ainda que para isso tivesse de parasitar ou destruir —, e a somatória de "vontades" desses genes daria as coordenadas da conduta humana. Assim, tudo quanto consideramos como *cultura* não passaria de uma visão romântica e farsesca do humano, uma parábola desse ser composto por micropartículas voltadas tão-somente à sobrevivência e à reprodução. E mesmo a ocorrência de comportamentos altruísticos, tais como arriscar a vida por alguém ou ajudar um desconhecido sem nenhuma perspectiva de lucro, não infirmaria a teoria, pois haveria certos genes que, apesar de não identificados em exames laboratoriais, afastariam essa aparente contradição: é que certas condutas de auxílio mútuo, bastante úteis a nossos primitivos ancestrais na época em que proteger todo o grupo era sinônimo de salvaguardar a si próprio, teriam ficado gravadas por repetição na memória dos hominídeos, manifestando-se até hoje, apesar de não mais serem necessárias à preservação individual; e a explicação para isso seria a existência de genes "não físicos", "partículas de memória" transmitidas de geração em geração, ou, mais propriamente, genes *virtuais.*

Hilário ouvia atento, sem entender de que forma aquilo tudo poderia ter relação com uma simples briga de boteco.

— Tais ideias fascinaram a comunidade médica — prosseguiu o advogado — e logo surgiu uma nova conjectura: a de que, ao longo da evolução, alguns genes teriam sofrido mutações, transformando-se em condicionantes de violência gratuita. Estudos no sistema carcerário britânico revelaram que todos os presos violentos possuíam o que passou a ser chamado de *gene-C,* o gene da criminalidade. E isso levou a sérias mudanças no próprio sistema penal de lá: agora, a presença do *gene-C* em autores de crimes bárbaros leva inexoravelmente à pena de morte, dada a certeza de reincidência. Mas o fato mais impressionante, meu rapaz, é que o seu caso, o "Caso Hilário" como vem sendo tratado pela mídia, está desafiando todos esses postulados: é o primeiro registro de autor de homicídio com resultado negativo para o *gene-C.*

— Ótimo, doutor! E isso não é prova de minha inocência?

— Na verdade, não. Talvez a Acusação alegue que você possui algum *gene-C* "virtual" — embora eu não faça a mínima ideia de como possam provar isso. E, de qualquer modo, todos os depoimentos contrariaram sua versão, já que ninguém confirmou ter visto o tal revólver. Assim, teremos de encontrar eventuais falhas na investigação e no Programa, e quem sabe tentar uma pena mais branda no Tribunal do Júri.

— E como será?

— Bem, o velho sistema de julgamento em duas fases foi abolido, e agora tudo corre desde o início diante dos jurados. Preciso de nome e endereço de pessoas que possam testemunhar em seu favor.

Hilário fez anotações na folha pautada que lhe estendeu o advogado.

— Corro mesmo o risco de receber a pena de morte?

— Infelizmente, sim. Até algum tempo atrás, casos como o seu implicariam reclusão de doze a trinta anos se condenado por homicídio qualificado. Talvez conseguíssemos a pena mínima de homicídio simples, seis anos, ou até desclassificação para lesão seguida de morte, com pena de quatro anos em regime aberto.

— Claro! — empolgou-se Hilário — Meu vizinho estuprou uma garota e ficou preso pouquíssimo tempo. E um colega de classe desfigurou a namorada a marteladas e só tem de ir ao fórum mensalmente assinar uns papéis. O que eu fiz não pode ser tão grave...

—Você matou uma pessoa, Hilário! Isso não é grave o suficiente? — os músculos faciais do advogado vibravam e, após uma larga inspirada, ele empurrou a mesa, inclinando as costas para trás. —Veja, o fato é que, depois de muitas críticas à leniência do sistema penal, saltamos para o extremo oposto, e agora temos pena de morte. Sabe, estou ficando velho e ainda não me habituei à ideia de que um cliente possa ser assassinado pelo Estado. Era algo impensável quando me formei...

O modo como o advogado falava conferia-lhe um aspecto nobre, como se estivesse relembrando os ideais da juventude, a justiça, a defesa da liberdade, a sacralidade da profissão.

— Bem, era isso — retomou o doutor — Nosso tempo esgotou-se. Terei de me ausentar do país por algumas semanas, mas retornarei a tempo para seu julgamento, que deve ocorrer em dois ou três meses. Até lá, como a única atividade permitida para você é a leitura, sugiro que dê uma olhada na biblioteca daqui e...

— Não me interesso por livros.

II

Castigo

Oitenta e três dias depois, abrigado com mais oito réus no caminhão-baú azul que fazia o transporte até o fórum na Capital, Hilário passou horas sentado numa trave cilíndrica, as costas padecendo a cada solavanco, os ombros espremidos a cada curva, a garganta implorando por água, estômago e intestinos num desarranjo ameaçador. As portas do caminhão rangiam e o velho motor a diesel urrava nas subidas e chiava nas descidas. Então houve o silvo do freio a ar e o motor foi desligado. Ao descer do compartimento de presos, Hilário teve a visão ofuscada pelo sol rebatido nos vidros do prédio; a umidade do ar provocava refração, e o edifício do fórum, que parecia trepidar, ganhava contornos fantasmagóricos.

"Um por vez" gritou o agente penitenciário, e os outros presos ficaram retidos no caminhão enquanto Hilário era exibido à imprensa como um espécime recém-descoberto nalgum continente inexplorado. Escoltado por quatro policiais, ele subiu com dificuldade a escada em espiral, ora enroscando a ponta do chinelo na rebarba de um degrau, ora raspando os cotovelos na parede áspera, ora se desequilibrando por causa da corrente que atava seus tornozelos. A cada tropeço levava nas costas uma estocada de escopeta. Vencido o estreito corredor, pelo qual serpenteava um vento morno e insidioso, Hilário foi posto numa antessala, de onde avistou, ao longe, duas mulheres chorando. O trinco da cela estava emperrado e alguém buscou um martelo para abri-lo.

Hilário foi trancafiado ali sozinho. Não havia banco ou cadeira, e ele sentou-se no chão de tacos e apoiou as costas na parede. Com uma visão parcial da plateia, procurou pelos rostos dos amigos e do Professor Andrada. Nada. No lado oposto ao da carceragem, uma multidão barulhenta atravessava o portal de entrada do salão do Júri. A maioria das pessoas vestia camisetas e tênis, como se estivesse indo não ao julgamento de um homem, mas a um piquenique matinal. Irritado por não saber o quanto faltava para o início do julgamento (não lhe permitiram usar seu relógio), Hilário esfregava as unhas no malcheiroso uniforme amarelo, que trazia o número 2001B estampado nas costas.

O palavrório vindo do salão do Júri era como um gotejar de água em noite de insônia, e, nauseado, Hilário fechou os olhos e imaginou se tudo não passava de uma noite errada, repleta de sonhos ruins e errados. O alívio veio. E logo foi embora.

— Hilário.

A figura do Doutor Castelo surgiu do outro lado, listrada.

— O julgamento deve começar em instantes. Tente não se esquecer de nenhum detalhe. E lembre-se: a confissão pode abrandar sua pena.

— Já conversamos sobre isso, doutor. Foi legítima defesa.

— Bem, a Acusação mostrará que nenhum de seus amigos confirma isso.

— Ratos ricos!

— Isso não irá adiantar... concentre-se no que tem de dizer. O mais importante é mostrar-se arrependido, falar de sua infância difícil e, quando o assunto surgir, minimizar as brigas no orfanato.

— Eles sabem disso também?

— Eles sabem de tudo.

Hilário esperou passar o aturdimento e retomou:

— Insisto, doutor. Eu só me defendi. A mim e aos outros.

— Tudo bem, tudo bem.

— O senhor acredita em mim?

O advogado não respondeu.

— Acredita?

— Veja, o importante é o Júri acreditar.

— E minhas testemunhas? Elas poderão confirmar que eu não era má pessoa — disse Hilário, abraçando as grades.

— Sinto informá-lo, Hilário, mas Dona Marta faleceu há meses, antes mesmo de você ser preso.

— E o Professor Andrada?

— Ele não virá. Está bastante doente e conseguiu ser dispensado de depor.

— Quer dizer que estou só?

— Arrolei o pessoal do trabalho. Mas a Promotoria também o fez, já que todos desmentiram sua versão.

O advogado foi chamado ao salão do Júri.

Hilário pensou em Dona Marta. Não devia ter ficado tanto tempo sem visitá-la... bem, agora não era hora para luto. Levantou-se, sentou-se, virou-se, levantou-se de novo, coçou as pernas, conteve a ânsia. A distensão temporal provocava vertigens — um mal que sempre o atacava nas provações. O Doutor Castelo retornou e, ofegante, explicou que a Comissão tinha se habilitado no processo e apresentado um parecer de alguém de nome exótico — segundo o advogado, um famoso jurista. Anexo ao parecer havia um relatório elaborado pelo Grupo Especial de Trabalho da Comissão e, anexo ao relatório, outro parecer, com timbre de universidade inglesa, acompanhado de tradução juramentada. Por conta desses novos elementos, Acusação e Defesa concordaram ser inevitável adiar o julgamento.

Hilário olhou para os sulcos úmidos do rosto do advogado.

Perguntou-se se o homem de terno à sua frente era mesmo confiável.

Passaram-se semanas e a única visita recebida por Hilário foi a de um abatido Doutor Castelo. Na sala sem janelas, o doutor explicou ao cliente o significado de toda aquela parafernália de termos em latim que constava do tal parecer jurídico e resumiu as conclusões do Grupo de Trabalho da Comissão. Segundo ele, o pessoal do Ministério da Política Criminal reconheceu que a legislação não previra solução para o caso de algum assassino *não possuir* o *gene-C* e, por isso, quatro interpretações foram aventadas. O advogado detalhou-as uma a uma, num discurso comedido no qual predominavam os termos técnicos, como se houvesse submetido o vocabulário a uma espécie de assepsia; antes de reconfortar Hilário, porém, a frieza da explanação inoculou mais temor, reforçando nele a sensação de que era vítima de alguma conspiração macabra.

A primeira interpretação proposta pelo Grupo pressupunha falha na metodologia de rastreamento do gene criminoso: nesse caso, o acusado deveria ficar preso até que a evolução da Ciência permitisse um método mais apurado. A segunda ia no sentido oposto: ausente prova do *gene-C* e tendo em vista a lacuna na legislação, nenhuma pena poderia ser aplicada. Pela terceira alternativa o réu seria julgado conforme a lei antiga e, acaso condenado, receberia a sanção anteriormente prevista, escapando da pena de morte. Já a quarta apoiava-se no parecer da universidade inglesa: como não se admitia falha na teoria do gene criminoso, concluía-se que Hilário *tinha* o *gene-C* — só que *virtual*; deveria, assim, permanecer preso até que se conseguisse demonstrar, ao menos por modelos matemáticos, a influência dos genes virtuais no comportamento humano; depois seria executado.

O Doutor Castelo relatou que no parecer do tal jurista as duas primeiras alternativas haviam sido afastadas por colidirem com o Novo Sistema de Política Criminal. A terceira hipótese, de aplicação da lei antiga, também foi rejeitada — seria um absurdo utilizar a legislação revogada. Para o parecerista, apenas a quarta alternativa era correta: por ora, a prisão; depois, a morte.

O advogado contou tudo isso com a voz tênue. A postura de vitória anunciada, tão viva nos primeiros contatos, havia desaparecido, e o que Hilário tinha agora diante de si era um homem esfalfado, de barba mal aparada e olhar pesaroso.

— A portas fechadas, o juiz antecipou que caso você seja condenado ele seguirá o parecer jurídico — disse o Doutor Castelo, levantando-se com pressa. — Só nos resta tentar, sabe-se lá como, uma absolvição.

— Do contrário?

— Do contrário você ficará preso por tempo indefinido, com data de início, mas sem data para fim da pena. E com o risco de ser executado.

Noventa e duas madrugadas povoadas pela insônia e o dia do julgamento pela segunda vez havia chegado. Superada a tormentosa viagem no caminhão-baú, desta vez na companhia de quatro presos, depois de alguns minutos na celinha do fórum Hilário foi finalmente colocado diante do juiz. Um *juiz*. Passara por aquilo antes, quando adolescente, e agora revivia a sensação de que lhe escapava a direção da vida, de que o controle era de outros, de que outros, sempre outros, ditavam os rumos de sua existência. A pior lembrança era a do dia do seu aniversário de dezoito anos: o orfanato não podia abrigar adultos, e por ordem de um juiz ele foi colocado para fora, esfacelando sua precária ilusão de lar; a "solução" para Hilário foi residir na marcenaria — sabedor de que, antes de caridade, a cessão do quartinho sujo nada mais era que artimanha do patrão para evitar reclamações, já que o trabalho raptava de Hilário também os domingos. Mas no julgamento que estava por começar havia algo apavorante: os jurados eram todos velhos; *velhos* decidiriam seu destino; sua juventude seria julgada pela velhice.

Sentaram-no com as costas apoiadas na tribuna da Defesa, ele de frente para os sete jurados que lhe afiguraram sete faces da morte. Hilário reclinou o tronco para a frente tentando alcançar os tornozelos que doíam, saturados pelo uso de algemas, mas algo impediu sua trajetória — era para ele não se mexer, advertiu o policial, segurando-o pelos ombros.

O carpete roxo dava sinais de exaustão, aqui e ali carcomido, com um buraco maior no centro do Plenário deixando à vista as velhas tábuas corridas do assoalho. A bancada de mogno dos jurados evocava tempos áureos, embora fosse evidente que não recebia manutenção há anos. Não era mais empolgante o que Hilário via à esquerda: o juiz, ladeado pelo promotor e pela advogada assistente de Acusação numa ponta e por uma funcionária jovem na outra — todos num tablado elevado, com a madeira idêntica às demais da sala, tendo na dianteira do móvel, num alto relevo, a balança e a espada em latão desgastado. Já o lado direito do campo de visão de Hilário era rasgado pela balaustrada, depois da qual vinha a plateia povoada de faces chorosas, com algumas pessoas falando ao celular e outras rindo, todas sentadas em cadeiras que pareciam cedidas por algum cinema em demolição.

Um oficial de justiça apregoou as partes do processo 7.5.14.5-3 e a jovem funcionária arrastou uma cadeira até o centro do Plenário, colocando-a bem no lugar do buraco no carpete. Ante o sinal da mulher, o policial da escolta puxou Hilário pelas algemas de mão até sentá-lo naquela cadeira, face a face com o juiz, que leu a acusação.

Hilário foi interrogado severamente. Tentou apresentar sua versão, mas foi interrompido pelo magistrado seguidas vezes. Ainda assim, seguiu firme:

— Excelência, o mais importante é que eu estava defendendo meus amigos.

— Quem decide o que é e o que *não é* importante sou eu — advertiu o juiz de cabelos encaracolados, que tinha as mãos pintadas de sol parecendo duas bigornas enferrujadas. — Limite-se a responder apenas o que lhe for perguntado.

A Acusação foi inclemente. Primeiro questionou o réu sobre as brigas no orfanato para só depois passar ao crime pelo qual era julgado naquele dia. Cada pergunta era iniciada por um mesmo prólogo, dirigido mais à plateia do que ao acusado, no qual o promotor rouco ironizava a "longa carreira de vítima injustiçada" do réu.

Depois de quase duas horas de inquirição pelo promotor e pela advogada assistente de Acusação contratada pelos familiares do rapaz morto, Hilário passou a responder às perguntas do Doutor Castelo, relacionadas mais às dificuldades enfrentadas na infância e na adolescência que ao crime em si. Captou a estratégia do advogado e gostou — poderia agora expor as mazelas de sua vida. Teve a certeza de que seria absolvido. Ao final, o advogado perguntou-lhe se estava arrependido.

— De forma alguma. Eu não poderia deixar que matassem meus amigos.

Houve um intervalo para o almoço e Hilário foi reconduzido à cela, o suor escorrendo pelos braços, a cabeça tomada pelas figuras do juiz e do promotor. Hilário queria saber que segredos ocultavam homens daquele tipo, impassíveis em suas vestimentas negras, senhores da verdade naquelas capas. Perguntou-se se eles jamais teriam falhado, se seriam mesmo aquele repositório de honra, bondade e correção, se existiria, *de fato*, alguém assim. Na certa escondiam algo pútrido, uma infâmia, deslizes; mas agora estavam ali, posando de guardiões de sabe-se lá o quê. Então era isso, concluiu: a única diferença entre um homem venerável e um desprezível é que o primeiro nunca foi pego.

Apertada no uniforme verde do setor de limpeza, uma senhora roliça, com leve estrabismo destacando-se no rosto moreno, veio até a cela e interrompeu a divagação. A mulher disse que a verba disponibilizada pelo Tribunal cobria apenas despesas com o almoço do juiz e dos jurados; ela, no entanto, separara uma porção de arroz com frango, que agora entregava a ele numa marmita de alumínio, após inspeção pelo policial. Hilário agradeceu e comeu tudo — deixara Babel ainda na madrugada, calculando já se terem passado umas dezesseis horas desde sua última refeição.

O burburinho vindo do salão do Júri aumentou e Hilário foi reconduzido ao plenário, sendo novamente sentado de costas para seu advogado.

A primeira testemunha foi chamada e era ninguém menos que Cristina, aquele ídolo moldado em cobre. A engenheira de pernas de arranha-céus sentou-se na cadeira central sem olhar para o réu, ajeitou a saia na linha dos joelhos e contou a mesma versão distorcida sustentada pela Acusação. O promotor fez a ela apenas uma pergunta: se tinha algo a reclamar quanto ao comportamento de Hilário. Sim, tinha: Hilário era o sujeito impertinente que a assediara na sala de plotagem e, mesmo tendo sido enfática nas recusas, ele parecia não entender, ou fingir não entender, que ela não estava interessada. A assistente de Acusação e o Doutor Castelo não fizeram perguntas a Cristina.

Sete depoimentos semelhantes ao da ruiva desfilaram diante de um incrédulo Hilário, pintado como o patife que atacou a vítima indefesa. E até mesmo Túlio agora se eximia, negando ter provocado a briga. As testemunhas transformavam Hilário, com cores quentes, numa aberração violenta.

Ouvida a última testemunha — uma das amigas do baixotinho do livro, a qual quase nada conseguiu falar, porquanto chorou o tempo todo —, o oficial de justiça removeu a cadeira do centro.

Vieram os infindáveis debates.

O promotor começou mostrando aos jurados fotos do cadáver e enfatizou que caberiam quatro dedos na vala aberta no pescoço da vítima; o segundo jurado, um senhor loiro, recusou-se a vê-las, e a jurada número cinco, mais atrás, tapou o nariz logo na primeira imagem. O promotor leu o laudo de exame necroscópico, frisando com diferentes entonações trechos como "*causa mortis*", "hemorragia aguda", "laceração" e "ação vulnerante de instrumento perfurocortante". Depois falou do laudo do instrumento do crime, o gargalo da garrafa, e a ênfase foi nos dezenove centímetros de comprimento, e em que "o resultado para a pesquisa de substância hematoide foi positivo". Provocou um "Oh!" coletivo ao desenrolar e exibir uma foto ampliada do pescoço ensanguentado.

— Um abismo na carne da vítima! — gritou o promotor e, olhando para os primeiros bancos da plateia, emendou: — E no coração daquela família!

A seguir, a Promotoria explorou os eventos ocorridos no orfanato, afirmando que na adolescência Hilário fora "terrivelmente violento". Um absurdo, indignou-se Hilário em silêncio: com todos sugestionados por aquelas imagens, engoliriam qualquer historieta contada pelos amigos desleais.

Sem parar de falar, o promotor foi até a bancada, vestiu luvas cirúrgicas, abriu o lacre de um saco plástico e apanhou o pontiagudo gargalo, fazendo-o dançar enquanto expunha o que ele denominava "a dinâmica do evento". Hilário assistia a tudo impassível. Queria mover-se, dizer algo, olhar para seu advogado, gritar que as coisas não se haviam passado daquele jeito. Sentiu que ia vomitar — sempre o estômago fraco, aliado do intestino fraco — e, não fosse uma inspirada mais profunda, isso teria ocorrido. Sentiu que ia desfalecer, mas conseguiu soerguer o queixo como a buscar oxigênio. Depois já não ouvia bem o que se dizia. Captava aqui e ali algo sobre a necessidade de prendê-lo para que "internalizasse mecanismos de contenção de agressividade", a necessidade de prendê-lo para proteção da sociedade, a necessidade de um basta às mortes de jovens. Então veio o pior, "covarde", o epíteto que abominava. Depois genes, sim, muito sobre genes, e sobre o prestígio do parecer vindo da Inglaterra; e sobre a sapiência do jurista subscritor do parecer final; e sobre a certeza de que, em liberdade, Hilário cometeria crimes tão ou mais horrendos. Sim, ele deveria ficar preso, até o próprio réu estava agora quase convencido. Os jurados deveriam lembrar-se da vítima, dizia o promotor, e que qualquer um naquela sala estaria em perigo se Hilário voltasse às ruas. A peroração da Promotoria foi ficando mais e mais distante para o preso, e era como se Hilário estivesse lendo um texto borrado, no qual as únicas palavras nítidas fossem "covarde" e "covardia".

A assistente de Acusação, que havia sido comedida nas reperguntas, nos debates revelou-se um verdadeiro demônio de óculos. Com uma voz meio-contralto inimaginável para aquele delicado rosto eslavo, ela cruzava o Plenário fazendo barulho com seus saltos e, conforme falava, os olhos azuis pareciam mudar de cor, transformando-se em dois carbúnculos dardejantes. Pela advogada todos souberam da história de Eduardo Inocêncio, o rapaz morto, filho terno e cativante. Hilário matara-o, privando a família, a namorada e os amigos daquela boa alma. De tempos em tempos, a assistente apontava a senhora sentada na primeira fila — a mãe que entre lágrimas agarrava-se à manga do paletó do marido de ascendência indígena; então a advogada deslocava-se até próximo de Hilário, parava, percutia um dos saltos no chão e dizia:

— Eis o assassino.

Arguto, o Doutor Castelo inverteu os silogismos de acusação. Usando o passado de Hilário em seu favor, contou a história cruciante, o abandono quando ainda bebê, o meio hostil no qual crescera. Minimizou as brigas no orfanato, dizendo ser algo típico da juventude — juventude esta prolongada até aquela tarde no bar, quando ocorrera uma fatalidade. Disparou contra Túlio, que provocou a briga e depois se furtou, e pediu aos jurados concedessem ao réu o benefício da dúvida, pois, se não havia prova da existência do revólver, pela "dinâmica do evento" — expressão que copiou ao promotor, mas agora pronunciada com ironia — somente Hilário teria ângulo de visão para notar tal arma. Quanto ao desaparecimento do revólver, levantou hipóteses diversas — de algum amigo do morto que quisesse preservar sua boa memória a um possível sumiço durante o transporte do corpo para o Instituto Médico Legal. O mais notável da fala do Doutor Castelo foi, no entanto, o tópico das possíveis consequências da condenação: Hilário poderia ser morto — *mor-to*, enfatizou, com divisão silábica. E morto *pelo Estado* — o mesmo Estado que deveria tê-lo protegido quando criança, que deveria ter-lhe propiciado melhor educação e que com impostos disparatados extorquia todos os presentes. O advogado foi enumerando vários casos de erro judiciário no sistema norte-americano, com falhas descobertas somente após a execução dos condenados; ao final de cada narrativa, perguntava aos jurados, sem esperar por respostas, se queriam assumir tal risco. Encerrou chamando os jurados um a um pelo nome, clamando-lhes não dessem ao Estado carta branca para assassinar um jovem.

De forma ritualística, os jurados foram recolhidos à sala secreta. Passados poucos minutos, retornaram a seus lugares. Com as cadeiras do juiz, do promotor, da assistente da Acusação e do Doutor Castelo ainda vazias, somente os ventiladores pronunciavam-se no cenário estático.

— Todos em pé! — a voz do oficial de justiça ecoou no salão.

O Doutor Castelo passou com o rosto inexpressivo, indo colocar-se em sua bancada.

Hilário olhava para os jurados, esperando algum deles — o mais próximo do juiz, imaginava — levantar-se para pronunciar o veredito. Queria saber como tinham-no julgado. Queria saber como é que se julga alguém. A temperatura corporal aumentou, e com ela a vontade de correr para uma cama na qual pudesse acordar do pesadelo — ou, ao menos, para o sanitário mais próximo.

Dada a agitação da plateia, o juiz ordenou que se fizesse silêncio e, ainda em pé, começou a ler algo na tela do computador, mas um som agudo fê-lo parar. Houve correria para ajustar os cabos, algumas tentativas infrutíferas, outro som agudo, mais tentativas inúteis, e o microfone acabou deitado na mesa. O magistrado recomeçou a ler, agora sem auxílio de aparelhos. Hilário escutou algo sobre "primeiro quesito", e os jurados haviam votado sim. Outra frase incompreensível seguiu-se e novamente a votação tinha sido sim. Hilário não estava entendendo nada. Depois vinha um "terceiro quesito", limpidamente audível, pelo qual se perguntava aos jurados se absolviam o réu. A resposta foi ainda mais límpida: não. Hilário estava condenado.

Houve palmas na plateia, mas cessaram com o olhar do homem de toga, que prosseguiu falando de outros quesitos e respostas. O juiz discursou longamente, num arrasto monotônico repleto de advérbios e adjetivos. No local do buraco no carpete abriu-se outro, agora nas tábuas do assoalho, e para aquele fosso escuro Hilário ia sendo sugado, derretendo-se na cadeira e por ela escorrendo como um relógio pintado numa tela surrealista — os pés primeiro, depois as canelas, depois a cintura. O transe do condenado era interrompido apenas por referências a um egrégio tribunal, às lições de um saudoso jurista, aos votos de um eminente ministro; mas a leitura prosseguia arrastada, densa, inextrincável, terrificante, maledicente. Alguns espectadores dormitavam e Hilário apenas ouvia, estoicamente — e agora seu tronco esvaia-se pela voragem aberta nas tábuas do assoalho. Discorrendo sobre a segurança e a confiabilidade do Novo Sistema de Política Criminal, o magistrado justificou a necessidade de o réu ficar preso até a descoberta de um meio que permitisse identificar nele o *gene-C* — físico ou virtual, pouco importava; aí sim poderia ser executado. O juiz determinou a realização de exames de sangue semestrais, e que a cada cinco anos, a contar de quando não coubesse mais nenhum recurso da Defesa, a Comissão entrevistasse o condenado, de forma a avaliar sua higidez mental e adotar medidas para eventual execução da pena de morte ou sua comutação. O juiz então assinou alguns papéis, enquanto a cabeça de Hilário descia ao abismo.

Quando a plateia começou a mover-se, barulhenta, Hilário foi cuspido do buraco e escorreu de volta para a cadeira, contrariando a gravidade, a cabeça derretida subindo pelos pés do móvel, depois o resto do corpo, até ele pôr-se sentado e sólido enquanto o buraco que só ele via fechava-se no chão. Para cada pessoa que se retirava do salão do Júri, dois repórteres entravam e empoleiravam-se na balaustrada.

Antes de seguir com a escolta, tendo o corpo descompensado e o rosto embebido de pavor, Hilário agradeceu ao Doutor Castelo pelos esforços e perguntou-lhe sobre as imagens gravadas que, assim esperava, seriam apresentadas ao final da explanação da Defesa. Foi interrompido pelo advogado antes que concluísse — o doutor segurou Hilário pelo braço, trouxe-o bem junto de si e cochichou:

— As imagens desapareceram. Se é que me entende...

Hilário ficou mudo; depois gritou que aquilo era ridículo, injusto, uma empulhação, e o juiz mandou tirarem-no do recinto.

De volta ao caminhão azul, rumo a Babel, Hilário estava atordoado demais para dar-se conta de que talvez fosse a última vez em que veria o mundo pelo lado de fora de um presídio. Comentou com os outros presos sobre sua má-sorte e sobre como estava sendo injustiçado por culpa de amigos desleais; falou de interesses internacionais em manter um novo sistema de mapeamento de genes, de um juiz que não quis ouvi-lo, de um promotor que o retratara como um facínora, de uma assistente de Acusação que o pintara como algo ainda mais rasteiro que um facínora e de um advogado que o tinha traído. Mas um dia conseguiria provar sua inocência, arrematou.

Dois dos presos mantiveram-se impassíveis — talvez não entendessem a língua de Hilário. Já um terceiro — ruivo, de sotaque britânico - disse entre risos:

— "Bom" história. *And pigs might fly.*

O quarto preso, que exibia cicatrizes na cabeça e tinha um machado tatuado no pescoço, aproveitou-se de que o movimento do caminhão o deslocara para mais perto de Hilário e deu nele uma cotovelada nas costelas; a dor foi terrível. Depois tudo ficou sereno e todos só se concentraram no barulho do motor a diesel e da porta metálica e dos pneus maltratando o asfalto até a chegada a Babel. Lá, e apenas lá, Hilário compreendeu o motivo do bom humor do inglês: havia sido absolvido. Já os dois mudos e seu agressor seriam executados, a não ser que conseguissem alguma milagrosa vitória em grau de recurso.

Hilário foi devolvido à mesma cela, que agora parecia menor, onde um besouro desfilava pomposamente pela lateral da cama. Numa irrupção de cólera, chutou paredes e escalou grades, mas as barras metálicas eram escorregadias e restituíram-no ao chão como se caçoassem dele. Tresloucado, não parou de gritar:

— Conspiração!

III

A grande conspiração

A rotina alucinava.

Pois não era a rotina do lavrador, do médico, do operário, do atleta — não era a rotina da familiaridade, aquela que dignifica. Era a rotina do vazio, para a qual homem algum está preparado — salvo, talvez, os loucos, e os que não o são, uma vez a ela submetidos, rapidamente se convertem a seu trágico credo de desatino.

Hilário recebia na própria cela as refeições com aspecto de barro e gosto de nada, enquanto os presos das outras alas comiam no refeitório. Sua liberdade, se assim se pode dizer, resumia-se ao gozo de uma hora de banho de sol por dia, iniciando-se vinte minutos após o recolhimento dos demais encarcerados, com os quais não podia ter contato, sendo-lhe vedada a frequência às aulas e às oficinas — tudo para protegê-lo, dissera-lhe a hiena; e era preciso compreender que o Estado não podia gastar com professores exclusivos ou garantir TV privativa ao preso do isolamento, completara o funcionário. Se o presídio era uma realidade estranha, uma ilha apartada da normalidade, Hilário vivia em um universo anormal dentro da própria anormalidade. Em alguns aspectos, era o prisioneiro mais livre; era também o mais prisioneiro.

Todos os dias seguiam idênticos, sendo exceção apenas o "dia de corte": a cada dois meses, um barbeiro ia até a cela de Hilário e com uma maquininha aparava seus cabelos e arrancava os fios de sua barba. Mas logo também o "dia de corte" se incorporou à rotina, e novidade mesmo só havia quando trocavam o sabor do creme dental.

Como computava os dias, numa manhã de março Hilário deu-se conta da chegada de seu aniversário, data da qual jamais gostara — jamais tivera com quem comemorar. Outro aniversário veio e ele percebeu-se fenecendo: pouco a pouco o concreto de Babel invadia-o, assenhoreava-se de sua mente, transformando-o numa massa escura e quase sem pensamentos, num não-homem. Nos solitários percursos no pátio de sua ala, para o qual se abriam apenas as janelas de duas celas do isolamento, Hilário limitava-se a olhar, sem transpor o gargalo de acesso, o imenso pátio central; vistos dali, os gradis incrustados no corpo principal de Babel faziam cada pavilhão de dois pavimentos parecer um gigantesco corsário de ridículas escotilhas quadradas, uma embarcação sombria que observava tudo com o sorriso congelado da morte. Hilário habituara-se a manter uma distância segura do pátio central, coisa que aprendera de modo nada agradável logo no seu terceiro dia em Babel: um prato com arroz frio e uma caneca cheia de urina morna haviam-lhe sido atirados na cabeça, acompanhados de protestos numa língua incompreensível — a segregação absoluta, para ele punição extra, era tida como privilégio pelos demais presos.

Diariamente, depois de encerrada sua quota de banho de sol, Hilário gastava o tempo dormindo, digladiando-se com insetos, fazendo flexões de braço ou revisando detalhes do julgamento. Certo dia, acocorado no pátio, arrancava gramíneas que cresciam ao lado de um cano de águas pluviais no qual se lia, em ranhuras, *não morra aqui,* quando resolveu cruzar o pátio central — ainda que para isso fosse ficar na linha de fogo dos pavilhões C e D. Não sabia bem a motriz daquela decisão — se tédio, irritação ou apenas curiosidade —, mas algo o impelia a descobrir o que havia no pátio diametralmente oposto ao seu. Sob um céu tomado por nuvens etéreas que emprestavam ao sol um halo perfeito, ele correu pelo deserto de concreto; mas não sofreu ataques desta vez — os presos deviam estar em alguma atividade nas oficinas. Prestes a terminar a travessia, suas suposições foram confirmadas: o presídio era mesmo uma construção simétrica, como imaginara. Era como se no pátio grande, quadrado, tivessem espetado um losango em cada vértice; e cada losango delimitava um pátio menor, com uma torre na ponta mais externa. Havia assim o pátio central, o do isolamento, o da quadra poliesportiva, o das oficinas e "o da árvore" — este último, antípoda do "seu". Transpondo o gargalo de ligação entre o pátio central e aquele que pretendia explorar, Hilário descobriu que ali as janelas com grades não iluminavam celas: na parede à esquerda uma chapa azul comunicava em letras brancas o local de funcionamento da Administração; do lado oposto, placas semelhantes assinalavam a Lavanderia e o Almoxarifado. Não havia, porém, comunicação com nenhum desses aposentos — as janelas eram fixas e de vidro jateado, e não existiam portas de acesso a eles por ali. O centro do pátio era dominado por um ipê roxo circundado de bancos de ferro fundido. Contornando a árvore, Hilário viu ao lado de uma porta branca a tabuleta de pau-brasil que ostentava, entalhadas, inscrições em quatro línguas. Leu de baixo para cima: *Library, Librería, Bibliothèque, Biblioteca.*

Hilário avançou pelo bosque. Não era bem um bosque, mas, contando com uma árvore e alguns arbustos, era o mais próximo disso que o preso poderia ter. Quando chegou à porta da biblioteca, o silêncio foi perturbado pela entrada em funcionamento das máquinas de lavar e ele hesitou, veio o pânico — não sabia se violava alguma regra. Deu meia-volta. Batia em retirada, mas seus passos foram interrompidos por uma voz de nuvem com sotaque esquisito:

— Posso ajudá-lo? — disse o sujeito, impecável em seu uniforme amarelo, a barbicha esbranquiçada ilustrando aquela aparição diáfana.

— Desculpe-me. Acho que eu não deveria estar aqui — respondeu Hilário, que girara o corpo e agora recuava um passo.

— Creio que não mesmo. O banho de sol já terminou.

— Não o *meu* banho de sol. Tenho horário diferenciado.

— Ah, você é o tal rapaz? O que fica sozinho na ala B? — perguntou o sujeito.

— Isso. Como sabe? Falam de mim?

— Não gostam de você por aqui. Dizem ter regalias que os outros presos não têm.

— Não pedi para ficar isolado. Bem, até mais.

— Espere. Não gostaria de dar uma olhada?

Hilário fez um sim de indiferença, erguendo os ombros. O homem estendeu a mão e disse chamar-se Guillaumet. Era francês.

Ao transpor os batentes, Hilário sentiu o mofo, já se arrependendo de ter entrado — não gostava de bibliotecas, que achava tétricas como cemitérios verticais. O lugar era um retângulo comprido de paredes cor de palha, tendo por aberturas apenas a porta e as duas janelas da fachada, que iluminavam estantes metálicas justapostas como vagões de um trem. Ao passarem pelo balcão azul que dividia o ambiente formando um átrio, o francês falou com orgulho do acervo de dezessete mil setecentos e vinte e três títulos e, deslizando pelos delgados corredores, mostrou as seções, organizadas conforme o idioma da publicação, e as subseções, ordenadas segundo o gênero literário. Explicou que as obras podiam ser levadas para leitura na cela e tinham de ser devolvidas em sete dias, mas, se ninguém solicitasse o mesmo livro, a prorrogação era permitida. Perguntou se Hilário tinha alguma preferência; não, não tinha. Perguntou se poderia sugerir algo; Hilário respondeu com uma pergunta. Não, não possuíam livros de Engenharia ou Arquitetura, disse o sujeito. O bibliotecário falou sobre um fascículo de História da Arte e Hilário, animado, pediu para vê-lo; estava em húngaro; não servia.

— Temos muita Literatura aqui. Romance, poesias, contos...

— Obrigado. Queria alguma coisa da minha área — disse Hilário, cruzando os braços.

— Ora, e desde quando Literatura não é a *sua* área? Se ainda não está morto, então é sua área. É minha área. É área de todos. A vida em potência — empolgou-se o bibliotecário.

— Agradeço, mas não levarei nada.

O homem de braços magros e rosto sardento olhou Hilário com expressão reprovadora — algo entre ofendido e decepcionado. Hilário retirou-se dali e, ao chegar ao pátio central, correu. Dessa vez os exércitos inimigos estavam a postos e a bateria de restos de comida foi certeira.

Hilário foi perdendo sucessivos recursos nos tribunais. Se nada mudasse, ficaria naquele estado enlouquecedor, preso indefinidamente, com exames semestrais de seu material genético realizados por um instituto estrangeiro e avaliações quinquenais feitas pela Comissão. Além do receio quanto ao avanço de métodos laboratoriais que identificassem nele o *gene-C* físico, com o passar do tempo corporificava-se para ele o fantasma de alguém "provar" que tinha o tal gene criminoso virtual — o que igualmente levaria à sua execução.

Escutando conversas dos agentes penitenciários, Hilário soubera, logo nos anos iniciais de seu encarceramento, da drástica diminuição no número de presos: cerca de dois terços da população carcerária de Babel era de traficantes estrangeiros, os quais foram soltos quando as drogas foram legalizadas. Sempre se lembraria, porém, da ocasião em que ouviu pela primeira vez, através da janela de sua cela, a narrativa de um caso que culminou em pena de morte: um ucraniano tentara deixar o país com sementes de plantas medicinais; descoberto pelos cães farejadores no aeroporto, conseguiu pegar a arma de um policial e atingi-lo na perna; mas foi preso e, como tinha o *gene-C*, julgado e executado. E se tivesse havido um erro judicial? O homem estava agora *morto* — morto como poderia ele mesmo estar em breve. Hilário foi tomado de pavor e raiva, e esmurrou a parede da cela até as mãos começarem a sangrar.

As histórias de pena capital aplicadas a portadores de *gene-C* foram surgindo: um chileno, um americano, dois romenos (pai e filho), três chineses, dois nigerianos, um russo, um gabonês, um suíço que morreu de ataque cardíaco a caminho da sala de eletrocussão. Mas Hilário, que no início se angustiara com o destino em comum que poderia ter com aqueles estrangeiros, pouco a pouco foi se acostumando aos relatos, como se lhe não dissessem respeito — e então cada notícia de execução despertava nele não tremor ou pavor, mas um extravagante sentimento: a envergonhada alegria pelo fato de que morria *outro*, não ele.

O sistema de rastreamento genético-criminal provocou profundas alterações também fora do sistema prisional. Hilário leu nos jornais — sempre amassados e atrasados em uma semana — que algumas empresas haviam obtido autorização governamental para comercializar kits de teste para o *gene-C*. A partir daí, não houve pai ou mãe que não corresse a encomendar os tais kits, pois bastava coletar fios de cabelo do filho, acondicioná-los em frascos e remeter o material aos laboratórios credenciados. Em poucos dias, ansiosos pais saberiam se a garotinha do quarto ao lado — que sorria com histórias nas quais um dragão dançasse — seria cidadã-modelo ou assassina em série.

Mas a indústria de kits não conseguiu acompanhar a demanda, porquanto desesperados pais teimavam em repetir os testes: os que tinham filhos com resultados negativos queriam certificar-se de que não seriam esfaqueados, na madrugada, por um garoto de pijamas; já os pais de portadores do *gene-C* buscavam uma segunda chance, um resultado diferente — que nunca vinha. O contrabando de kits expandiu-se e houve uma onda de denuncismo: pais daqueles estigmatizados como *"gene-C positivo"* delatavam os próprios filhos, e isso permitia fossem monitorados até praticarem algum ato grave; então eram presos, processados, condenados, executados.

Sabedores de que possuíam o gene maldito, muitos "positivos" policiavam-se para não cometerem nem pequenos deslizes. Já os do outro grupo, de "não-portadores", reforçavam serem diferenciados, superiores à subalterna raça dos criminosos. Assim, logo surgiu a manipulação genética para obtenção "filhos perfeitos", e a seguir uma prática de selecionar bebês para a "pureza racial" nos moldes do famigerado programa nazista conhecido como *Lebensborn* — "fonte da vida". Paralelamente, pesquisas sobre um possível atavismo levaram alguns países a iniciar campanhas pela submissão de portadores de *gene-C* à esterilização preventiva.

Foram essas as últimas informações do mundo externo que Hilário pôde ler.

A rotina foi interrompida em uma terça-feira fria. Cinco anos haviam se passado desde que fora preso, e Hilário tinha agora vinte e sete anos de idade. O sol aquecia-o no pátio do isolamento quando o chamaram: esperava-o na sala de sempre o Doutor Castelo, com o qual não falava desde o julgamento. O advogado viera comunicar o resultado do último recurso: "negado provimento". Pressentindo que não mais veria aquele homem, Hilário agradeceu a visita e o empenho.

— Sei que o senhor fez o seu melhor, doutor — disse, balançando-se na cadeira. — Mas era mesmo impossível vencer esse sistema...

— Hilário...

— Não, doutor, deixe-me terminar. O senhor lutou, mas tenho certeza de que os pais daqueles cretinos ricos compraram todos para que nada acontecesse aos filhos deles.

— Hilário...

— E, claro, jamais ganharíamos qualquer recurso. Um ninguém a desafiar a indústria de kits e toda a sabedoria de doutores da Genética? Imagine! O senhor pode ver, não há muitos como eu pelo mundo. Antes de extinguirem os últimos jornais impressos, pude ler que dois homens na Irlanda, um na França e um no Canadá foram acusados de assassinato e também não tinham o *gene-C*. E o que aconteceu com eles? Desapareceram! Claro, mais fácil fazer sumir um preso indesejável que enfrentar as falhas da teoria.

— Hilário...

— E o que me diz das imagens gravadas? Nunca mais falamos sobre elas. Também desapareceram.

— É sobre isso que eu queria conversar com você — disse o advogado, segurando as abas do paletó — Veja, fiz o quanto pude para escondê-las durante todo esse tempo, pensei em destruí-las, mas agora estou sendo ameaçado de...

— Então é isso! — encolerizou-se Hilário, empurrando a mesa e pondo-se em pé. — Não posso acreditar! Eles também compraram você! E agora o estão ameaçando de quê? Matá-lo caso peça um novo julgamento baseado nas gravações? Ei, agente, alguém aí, chame alguém! Este homem tem provas da minha inocência e quer destruí-las!

O advogado levantou-se e segurou Hilário pelo braço, colocando seus olhos a não mais de oito centímetros da fronte dele.

— Pare de representar, Hilário. Você não está mais no Tribunal do Júri.

Com os olhos revoltos, Hilário agarrou o advogado pela lapela, depois pela gravata, depois pela manga do paletó. Nenhum funcionário apareceu.

— Minhas imagens, minhas imagens...

O Doutor Castelo manteve-se ereto, segurando o cliente pelos ombros.

— Pare de representar.

— Eu sou inocente!

— Pare.

— Sou inocente!

— Não, não é.

— Maldito conspirador. Seu vendido... As gravações...

O volume dos gritos de Hilário foi diminuindo, diminuindo, sobrando apenas sussurros; ele foi agachando-se, diminuindo, diminuindo, até se deitar no chão, abraçando os joelhos. O advogado deixou-se cair na cadeira; tinha a pele brilhante pela transpiração, a manga da camisa descosturada, e a gravata transformada em forca; uma das abotoaduras havia voado.

— Tenho de entregar as gravações — disse ele, tentando recompor-se. — E farei isso. Evitei ao máximo à época do julgamento. A Polícia não atentou para a existência das câmeras e por isso eu não tinha obrigação legal de apresentá-las. Mas tinha o dever ético. Passado todo esse tempo, o porteiro do prédio, depois de demitido, quis vingar-se do síndico e, numa entrevista, disse que o antigo chefe aceitara dinheiro para dar-me as mídias. Mentira! Recebi as gravações gratuitamente. O infeliz do síndico teve um AVC antes de prestar depoimento e agora está morto. Será minha palavra contra a do farsante. Mas o alarde feito por esse imbecil levou a Ordem dos Advogados a ameaçar-me de expulsão caso não entregue o material.

Sem deixar a posição fetal, Hilário perguntou se teria alguma chance, se haveria um novo julgamento.

— Não haverá *nenhum* novo julgamento.

— Sou inocente. Preciso de um novo julgamento! As gravações mostrarão a verdade.

— Concordo. O detalhe é que não mostrarão a *sua* verdade...

— Mas...

Dessa vez foi o advogado quem se exaltou e, curvando o tronco de forma a ficar mais próximo do cliente, que permanecia no chão, disse:

— As gravações provam que o crime ocorreu exatamente como relataram as testemunhas. Elas mostram você escondendo-se atrás da coluna na entrada do bar enquanto a briga acontecia. E revelam que saiu do esconderijo apenas quando sua ruiva passou pela porta...

— Cristina...

— Sim. As imagens também mostram você caindo sozinho e depois tentando chutar aquele jovem; e definitivamente provam que *você*, Hilário, apanhou a garrafa que estava sobre uma das mesas, quebrou-a no meio-fio e covardemente atingiu o pescoço do pobre rapaz.

— Não... — murmurou Hilário, sentando-se no chão.

— Sim. Você tirou a vida daquele jovem apenas para impressionar sua ruiva e depois criou essa falaciosa versão de heroísmo. Aliás, pesquisei e foi assim que reagiu nas duas vezes em que feriu companheiros de quarto no abrigo de menores: agrediu-os e depois se fez de vítima.

— Mas, mas... no dia do julgamento o senhor disse que acreditava em mim, doutor...

— Não, não disse. Falei que o importante era o Júri acreditar. Insisti que confessasse.

— Fui condenado mesmo sem as gravações e...

— Pois deveria mesmo. Tivesse eu apresentado o material, a Promotoria poderia incluir mais qualificadoras, e ao ver imagens do ataque de surpresa talvez o juiz escolhesse outra interpretação da lei. Saiba que boa parte dos juízes *primeiro* decide o caso segundo as próprias convicções e preconceitos, e só depois procura provas para aquela conclusão preestabelecida. Sua covardia no ataque poderia ter levado à adoção de um posicionamento mais severo, e talvez você fosse desde logo executado.

— Mas eu não sou louco! E não queria matar ninguém! O senhor tem mesmo as gravações? Assista com atenção. O senhor verá, o rapaz apenas fingia fazer as pazes, mas tinha uma arma e ia sacá-la, ia matar o Túlio, ia me matar. Não importa... Olhe bem, estava no bolso, ele ia atirar e...

— Pare de acreditar nas próprias mentiras, Hilário! — inflamou-se o advogado, juntando as palmas das mãos. — Entregarei as gravações, mas elas já não poderão ser usadas contra você: sua sentença é definitiva. Eu serei suspenso por alguns meses, mas isso ao menos é melhor que a expulsão da Ordem, e *nada* comparado a vê-lo na cadeira-elétrica. Em toda minha carreira nunca havia feito algo parecido. Sempre fui correto. Arrisquei uma reputação de décadas não porque acreditasse em suas fantasias, mas por ser contra a pena de morte. Tentei, como pude, evitar fosse esse seu destino. Você terá mais anos de vida e, quem sabe, se um dia esse sistema cretino ruir, talvez seja solto. Só não me faça arrepender-me de tê-lo defendido. Adeus.

Depois que o advogado saiu, Hilário foi devolvido à cela. Andando em círculos, rememorou cada ponto da conversa, lançando-se a especulações. Para ele ficava evidente, o Doutor Castelo também havia sido comprado — um advogado rico com todo aquele interesse pelo caso de um desconhecido e desde o início acompanhado pelos abutres da Comissão... sem as gravações, o inútil sem pai nem mãe seria por certo condenado, impedindo que qualquer coisa respingasse nos rapazes de posses. Agora o último lance, o xeque-mate: o advogado usaria o passado no abrigo para tentar convencê-lo de que tinha algum desvio de personalidade, de que fantasiava e acreditava nas fantasias.

Hilário reviu a teoria dezenas de vezes. Num momento lembrou-se do orfanato, dos remédios — mas aquilo era apenas eco de um tortuoso passado. O raciocínio circular arrastava-o sempre para a mesma conclusão: havia suportado, sozinho, os erros de todos.

Mais tarde, no entanto, percebeu na hipótese uma falha, pois sua inocência interessava justamente aos que lucravam com o novo sistema: houvesse sido absolvido, isso só confirmaria a teoria — não sendo portador do gene criminoso, não poderia mesmo cometer crimes violentos. Continuava, porém, sem compreender tudo; por isso a conspiração não poderia ainda ser descartada.

Naquela noite ocorreu-lhe ainda outra hipótese, que recolocava no rol de conspiradores a indústria de testes genéticos e os cientistas: ele serviria de cobaia para o estudo dos tais genes criminosos, como, aliás, já vinha ocorrendo — explicaram-lhe que, a cada seis meses, testes mais sensíveis eram realizados em Copenhagen com seu material genético, e quiçá se pudesse encontrar nele um *gene-C* físico, mas "oculto".

Na manhã seguinte Hilário acordou sentindo um gosto insólito, como se houvesse engolido pó de ferro. O Doutor Carlos Castelo não acordou naquela manhã. Nem em qualquer outra. Ele jamais entregou as gravações. O agente penitenciário informou a Hilário o que os telejornais noticiavam: o advogado havia morrido em um acidente de trânsito logo depois de deixar Babel. Tudo se encaixava.

Começava a fase de queima de arquivo.

IV

Arquitetura do silêncio

Hilário temia morrer jovem, como parte de um grande plano. Numa carta, alertou o Professor Andrada: todos os que haviam tido algum laço com o agora condenado corriam perigo. Pediu ao velho que guardasse a carta, nela declarando não ter intenção de matar-se e não possuir cordas, cintos, cadarços de sapato ou objetos cortantes; assim, se o encontrassem morto, o professor deveria comunicar à imprensa que ele fora assassinado e que alguém forjara seu suicídio. Aquela carta, no entanto, jamais foi respondida.

A cautela apoderou-se de Hilário e ele passou a comer em etapas: desconfiado de tudo que provinha da cozinha de Babel, ingeria apenas uma colherada da refeição e aguardava por quarenta minutos — se a comida estivesse envenenada, a porção não seria o bastante para matá-lo, mas o suficiente para causar algum desconforto estomacal e impedi-lo de comer o resto. Estabeleceu também um método de observação dos funcionários, e qualquer movimento brusco ou cochicho colocavam-no em estado de alerta. Talvez *agora* fossem matá-lo.

Contava mil novecentos e oitenta e quatro dias de reclusão na manhã em que foi acordado por um dos agentes penitenciários; alguém queria vê-lo, e o nome do homem era Andrade, disse o funcionário.

— Andrada? — perguntou Hilário.

— Tanto faz. Ande logo.

Enquanto se arrumava diante do espelho rachado, Hilário lembrou-se de que o professor o havia abandonado na época do julgamento. Talvez nem devesse recebê-lo... Depois contemporizou — o homem era um velho, estivera doente, Dona Marta havia falecido...

Na sala escura, Hilário deparou-se com a conhecida silhueta, o cabelo grisalho com uma das entradas mais pronunciada, a piteira da cigarrilha aparecendo no bolso da frente da camisa meia manga, os ombros cansados de quem passara a vida rabiscando o quadro com giz. Apiedou-se do homem, questionando por que o mundo havia recompensado o sábio professor de Mineralogia com tão irrisórios ganhos. O professor aproximou-se e estendeu-lhe um envelope; após a entrega, o velho trêmulo abraçou o jovem.

—Você cometeu um grande erro, rapaz, e é justo que pague por isso. Como pode ver, o mal tem pressa na cobrança dos honorários — disse o professor, saindo antes que o preso dissesse qualquer coisa.

De volta à cela, Hilário abriu a carta. Em uma escrita corrida, com letras pendentes para a direita, o Professor Andrada lamentava por Hilário nunca ter visitado Dona Marta no hospital: ela aguardara-o por meses, dizendo até que queria adotá-lo. O professor frisava ter pensado em levar adiante o sonho da esposa, seguindo com a ideia de adoção; mas agora não poderia fazer isso — não depois daquele crime. A carta era finalizada com um conselho e uma exortação a Hilário: que aprendesse algo com aquilo tudo e, se um dia saísse da prisão, que encontrasse mestres melhores.

Terminada a leitura, Hilário justificou para si, com os afazeres do trabalho e a exaustão pelos estudos, a pouca atenção dedicada aos velhinhos que, se o haviam ajudado, não puderam compreendê-lo. Talvez porque fossem velhos.

Os dias encadeavam-se soturnos. Nada de novo acontecia, e Hilário era ele mesmo e suas circunstâncias — no caso, suas necessidades fisiológicas e a prisão. Além de recorrentes preocupações com os testes genéticos, a conspiração, a possível pena de morte e a cada vez mais intangível ideia de liberdade, refletia sobre variados temas — de um simples jogo de bola na infância ao sentido da vida. No tempo dilatado pela solidão, observava coisas triviais, como os pássaros que pousavam na diminuta abertura da cela, o barulho da chuva nas barras metálicas e o nascer do sol. Mas a aurora, que deveria indicar um dia a menos de pena, mais e mais tomava contornos de zombaria, pois apenas acrescia outro passo rumo à morte.

Vez por outra, Hilário formulava questões sobre seu nascimento — perguntas que fizera num passado longínquo, sem obter respostas. Quem teriam sido seus pais? Por quais circunstâncias, trágicas ou desprezíveis, não fizeram dele um filho? Por que houvera ele, e não outro, de crescer apartado dos que o haviam gerado? Sentia-se incompleto e perdido — como um seixo que se desse conta da própria existência já na foz do rio, sem conhecer a rocha da qual fora arrancado; como uma folha que acordasse na terra seca e visse as árvores, sem saber de qual galho desprendera-se; como um sorriso jazendo na sarjeta, despertado do sono da noite, sem nunca descobrir de qual boca havia-se despregado.

A solidão fora para Hilário parteira e madrinha. Era agora uma cruenta esposa em Babel.

Por algum tempo ele distraiu-se jogando damas com Trajano, o agente penitenciário do turno das oito. Era um sujeito todo angular, com os ombros parecendo esquinas e a face não muito menos quadrada que uma gaveta. No início revezavam-se contando as únicas histórias para as quais tinham disposição: a narrativa de Hilário era permeada de genes, sistemas corruptos e conspirações, num círculo de cobra engolindo o próprio rabo; a do funcionário, variações sobre o drama do abandono pela esposa. O placar estava 882 a 121 para o preso quando uma aposentadoria sequestrou seu adversário.

Sem parceiros, só lhe restou jogar sozinho; mas o jogo contra si mesmo logo se tornou tedioso e perguntou a Cláudio, o mulato corpulento, se poderia assistir à TV com ele. "Não. Ordens expressas".

Desalentado com a indiferença dos homens de Babel, Hilário passou a falar para si próprio: alguém como ele não deveria ser desperdiçado ali, esquecido, com pouco contato humano (nenhum com mulheres), reduzido a um número, a uma mera sequência de lâminas de laboratório, impedido das grandiosas realizações que planejara. Fora tolhido de todas as atividades — até mesmo da leitura de jornais velhos, que não mais circulavam —, enfim, de tudo o que lhe preservasse algo de humano. O pesadelo babélico quebrara-o como homem e como Homem.

Quando acordava, a embalagem de alumínio já o esperava para o café da manhã; uma maior vinha no almoço e outra no fim da tarde. Delimitada por breves toques de sirene, a hora do banho de sol era gasta chutando a bola de futebol contra a parede do pátio do isolamento, arrancando gramíneas de frestas ou apenas observando as nuvens. "Por favor, deem-me algo", pedia; mas nunca vinha nada, e ele percebia-se cada vez mais dominado pela solidão de Babel.

Numa sexta-feira de vento úmido, no entanto, Hilário foi surpreendido por Cláudio, que apareceu na porta da cela com um saquinho de estopa verde.

— Um russo foi embora e me entregou isso — disse o funcionário. — Devia-me uma grana, o maldito. Cigarros que nunca pagou. Levei para os meus filhos, mas eles não se interessaram. Ninguém mais liga para essas coisas. Veja se tem utilidade — e jogou o saco por entre as barras metálicas.

Hilário tateou o conteúdo. A polpa do indicador tocou duas formas com pontas suaves parecendo orelhas empinadas, e com o polegar ele sentiu a curva de um pescoço e, mais abaixo, a base circular; trouxe a peça para fora e, abrindo a mão, deixou-a rolar até a ponta dos dedos enquanto o funcionário observava o ritual; espalmou a mão direita e pousou nela o dorso de um Bucéfalo. Uma a uma, as trinta e duas relíquias de Hilário vieram à luz. Ele apanhou o maltratado tabuleiro de damas e ordenou seu tesouro: torre, cavalo, bispo, rei, rainha, bispo, cavalo, torre, oito peões — primeiro as peças negras, depois as brancas. Antes que pudesse agradecer, Cláudio adiantou-se:

— São duas as condições: a primeira, ponha no lixo se não gostar; a segunda, óbvia, nem sonhe em me pedir para jogar essa droga.

Hilário deu-se conta de que era dono de uma riqueza que não podia ser compartilhada; era o mais pobre dos homens.

A solução foi a mesma do jogo de damas, batalhar contra si. Num dia as peças brancas ficavam com o jogador agressivo e as pretas com o moderado; no outro, agressivo *versus* agressivo; depois, dois moderados. Hilário praticava com afinco o que aprendera com o Professor Andrada — clássicos do jogo de xadrez: gambito do rei *versus* defesa de dois cavalos; abertura espanhola contra defesa francesa; gambito da dama; defesa Caro-Kann; abertura escocesa.

Agora dispunha de um trunfo contra a loucura. Lutou contra si mesmo por anos.

A primeira avaliação quinquenal ocorreu numa manhã gélida de setembro. Hilário tinha trinta e dois anos, os dez últimos esvaídos naquele inferno ermo, e sabia que a lucidez estivera sempre por um fio, a sandice à espreita, pronta para tomá-lo. Dias antes ele havia recebido uma carta intimatória com a data aprazada e a indicação da obrigatoriedade de trajar roupas formais; a seguir, veio uma caixa da Secretaria de Administração Penitenciária, e nela encontrou o terno cinza-chumbo, a camisa branca, meias sociais e um par de sapatos desses que não levam cadarços. Vestiu-se na própria cela e foi conduzido a um vestiário de azulejos amarelados que se despregavam da parede; só ali recebeu a gravata e o cinto, que ajustou sob vigilância policial. De lá foi levado à sala sinistra, onde os agentes Martins e Meireles pareceram-lhe muito envelhecidos. Hilário sentou-se e sua atenção foi capturada por algo insondável: em uma das laterais, pôde divisar sob a escadaria as silhuetas de dois sujeitos vestindo capas ou sobretudos.

Os homens do Ministério introduziram cada qual um mini *hard-drive* num *laptop* e mostraram a Hilário a tela com a entrada "Iniciar Sessão", pedindo-lhe colocasse os dedos da mão direita num dispositivo sem fio. A tela apresentou uma fotografia antiga de Hilário, e ele teve de responder às questões formuladas por Martins: nome, endereço, profissão, os nomes dos pais que não tinha, tempo na prisão, a pergunta ridícula quanto a se havia se envolvido em brigas com outros presos. Hilário suspeitou que aquilo tudo não passava de encenação para os homens ocultos sob a escada. Os agentes viraram a tela do computador para Hilário e nela apareciam os dizeres "Digite o número da matrícula e aperte 'Enter'". Hilário digitou, mas, antes de apertar "Enter", perguntou:

— Para que serve isso?

O Agente Martins inclinou-se para a frente.

— É um novo programa do Ministério. Ainda em fase de testes.

— Essa coisa pode piorar minha condição?

— Não — novamente foi Martins quem falou. — O programa oferece uma série de opções, mas nenhuma delas em seu desfavor. As alternativas são tabuladas com probabilidade maior para "Negado", que significa manter tudo como está, e probabilidades menores para comutação da pena capital em perpétua, prisão por no máximo mais trinta anos ou soltura imediata.

— De que probabilidades estamos falando? — questionou Hilário, raspando as unhas no tampo da mesa.

— Essas informações são confidenciais — respondeu Martins com rispidez. — Há chances, embora pequenas, de você escapar desse estado indefinido. Aliás, ocorrendo alguma das hipóteses benéficas, a possibilidade de você ser executado, mesmo que se venha a demonstrar a existência dos genes virtuais, é eliminada.

— Do contrário?

— Do contrário nada se altera. Você permanece aqui, com os exames de sangue semestrais e reavaliação daqui a cinco anos.

— Espere um pouco. Minha vida depende disso! Como posso ser informado só agora? E não deveria haver aqui um advogado?

O Agente Meireles, que até então apenas observara calado, irritou-se:

— Você não tem nada a perder. *Aperte* a porcaria da tecla.

Hilário perguntou se tinha a opção de não apertar e Meireles disse ser indiferente: apertariam por ele.

— Minha vida será decidida *na sorte*?

Os homens do Ministério não responderam. Hilário pensou em rezar, mas não sabia nenhuma oração; não importava — achava mesmo pouco provável que Deus, se é que existia, fosse manifestar-se naquela paródia de jogatina. Pressionou "Enter" e viu piscar na tela a palavra "Random" em azul, depois substituída por um quadro vermelho: "Negado. Sessão finalizada". O Agente Meireles disse sentir muito e fez sinal para que retirassem o preso. Ao deixar a sala, Hilário pôde ver que os dois sujeitos do Ministério tinham corrido em direção à escada.

Capas moviam-se na penumbra.

Hilário passou a noite vomitando, pensando no tal programa, na sorte, nas capas esvoaçantes. A ideia de que, se não tivesse hesitado para apertar a tecla, o resultado seria diverso consumia-o — um segundo antes ou depois e poderia ter sido solto. Solto! Aquilo era enlouquecedor, ser solto, escapar da pena de morte. Paradoxalmente, porém, pela primeira vez ocorreu-lhe a ideia de dar cabo da própria vida; assustado, procurou algo para afastar tal pensamento: implorou aos funcionários dessem-lhe lápis e papel. Eles perguntaram se pretendia escrever para alguém. Não, queria era fazer contas. Obteve folhas e algumas canetas com Décio, o baixinho de rosto polvilhado de acne, comprometendo-se a, em troca, desenhar uma edícula para a casa do funcionário. Noites e noites foram absorvidas em esquemas probabilísticos, traçando cálculos percentuais. Hilário começou atribuindo dez por cento para cada uma das três hipóteses benéficas, e setenta por cento para "Negado". Calculou sua expectativa de vida naquela droga de prisão em sessenta anos e, como na primeira avaliação tinha trinta e dois, teria reavaliações nas idades 37, 42, 47, 52 e 57 — mais cinco chances. Conjecturou sobre as probabilidades de obter a liberdade, mas após três semanas, quinze novas canetas e nove rolos de papel higiênico servindo de papiro, achou que tinha sido por demais otimista: talvez não atingisse nem cinquenta anos de idade em Babel; talvez a Ciência conseguisse demonstrar a existência dos *genes-C* virtuais. Atribuiu aleatoriamente o prazo de dezesseis anos para que os cientistas atingissem tal feito; se fosse assim, teria novas reavaliações nas idades 37, 42 e 47 — apenas mais três chances. Dedicou seguidas madrugadas a refazer os cálculos, esmerando-se no artifício de submeter à matemática vislumbres de seu destino.

 Os funcionários comentavam que ele tinha ensandecido — o grau mais elevado do raciocínio é a loucura, diziam —, mas Hilário não se importava. Passou dias sem tomar banho, alimentando-se apenas de manhã. Quando estava quase certo de ter conseguido um cálculo realístico, mudou os dados: talvez a chance de liberdade fosse apenas uma em cem; prisão por trinta anos, dois por cento; perpétua, três por cento. Refez as contas e pediu aos agentes penitenciários folhas maiores — precisava desenhar gráficos. Mas as noites de extenuante trabalho sob parca iluminação — provinda de uma lanterninha obtida com Décio —, a pouca alimentação e o frio atípico para a época do ano trouxeram a pneumonia, e Hilário foi obrigado a parar com os números. Uma vez recuperado, não teve mais ânimo, e gastou a hora do banho de sol transportando aqueles sonhos de papel até a lixeira cromada do pátio.

 Na mesma semana, tendo recebido um lápis e uma régua, cumpriu a promessa e rascunhou uma edícula para o agente penitenciário. O barulho do lápis riscando o papel trouxe serenidade e, dias depois, ao finalizar o projeto, Hilário foi tomado por uma alegria rudimentar: sentiu-se útil. Não tardou para que outras encomendas viessem: dado o costume nacional de realizar obras de construção civil irregulares, Hilário viu-se com a cela repleta de maços de folhas amareladas, rolos de papel vegetal, esquadros, lapiseiras, canetas nanquim e até uma prancheta improvisada — uma chapa de MDF revestida com plástico verde-claro. Projetou de tudo para os funcionários. Cada vez que ouvia o esquadro deslizando, cada vez que inalava o aroma do nanquim, cada vez que sentia a textura do papel vegetal, parecia que se resgatava de um abismo alocado em si mesmo. Nunca aceitou dinheiro pelos serviços — o que seria mesmo de duvidosa utilidade para ele —, concordando apenas em receber algumas baterias para seu relógio de pulso.

Mesmo nesse período prolífico de quase um ano, Hilário não chegou a desenvolver amizade com os agentes penitenciários: tinha dificuldade de aceitar aqueles homens como algo diverso de engrenagens a triturarem-no. Já os funcionários não chegavam a um acordo quanto a chamarem-no "O Engenheiro" ou "O Arquiteto".

Os quatro anos subsequentes foram ainda mais produtivos. Hilário debruçou-se sobre um projeto de cinco torres com pele de vidro simulando chamas, que dizia ser encomenda de um emir de Dubai, e logo havia na cela folhas com todas as etapas: estrutural, elétrica, hidráulica, arquitetônica, paisagística. Repetiu o feito projetando um novo tribunal, muito superior àquele prédio velho no qual estivera, há anos, por algum motivo agora esquecido. Depois um centro de compras; depois museus, teatros, mansões. A cada desafio, Hilário vivia mais nas formas tridimensionais imaginadas e menos na vida tangível; parecia já não habitar a prisão, e passava as manhãs de sábado redigindo o cronograma das obras da semana seguinte.

Os projetos dançavam na cela sem tocar o solo.

A reavaliação quinquenal apanhou Hilário em um péssimo momento, ocupadíssimo com o projeto de uma ponte estaiada: algumas fórmulas de resistência de materiais haviam fugido da memória, e por isso ele despendera semanas para deduzi-las de outras. Lampejos faziam bailar à sua frente símbolos, coeficientes, números, e tudo era anotado na parede da cela e desenhado nos papéis. Mas bem agora que se encontrava num ponto crítico, a decidir se a ponte teria pilares apenas nas extremidades ou também na calha do rio, era informado sobre a vinda da Comissão. A mente derivou para antigas preocupações com a morte, e o Engenheiro correu para imobilizar tais pensamentos em concreto armado; quase desejou novamente ser livre, mas as estruturas metálicas deram conta de manter aquela ideia bem aprisionada.

No dia marcado, Hilário vestiu com desleixo a camisa, as meias, o terno, os sapatos. Saiu da cela segurando as calças pelos passadores e, no mesmo vestiário de cinco anos antes, ajustou o cinto na posição mais apertada. De lá foi levado à sala de sempre. Novamente havia homens na penumbra sob a escada.

O Agente Martins assustou-se com os cabelos desgrenhados e olhos fundos do preso, e perguntou se ele estava doente.

— Não — disse Hilário, de forma brusca. — É que ando atarefado com uns projetos.

— Projetos? — estranhou Martins.

— Isso. Vamos logo. Precisam de minhas digitais?

O Agente Meireles disse sim e aproveitou para apresentar o Agente Silveira, um rapaz de cavanhaque fino. Devia ser mais jovem que Hilário, parecia bastante disposto e sua face morena era amistosa como a de uma foca. O novato pediu a Hilário que colocasse a mão sobre a tela horizontal e aproximasse os olhos dos dois pontos de luz vermelha. Pronto. Registro de identificação da íris finalizado. Nome, endereço, filiação. Hilário perguntou se já podia acionar "Enter" e o Agente Meireles informou que o comando não era mais necessário — o processo havia sido concluído automaticamente. A tela foi exibida para o preso: "Negado".

Hilário despediu-se dos homens como quem se despede de parceiros de negócios em lobby de hotel. Disse ter sido um prazer reencontrar os agentes Martins e Meireles e conhecer o novo integrante da equipe, e voltou para seus aposentos reclamando com o funcionário de Babel sobre o tempo que aqueles sujeitos o haviam feito perder. Mas a reunião não tinha sido de todo inútil, disse para o agente penitenciário: em meio àquela coisa irrelevante, percebeu que se trocasse o estaiamento em harpa pelo estaiamento em leque a ponte comporia melhor com cenário, contrastando com o platô irregular do vão a ser vencido a jusante. O funcionário nada disse, e o preso teve outra madrugada de intensa atividade, imunizando-se de pensar na reavaliação ao dedicar-se, laboriosamente, à sua arquitetura do silêncio.

— Não quero — disse Hilário ao funcionário que lhe trazia o café da manhã.

— Mas você já não comeu ontem. E não sai daí nem para o banho de sol há semanas.

— Nada disso importa.

Agora tudo sobre a ponte estava terminado. Antes de assumir o novo projeto, porém — um prédio helicoidal, encomenda de renomada construtora —, Hilário concedeu-se férias: nada agendou para os dias seguintes e passou os dois primeiros dormindo, com o sono entrecortado apenas pelos clarões que surgiam conforme se movimentavam as nuvens. No terceiro dia decidiu ir ao pátio — suas costas estavam um bocado travadas e os músculos enlanguescidos, e uns chutes na velha bola de futebol poderiam ajudar.

Do pátio, Hilário viu a ponta da edificação que crescia ao longe sob o céu toldado, e lembrou-se de ter ouvido dos funcionários algo sobre um prédio para adolescentes custodiados. Observou quando os homens do prédio tiveram o trabalho interrompido pela chegada de um senhor de camisa e capacete de segurança — provavelmente o engenheiro responsável —, o qual movia os braços como se enfurecido. Então o idílio de Hilário foi despedaçado: *ele* poderia ter projetado um edifício melhor; *ele* deveria estar ali repreendendo o mestre de obras e seus funcionários — talvez por uma coisa simples, como não usarem o prumo na platibanda; *ele* deveria ser o responsável pela obra; *de nada* adiantavam suas ideias — jamais poderia projetar, *de verdade,* nem sequer um mísero pavilhão para menores. Seu talento, seus estudos, não valiam nada. Era um condenado à morte, cuja vida miserável só não tinha ainda terminado por conta da incompetência de pesquisadores de Genética. Odiava pesquisadores. Odiava Genética. Odiava o prédio em construção, o mestre de obras, os pedreiros, os serventes. E odiava principalmente aquele engenheiro, que não era, nem nunca seria, ele. Odiava.

Determinado como um lunático, Hilário correu para a cela. Nem foi notado — a calmaria na ala de um só preso era tanta que o funcionário se limitava a abrir a porta para o banho de sol, deixando Hilário sem vigilância. Apanhou seu cobertor e com a lapiseira abriu uma fenda na malha treliçada para extrair uma tira, com ela envolvendo o pescoço, certificando-se de que o nó de forca não iria desfazer-se. Amarrou a outra ponta. A primeira tentativa foi frustrada: não havia trave nas grades, e o quase engenheiro parecia ter-se esquecido das leis do atrito — tudo o que conseguiu foi escorregar, ridiculamente, rente às barras. Com lágrimas dificultando o foco, mirou a janela; mas não havia nenhum banco, e por isso não conseguiria chegar até ela. Extraiu outra tira do cobertor, amarrando-a à primeira. Em meio à desordem mental, num lapso de lucidez, estancou: poderia simplesmente abrir os pulsos com uma caneta ou cravar uma lapiseira no pescoço. Não, isso devia ser muito doloroso — e detestava sangue. Prosseguindo, atou uma das pontas da tira à escova dental e fez repetidos arremessos até conseguir tê-la de volta, a tira abraçando uma das hastes de ferro da janela. O nó foi refeito e Hilário agachou-se próximo à parede — tinha ouvido sobre gente que se matara assim, ajoelhada. Soltou o peso e o pescoço foi contraído; mas era tudo irritantemente lento e, antes de enforcá-lo, a tira de lã parecia dispensar-lhe carícias. Levantou-se, desfez o nó, subiu na cama, começou tudo de novo. Tinha as mãos trêmulas, o suor a escorrer pelas costas e os pés subitamente quentes. Apoiando os calcanhares na borda de concreto, ajustou a forca recém-confeccionada.

Saltou para o único fim glorioso que poderia ter.

V

Quem chega sempre traz algo

Babel recebeu um novo preso.
Soube-se que o sujeito almoçava num refinado restaurante em São Paulo quando foi detido sem alarde: discretos policiais à paisana cercaram o local e apenas dois deles aproximaram-se da mesa, convidando-o a acompanhá-los. Transportado no banco de trás da viatura, ao chegar ao presídio tinha já esperando por ele três advogados e um representante do Consulado Português.

Enquanto isso, a poucos quilômetros dali, um homem abria os olhos e deparava-se com a bolsa de soro ligada a seu antebraço e com o lustre repleto de insetos mortos, perceptíveis através da louça amarelada. Ensaiou erguer-se, mas seu movimento foi contido pelas quatro algemas que o atrelavam à maca. Na tentativa inútil de libertar-se dando trancos com os braços, tudo o que conseguiu foi acelerar a pulsação, transformando seu crânio num campo de batalha. Fechou os olhos, o organismo oscilando entre dormir para escapar da dor e acordar por causa da dor, e assim permaneceu pelo que lhe pareceram horas, primeiro suando, depois se retesando de frio, então gritando, sem que ninguém viesse; até que enfim apareceu um enfermeiro, alto, moreno, de compleição musculosa.

— Você escapou — disse o enfermeiro.
— Onde estou?
— Hospital Domina Maris. Sente dor?
— Minha cabeça está explodindo.

— Tome isso — ordenou o homem de branco.

Hilário engoliu dois comprimidos com água e o enfermeiro desapareceu. Atado à maca, seu pensamento era cíclico: "Idiota! Nem para se matar servia". Surgiu um médico de calvície precoce e rosto de fuinha, e foi anotando no *tablet* as respostas dadas por Hilário; de jaleco bege-claro, o homem não olhava para o paciente, esfregava os olhos vermelhos de insônia e a todo momento consultava o relógio; nunca sorria. O médico explicou que Hilário havia sido encontrado na cela após tentar enforcar-se; a tira havia arrebentado e ele sofrera uma concussão na queda e, por isso, ficaria em observação; finalizou dizendo que, se as circunstâncias fossem outras, recomendaria psicoterapia.

Após três dias na unidade de observação, seguiram-se quatorze no quarto alaranjado, com um policial do lado de fora a vigiar a porta, a janela fechada por tijolos novos e um suporte para TV vazio, com o cabo da antena esparramado sobre a mesinha. Uma psiquiatra loira de queixo triangular vinha ver Hilário em dias alternados; ela argumentava sem sucesso com a escolta sobre a desnecessidade das algemas, fazia a Hilário algumas perguntas sobre sua infância remota e, depois, com uns piedosos olhos verdes, observava-o tomar os comprimidos. Solicitou exames e enfatizou numa das visitas: ele precisava de medicação contínua.

Na última noite no hospital, pouco antes de adormecer, Hilário acreditou ter ouvido a voz do Agente Meireles numa altercação com a psiquiatra; pareceu-lhe também haver vultos na zona de sombra; mas podia ser apenas sonho ou efeito dos remédios.

Hilário deixou o lugar com quatro caixas rubro-negras de um medicamento cujo nome comercial era *Trivium,* a posologia anotada a caneta nas embalagens. Ele estava ansioso para observar a paisagem no trajeto, mas os vidros da ambulância eram pintados de branco, e nada pôde ver além de silhuetas mudas da cidade desconhecida. Passada a cancela lateral de Babel, Hilário foi desembarcado no estacionamento, onde se ouvia o vento deslizar pela cerca eletrificada, trazendo o cheiro da grama úmida. Acompanhado por um dos homens da escolta, avançou a pé até a guarita pardacenta, em cujo telhado um minúsculo canário-da-terra cantava. Percorreu sozinho o corredor da inclusão, ao cabo do qual o agente penitenciário recepcionou-o com ordens de ir para a cela e trocar a vestimenta hospitalar pelo uniforme do presídio — depois poderia aproveitar a meia hora restante de banho de sol, se quisesse. Antes de bater a grade, o agente murmurou:

— Há uma surpresa para você.

Hilário descobriu-se agraciado com um vizinho: a cela contígua exibia agora um colchão sobre a cama de concreto, o resto de um charuto no chão e um livro com capa de couro na borda da cama. Substituída a bata do hospital pelo uniforme amarelo, Hilário disparou pelo corredor. A abertura para o pátio do isolamento emoldurava um céu sanguíneo, com o filete alaranjado no horizonte parecendo um lingote de ferro numa casa de fundir; em meio ao barulho de grades batendo, ouvia-se um coro de motim.

O primeiro pátio estava vazio, mas a curiosidade arrastou Hilário até o gargalo com o central, não mais transposto desde a longínqua tarde de conversa com o bibliotecário francês. Do gargalo ele avistou enxames humanos trancafiados nas celas, numa balbúrdia de canibais, e viu ao longe no pavilhão D, do outro lado do pátio grande, alguém se debatendo: suspenso do chão por braços atrelados a seu pescoço, o homem — o único além de Hilário a estar a céu aberto — tentava fazer alavanca com as pernas apoiadas na grade, mas era puxado, torcido, sovado, assediado pelas compridas línguas da Morte.

Agora Hilário ouvia claramente o coro — *"kill, kill, kill"* - e teve impulso de correr em socorro, mas estancou: sua tentativa de defender os amigos havia-lhe rendido a prisão e a condenação à morte, e não tinha razão para envolver-se desta vez — nem sequer conhecia o sujeito. Há momentos, porém, em que um homem, por vontade própria ou densidade das circunstâncias, reconhece-se Humano, identifica-se com o outro; tomado de estranho arrojo, Hilário não pôde conter-se e correu. Correu mais. Correu muito. Enquanto corria gritava pelos agentes penitenciários, sem perceber que sua voz era abafada pelo coral babélico. Depois de cruzar o largo pátio, agarrou o desconhecido pela cintura, puxando-o; mas um dos braços de Hilário foi alcançado pela mão vinda de dentro da cela. Livrando-se, Hilário juntou-se ao sujeito no esforço de libertação; apoiou a mão esquerda na grade, e a dor foi terrível — uma mordida arrancou-lhe um pedaço das costas da mão. Estava prestes a ser trucidado com o desconhecido.

Utilizando o corpo do sujeito como apoio, Hilário deslocou o rosto de um dos presos até espremê-lo nas barras de ferro; depois, sangrando, mas liberto, escalou o homem e fez força para baixo, conseguindo que o sujeito apoiasse os pés no chão. Revidando com a técnica da qual acabara de ser vítima, Hilário abocanhou o braço que enlaçava o pescoço do homem. Deu-se melhor salvando o desconhecido que enforcando a si próprio — caíram juntos e rolaram, pondo-se longe o suficiente do alcance dos presos. Os funcionários enfim chegaram e carregaram os dois feridos para a Enfermaria.

Antes de ser novamente depositado na cela — o outro sujeito ficaria mais tempo com o médico, sob cuidados —, Hilário teve a mão costurada por linhas grossas como de pesca.

A noite encontrou um Hilário ansioso. Acompanhando cada minuto no relógio, coçava-se rapidamente, como se a velocidade pudesse transmitir-se aos ponteiros.

Os ferros bateram, os passos vieram, e Hilário pressentia que por ali entraria alguém da Comissão para puni-lo. Mas quem surgiu foi a vítima do ataque, e era *ele* o vizinho de cela. O homem apareceu com o queixo pontudo enterrado no peito, o cabelo cinza esparramando-se até o meio da nuca e o tronco inclinado para trás como alguém que se protegesse do futuro; os olhos eram negros e vívidos, a estatura, pelos ombros de Hilário, e a pele com textura de parafina dava mostras de boa-vida. O corpo delgado sentou-se na cama com dificuldade, deixando aparentes, sob a luz parca, as ataduras nos braços e a pomada que lustrava o pescoço.

Quando o portão do corredor bateu novamente, o vizinho levantou-se e aproximou-se da grade divisória estendendo a mão direita, permitindo ver no dedo médio um anel com gema azeviche.

— Muito boa noite. O senhor salvou a minha vida. Devo-lhe tudo. Sou António Aldo Antunes Santos de Almeida. A quem devo agradecer?

A voz do sujeito evocava a de um velho professor a falar por microfones, e seus olhos pareciam trepidar, as pupilas indo de um lado para outro num pêndulo de metrônomo, como se ele não se contentasse com o campo normal de visão.

Estranhando o sotaque do vizinho, Hilário respondeu com secura:

— Hilário Pena.

— Interessante. Nome curto.

— O senhor está me gozando?

— De forma alguma. Não quis ofender-te, meu jovem. Posso tratar-te como "jovem", não? Tens idade para ser meu filho... É que me interesso por nomes, e o teu é conciso e expressivo — disse o desconhecido, numa alegria que lhe emprestava ares arlequinais.

— Não gosto do meu nome. Idiota.

— Perdão, refere-te a mim? — perguntou o homem, assustado.

— Não. Idiota o funcionário do orfanato. Pelo que soube ele quis homenagear o avô e me deu esse nome estúpido.

— *Pena* é seu apelido de família?

— O quê?

— Como é que dizem comumente por aqui? Sobrenome? *Pena* é seu sobrenome?

— Não, não é. E não tenho família... Bem... Desculpe-me... É que há anos não converso com alguém que não tenha por função manter-me preso. Vamos recomeçar. Meu nome completo: Hilário Pena de Jesus. Se o senhor gosta de nomes, fique com este: *Hilário Pena* era o nome do avô do funcionário imbecil, mas virou meu prenome composto; e *de Jesus* é porque não é de ninguém. Sem registro de pais. Órfão. Entendeu?

— Entendi. Lamento.

— Lamenta por quê? O senhor nem me conhece. Por que se importaria com a droga da minha infância?

— Bem, pela mesma razão que arriscaste tua vida por mim, um desconhecido.

Hilário escorou-se na grade, perplexo. O sujeito observava-o como se olhasse para um garotinho que estivesse aprendendo a andar.

— Muito bem. Mas não gosto do meu nome. De nenhuma parte dele. Menos ainda dele todo, que fique bem claro. Já que tem de me chamar de algo, que seja apenas de Hilário.

— Viva! E tu podes chamar-me de António.

Eles apertaram as mãos pelo espaço entre as barras.

— Parece que somos apenas nós nesta ala. E então, por que estás aqui? — perguntou o tal António, pondo o polegar e o indicador debaixo do queixo para afagar uns esparsos fios de barba branca.

— Fui condenado por um crime que não cometi. E o senhor?

— Por levar coisas daqui para meu país. Portugal. Uma das cargas que importei foi apreendida quando era desembarcada no Porto de Leixões e, como eu estava viajando, foi decretada minha prisão no processo que corre lá. Agora devo esperar pela extradição.

— Importou... *coisas*?

— Sim, e insistem em chamar isso de contrabando.

— Armas? Aves exóticas? Cigarros?

O novo preso sorriu antes de responder:

— Livros.

A conversa foi interrompida — os advogados do estrangeiro haviam chegado para uma visita ao cliente, avisou o funcionário.

Hilário ficou na cela com os minutos e a coceira na perna, pensando se os dias de solidão seriam suspensos por algum tempo. Quando António retornou, trouxe boas notícias — ao menos aquelas inconfessáveis boas notícias para Hilário: o pedido de liberdade havia sido negado e o processo de extradição seria mais demorado do que imaginara.

O português então contou sobre o ocorrido: caminhava sozinho pelo pátio central quando fora atraído por presos pedindo-lhe o isqueiro; seguiu-se o ataque através das barras, e o resto da história Hilário já sabia. Hilário empenhou-se em controlar a empolgação, mas, sem sucesso, despejou no homem uma miríade de perguntas, encontrando apenas monossílabos como respostas — o português não se sentia bem, talvez fosse o analgésico, precisava descansar. António renovou os agradecimentos e pareceu cair num sono profundo, enquanto Hilário, sentado na cama, perdia-se de insônia no enigma noturno.

"Livros?"

Hilário acordou com o tilintar do café da manhã. Seu vizinho apanhara uma das canecas que refletia as hastes de ferro e viera sentar-se no piso, próximo à grade divisória, fazendo barulho ao bater o fundo da caneca no chão. Copiando o gesto, Hilário sentou-se no lugar incomum, escorando nas pernas cruzadas um prato amassado. Falaram sobre a tarde anterior e, como preso veterano, Hilário recomendou ao português ficasse bem longe do pátio central — eram agora os dois privilegiados da ala de isolamento, odiados pelos outros presos. Entre uma mastigada e outra no pão seco, Hilário declarou-se feliz: há anos não tinha companhia para as refeições. Depois percebeu ter falado bobagem e pediu desculpas, não desejava a prisão para ninguém. António ouviu os detalhes da tragédia de Hilário: a orfandade, o professor, as duas faculdades, o amor pela Arquitetura, a traição dos amigos, os testes genéticos, Doutor Castelo, Cristina, as agruras no julgamento, a conspiração. Abrindo o volume com capa de couro que, via-se agora, era um caderno, não um livro, o português quis tomar notas e Hilário repetiu a história toda, dessa vez com ainda mais detalhes: contou sobre as avaliações, os exames de sangue, o isolamento absoluto e enlouquecedor, a encomenda do emir, a solução estética para a ponte estaiada, a frustração com a realidade, o suicídio frustrado.

Curioso, Hilário questionou por que o vizinho estava na ala de isolamento se seu crime não era violento, e se era portador do *gene-C*. Não, não tinha o tal gene, mas possuía dinheiro e amigos influentes que obtiveram para ele aquela cela, disse o português. António relatou o episódio de sua prisão no restaurante, a chegada a Babel, a cortesia dos agentes penitenciários, a conversa com os advogados, o apoio do homem do consulado. Hilário pediu-lhe parasse de tratá-lo por senhor e seguiu perguntando.

— Diga-me uma coisa... contrabando de livros? Por que alguém faria uma coisa dessas?

António respondeu à pergunta com outra, e Hilário revelou estar preso há mais de quinze anos, sem contato com o mundo externo.

— Bem, isso explica muita coisa — disse o português. — *Tudo* mudou lá fora. Com todo esse tempo aqui isolado, tu não terias mesmo como saber o que se passara. Pois não sabias que os livros foram proibidos no continente europeu?

— Proibidos?

— Sim. Em que mundo... Desculpa-me. Não te ofendas, mas é que conversar contigo vale uma viagem ao passado. Tudo foi redesenhado, e tu não pudeste acompanhar.

— Redesenhado? Livros proibidos? Não estou entendendo nada.

— Perdoa-me. Tentarei explicar. Antes de serdes preso, ouviste algo sobre o "Modelo GATE"?

— Sim, na universidade. Dizia-se ser uma nova forma de compreensão da Humanidade. Teorias meio pretensiosas, pelo que me lembro. De um italiano, se não me engano.

— Na verdade um suíço, mas que escrevia em italiano — esclareceu António, apalpando o pescoço com expressão de dor.

— E?

— Bem, poderíamos dizer que o que começou com alguns postulados serviu bem a certos interesses; a máquina de propaganda coletou inocentes pelo caminho, e aqui chegamos.

— GATE... Algo com *Gene*...

Hilário interrompeu-se e o português retomou:

— *Gene, Alea, Tele* e *Ego*. GATE.

— Sim, agora me lembro.

— Como em não poucas ocasiões na História, algumas ideias inicialmente inofensivas, levadas ao extremo, acarretaram sérias mudanças na Humanidade. O mundo lá fora é hoje muito diferente.

Hilário mascava saliva — queria e não queria saber como era o mundo lá fora.

A conversa tomou horas, atravessando o período de almoço. António explicou que o teórico suíço nada tinha inventado, mas fora festejado por reunir quatro proposições correntes nos meios acadêmicos, formando com as iniciais o sugestivo nome "GATE" — *portão,* em inglês — já que, segundo o suíço, seu modelo seria "um portão para o futuro". A primeira proposição, *Gene,* Hilário bem conhecia: a consideração da conduta humana como simples resultado naturalístico da configuração genética; a inexorável propensão de algumas pessoas à violência; o caráter ilusório da civilização. A segunda, *Alea,* surgira em decorrência da primeira, pois o fatalismo da derivação exclusivamente genética dos comportamentos levou ao total descrédito do livre-arbítrio: afinal, se o ser humano era mera combinação aleatória de genes condicionantes de suas ações, qualquer tomada de decisão não poderia prescindir de mecanismos igualmente aleatórios e, assim, a ponderação de riscos e consequências deveria ser substituída por práticas randômicas — ou seja, devia-se confiar à sorte o que antes era esperado que cada um decidisse responsavelmente. A componente *Tele,* por sua vez, referia-se às relações humanas à distância e advogava ser vantajoso abdicar de contatos presenciais, mesmo com familiares e amigos. Mas fora a quarta proposição, *Ego,* que acarretara a onda de proibições aos livros. A ideia primordial era a de que tudo deveria submeter-se à "soberania do eu"; como, porém, a satisfação plena dos múltiplos "egos" encontrava obstáculo nos livros — que não comportavam modificações conforme os caprichos de cada "ego" — só deveriam ser permitidos livros digitais nos quais qualquer pessoa pudesse efetuar cortes e acréscimos. Assim a Literatura não mais seria o campo de um pequeno número de especialistas cínicos, dizia-se. Houve quem se insurgisse, é certo, tentando manter versões criptografadas; mas quase nada resistiu ao craqueamento, e os livros digitais foram amputados, mesclados, refeitos.

Mas não parou por aí, frisou António após o almoço, enquanto acendia o charuto para prosseguir com a explanação sobre aqueles eventos que a Hilário pareciam resultantes de alguma maquinação malevolente. O português explicou que a simples existência de meios considerados "imutáveis" — como os livros em papel e os digitais com bloqueio de alterações — gerou a fúria dos que clamavam por uma "interatividade irrestrita". Livrarias foram atacadas, bibliotecas depredadas, acervos digitais destruídos por vírus, e a proibição aos livros tornou-se um dos principais tópicos em campanhas eleitorais na Europa. Ocorreu também um fenômeno interessantíssimo, segundo António: embora à época pouquíssimas pessoas dessem importância aos livros, a ameaça de proibi-los rendeu forte resistência, e em defesa do direito de ler foram organizadas passeatas — "quando se tenta arrancar raízes da terra, terra e raízes resistem", ilustrou o português. À resistência, porém, seguiu-se a contraofensiva biblioclasta: os livros digitais que não permitiam alterações foram apagados por determinação legal, e a maioria dos países europeus vedou a circulação de livros impressos e criminalizou a conduta de tê-los. Livros em papel tornaram-se um perigoso estorvo, e de início seguiam para recicladoras; mas os atrasos na indústria de reciclagem devido ao espantoso volume e os desvios para contrabando levaram à solução final:

o fogo. Na Itália, na Polônia e na França, livros foram queimados em praça pública, tanto em atos oficiais quanto em iniciativas da própria população.

— As Belas-letras reduzidas a cinzas... — disse António. — Queimar livros... Era inimaginável que isso pudesse se repetir na História. Mas se repete *em nosso tempo*...

A fumaça do charuto fazia volteios na cela e ele soprou-a para cima, parando por um momento a narrativa; depois, como se retornasse de uma selva escura, prosseguiu contando. Relatou que Portugal era um dos poucos países da Europa que, embora proibindo a venda de livros, ainda reservava, para pesquisa, acervos físicos em três bibliotecas públicas — e aí ele entrava em cena. Hilário perguntou se a proibição havia transformado o contrabando de livros num negócio rentável e, sem muita mesura, questionou se o português era rico. A resposta foi duplamente afirmativa. António revelou ser herdeiro de diversas propriedades, dentre as quais uma quinta produtora de vinhos, cuja porção maior arrendara para uma grande companhia; herdara também outros negócios, o mais importante sendo uma editora, que teve de fechar com as restrições aos livros.

— Vinho e livros — empolgou-se António. — Coisas que sempre andam juntas... Não é à toa que a prensa de tipos móveis de Gutenberg, feita para imprimir livros, teve por base as prensas usadas na produção de vinho.

Hilário perguntou-lhe sobre que tipo de mercado haveria com todo aquele ódio aos livros, e António respondeu existirem ainda dois segmentos interessados na aquisição das obras impressas: colecionadores, pelo simples gosto da raridade, e alguns professores que administravam as poucas bibliotecas públicas restantes. O português confessou ter-se esforçado para restringir as vendas ao pessoal do segundo grupo — isso ainda era lícito — mas, como entre estes não era muito o dinheiro, teve de ceder e negociar também com colecionadores — um mal necessário, disse, única forma de manter o fluxo para as bibliotecas. Além disso, parte significativa do que importava armazenava ele próprio, não por capricho de acumulador, mas para guardá-los para um futuro menos estúpido. No caso do lote mais recente — aquele que lhe rendera a prisão —, como os livros apreendidos no porto não possuíam guia de encaminhamento a alguma biblioteca autorizada, a atividade foi considerada importação ilegal e, por isso, contrabando.

—- Entendo. Mas, por que o Brasil como fornecedor? — perguntou Hilário, que ao empurrar a marmita vazia do almoço produziu um barulho de lata raspando.

— Importo de diversos lugares. O Brasil é o único país de língua portuguesa que ainda não proibiu os livros impressos, e enquanto essa proibição não vier continuarei a comprá-los aqui, embora só os possa fazer ingressar em Portugal às escondidas.

—Você deve lucrar bastante para correr tantos riscos.

— Não está mal, embora pudesse ganhar mais com outras atividades. Meus pais foram grandes empreendedores e legaram-me o suficiente para não precisar trabalhar. Mas amavam os livros, e com eles aprendi que os únicos bens verdadeiros, como o conhecimento, são aqueles que, quando passados adiante, não diminuem, aumentam. Devemos resistir a tudo que nos desumaniza, e a eliminação das boas e velhas histórias, dos livros, é receita certa para a desumanização. Se corro riscos, portanto, não é pelo dinheiro, mas pelo que de melhor ensinaram-me minha mãe e meu pai: o amor pelos livros.

— Nunca entendi isso — interrompeu Hilário — Prefiro coisas da minha área... Engenharia, Arquitetura...

—A tua área? Ora, "convém que o arquiteto conheça a arte literária, para que possa deixar uma marca mais forte através de seus escritos". Vitrúvio. Como aspirante a arquiteto, devias conhecer — disse António, sentando-se na cama — E, permita-me dizer, a Literatura certamente é também tua área, é a área de todos nós.

— "A área de todos"... Creio já ter ouvido isso, há muitos anos. De um francês que trabalhava na biblioteca daqui.

— Uma biblioteca aqui? Pois não me disseram nada. Irei até lá hoje mesmo. E tu irás comigo.

— Há perigos pelo caminho e...

— Não tenho dúvida de que valerá a pena — interrompeu o português, o rosto acendendo-se como o de uma criança prestes a abrir embrulhos no Natal.

VI

A Biblioteca de Babel

Iluminados pelo sol da tarde fresca, Hilário e António superaram sem percalços o gargalo com o pátio maior.

A ideia era simular jogarem bola e aos poucos chegarem ao segundo gargalo, que levava ao jardim da biblioteca. Não foi preciso: estupefatos, constataram que todas as celas com abertura para o pátio central estavam vazias — talvez punição ao ataque a António, talvez simples remanejamento de presos para as alas das faces externas, ou mesmo alguma nova medida de esvaziamento de presídios. A travessia teve por plateia apenas as escotilhas quadradas dos pavilhões descomunais.

O ipê roxo permanecia magnânimo, as máquinas de lavar estavam caladas e a tabuleta da biblioteca ainda era a mesma; mas as placas da Administração, do Almoxarifado e da Lavanderia haviam sido substituídas por novas, em acrílico. Mais perto do destino, Hilário percebeu outra novidade: parafusado à parede no lado direito da porta de entrada, um retângulo de bronze com arestas recobertas de zinabre trazia homenagem ao gramático nascido em Itaí e rebatizava o lugar como "Biblioteca Napoleão Mendes de Almeida".

A porta estava fechada, eles bateram, ninguém veio. António adiantou-se, as mãos abraçando a maçaneta redonda de latão, e empurrou a porta. O estado de abandono e a poeira flutuante deixavam claro que ninguém entrava ali de há muito, e as estantes esverdeadas, desalinhadas e apinhadas de livros, lembravam a imobilidade desnorteada que se segue a um acidente ferroviário. António liderou a expedição tomando alguns exemplares e folheando-os, enquanto Hilário seguia-o sem saber o que fazer; o português percorreu cada corredor lentamente, manifestando-se apenas por interjeições às quais o companheiro, por puro senso de participação, fazia eco. Não tardou para que Hilário se entediasse e fosse sentar-se no chão, recostando-se à embolorada parede que, estufada pela umidade, parecia revestida de palha de milho. Incansável, António prosseguia, ora avançando sobre teias de aranha, ora contendo a tosse, ora se assustando com os ratos; dedilhava os livros como se fossem teclas de um piano ou cordas de uma harpa — como se conhecesse uma sinfonia secreta que pudesse ser tocada apenas com papel e letras. Transcorrida quase uma hora, Hilário comunicou ao estrangeiro a aproximação do fim do horário de banho de sol. António apanhou um volume antigo e caminhou para a porta, mas voltou e devolveu-o ao mesmo lugar. Saíram dali juntos e, alguns passos dados, António percebeu que Hilário é quem agora carregava um livro, oculto sob as vestes.

— Devias devolver isso — disse o português. — Não sabes se é permitido.

— Sou um condenado à morte, aguardando preso perpetuamente. O que poderiam fazer? Matar-me? Colocar-me na área de isolamento?

António sorriu e quis ver o livro. Enquanto caminhavam, ainda sob a sombra da árvore, Hilário entregou-lhe o volume de capa azul, frisando que só o havia pegado por ter visto na contracapa, anotado com esferográfica, um interessante exercício de Geometria. António restituiu o livro a Hilário, que o enfiou entre a barriga e o uniforme. Sem pressa chegaram às celas, em silêncio, e, uma vez trancafiados, ouviram o portão do corredor bater e os passos do agente penitenciário afastarem-se enquanto Hilário sacava da roupa o livro.

— Esse livro escolheu-te. Devias lê-lo. Os livros escolhem-nos — falou o português, com o semblante esticado por um sorriso que o punha mais jovem e os olhos vibrantes como duas tochas ao vento.

— Não acredito nessas bobagens — respondeu Hilário, jogando-se na cama.

António insistiu, e Hilário disse que iria pensar no assunto; por ora, porém, queria dar uma olhada nas figuras geométricas e nas equações.

Mais tarde, o jantar do português foi um sentar-se e levantar-se constante, uma tentativa frustrada de erguer-se até a janela, alguns resmungos. Nada que abalasse, porém, a firme convicção de Hilário nos números, e como cada qual permanecesse apenas balbuciando, coube a António a iniciativa de aproximar-se da grade divisória:

— O que tens aí?

Hilário continuava absorto no traçar linhas, anotar coeficientes, ensaiar uma forma matricial. António repetiu a pergunta e Hilário, regressando do universo numérico, comentou com desdém:

— Bem, o sujeito que fez esses rabiscos até tomou o caminho certo, enveredando pela lei dos cossenos. Mas cometeu um erro aqui e, se conhecesse Stewart, teria poupado muito tempo.

— Stewart?

— Sim, veja aqui no triângulo essa ceviana que parte do vértice formado pelos lados a e b e secciona c em duas partes, y e x. Basta apontar as variáveis e fazer uma substituição banal: $a^2x + b^2y - z^2 c = cxy$. A "relação de Stewart".

— Duvido que isso seja considerado "banal" pela maioria das pessoas. Ainda assim, interessante.

— Sabe, é uma pena que a vida não funcione por equações, com suas constantes, algumas variáveis previsíveis e resultados ao menos calculáveis. Tudo seria mais fácil — disse Hilário.

Então mergulhou de novo nos Números.

No café da manhã, Hilário bocejava e mostrava-se irritado. António perguntou-lhe o que se passava e ele foi cuidadoso para dizer algo incômodo: a madrugada em claro, lendo à luz de lanterninha, havia sido absoluta perda de tempo. Diante da mudez do vizinho, Hilário emendou:

— Desculpe-me, mas não vi graça na história do velho pescador e do marlim devorado por tubarões. Achei que o homem podia ter simplesmente desistido e voltado com seu esquife para pescar em águas mais rasas.

— Águas mais rasas? Pois ele tinha de pescar era em águas *profundas* — enfatizou António. — É uma pena...

— *O que* é uma pena? — indignou-se Hilário.

— Que não tenhas de fato lido, que não tenhas vivido o livro.

— Não sei do que você está falando. Li cada linha. Só não sou obrigado a gostar.

— Realmente, tu não és obrigado a gostar. De nada. De qualquer forma, não o leste. Ou, se o fizeste, não o enxergaste — asseverou António.

— Como assim?

—Percebeste a luta do homem para sobreviver na natureza, a nobreza do oponente, a crueldade dos tubarões, a vitalidade e jovialidade dos leões? E o valor da luta, ainda que ela o destrua, como forma de transcendência? E a bravura? A honra? A não aceitação da derrota? O enfrentamento do destino com dignidade?

— Eu... Eu... Eu não me lembro de ter visto isso tudo e...

— Por acaso leste em diagonal? Da direita para a esquerda? E as chagas nas mãos, a resistência à dor, o martírio da caminhada morro acima com o mastro às costas como se fosse uma cruz, a queda, o levantar-se e de novo se pôr a carregar o mastro naquele calvário, o abandono na cama mortificado, a resiliência? Viste alguma dessas semelhanças com uma velha história?

— Agora você está exagerando...

— Pode ser, pode ser... Mas essa é a *minha* leitura. Consegues entender a magia disso? O que *eu* posso extrair de universal de uma história, e como essa história fala aos meus sentidos, às minhas angústias, aos meus desejos; enfim, de que forma se comunica com *minha* vida?

— Bem... Que eu não tenha percebido essa coisa de bravura, luta, etc., vá lá, admito. Posso até enxergar o velho muito determinado a cumprir uma tarefa... Mas esse paralelo com a cruz e tal... não sei não.

— Que seja. Tu não estás sozinho nisso: outros também refutam essa interpretação e talvez estejam certos. Mas e se for assim? E se não for? E se puder e não puder ser assim? E se o significado for ainda diverso — a velhice do mestre e juventude do aprendiz, o idoso pescador e o garoto que lhe é devoto? Ou ainda outro — o escritor extraindo algo de suas profundezas e sofrendo o assédio do mundo, sobrando ao final apenas a parte mais interna, dura, o esqueleto do peixe?

Hilário não respondeu.

— Estás aqui há tantos anos, e jamais te deste conta da preciosidade que há naquele lugar empoeirado — disse António. — Há ali sonhos, vidas talvez mais reais que as nossas. Com livros podemos transcender a platitude de nosso cotidiano, conhecer lugares aos quais nunca conseguiríamos ir.

Falemos de Arquitetura, de que tanto gostas: pode-se passar diante de uma casa e deleitar-se apenas com o que, numa olhadela, a fachada mostra; mas a casa possui laterais, fundos, porões, e seu estilo, sua divisão interna, o tipo de fundação, a visão do exterior que se tem por suas portas e janelas, contam-nos uma história. O mesmo se dá com os livros: além do que revelam já à superfície, é possível apreciá-los pelo que são, por seu estilo, ou seja, como obras de arte; pode-se também penetrar naqueles recônditos que nos fazem refletir sobre nossas vidas, e através das personagens conseguimos observar o mundo com outros olhos, saboreando vidas que não as nossas e, assim, melhor entender os que nos cercam.

— Nunca me interessei por Literatura. E o que você diz parece-me uma fuga — retrucou Hilário.

— Fuga? Eu não diria isso. Jornada, experiência, sim; fuga, não. O que ocorre é que, quando se lê, a vida trivial é posta em suspensão e, quando retornamos de uma boa aventura literária que apele a nosso senso de beleza, de verdade, de mistério, encontramos uma realidade qualificada. E não falo de criar uma "segunda realidade", mas da realidade una, enriquecida pelos livros. Pois é na Literatura que a Humanidade se confessa: é ela o espelho no qual nos vemos desnudados, e podemos então nos tornar um pouco melhores. Não que a Literatura tenha sido em algum momento capaz de extirpar da Humanidade a vilania; sempre foi nessa luta, no entanto, valiosa aliada. Mas nossa sociedade aboliu os livros, entorpecendo-se de estupidez... Sabe, alguns dizem que o homem é fruto do meio; outros, que é produto dos genes; talvez haja um pouco disso tudo; mas penso que, fundamentalmente, é fruto dos livros que lê; ou, nestes tristes tempos, dos que não lê.

— Não faz diferença. Para mim são só palavras... — replicou Hilário, evasivo.

— Palavras nunca são "só palavras". Há vários níveis de leitura, e o que há de mais importante estará sempre nas camadas profundas. Esse, aliás, é o paradoxo do conhecimento: há de se ir às camadas mais profundas para se elevar ao ápice; há de se ir ao subsolo para atingir o topo da montanha. Bem... pelo visto terei uma longa estada aqui, e se ficar sem atividades irei enlouquecer. Faço-te uma proposta. Pedirei à Administração que nos autorize a organizar aquela bagunça; tu ajudas-me com os livros, e vou sugerindo-te uns títulos; depois debateremos.

— Não acho que eu vá gostar disso.
— Dadas as circunstâncias, o que tens a perder?

Hilário gastou sua hora do banho de sol relendo. Em pé, caminhava próximo às bordas do pátio central com o livro nas mãos; capturado pela história, por vezes se chocava com a parede, agravando a dor na mão costurada. António havia-se dirigido à Administração sozinho, e de lá só retornaria ao final da preciosa hora para encontrar um Hilário absorto na leitura.

— Conseguimos! — exultou António — A partir de agora estamos liberados para permanecer na biblioteca durante e mesmo *após* o horário de banho de sol. Poderemos consertar as estantes e organizar os livros. E soube que cada três dias trabalhados permitem a redução de um dia na pena.

— Ótimo! Isso terá um maravilhoso efeito em minha prisão perpétua...
— Desculpa-me. Não me havia atentado. De qualquer forma, serão algumas horas a mais fora desse claustro. Tens alternativa melhor?

Hilário apenas sorriu.

Já na cela, António explicou o cronograma: primeiro uma limpeza geral, depois a restauração do que não estivesse bom e, por fim, a ordenação dos livros segundo critérios de biblioteconomia. O português pediu ao vizinho folhas em branco e começou a rabiscar algo; ficou assim até à noite, recusando a comida do jantar, enquanto Hilário tratava de terminar a releitura. Quando as luzes foram apagadas, a ponta em brasa do charuto de António evocou um farol do cabo dançando nas trevas. Hilário pousou o livro no chão e falou ao português:

— Sua proposta é tão estúpida que não tenho como recusar.

O rangido metálico anunciou a refeição da manhã. Hilário estava sentado na cama, com os joelhos colados e anotações feitas num pedaço de papel. António prolongou o bocejo até acocorar-se no chão e logo ganhou a companhia do vizinho.

— Você estava certo — disse Hilário.

António esfregou os olhos, retirando os vestígios do sono.

— Sobre o livro. Há muito ali que eu não tinha visto — completou Hilário.
— E haverá ainda mais a partir de hoje. Prometo-te — respondeu António, espreguiçando. — Um livro é a melhor companhia não humana

que alguém pode ter — embora sua "não humanidade" seja de todo questionável.

O desjejum foi rápido. Hilário foi lançando questões sobre o livro, o autor, o estilo, e António a tudo respondia cerimonioso e contente, como alguém a servir de chá um velho companheiro de trincheiras.

À tarde, o trabalho na biblioteca revelou-se mais chato do que Hilário imaginara: a cada livro que saía de uma prateleira, pequenos animais, vivos ou mortos, surgiam, e a camada de pó a ser desbastada exigia constantes idas à torneira para lavar os panos; folhas desprendiam-se de seu conjunto, e a sujeira do chão não colaborava com a empreitada. A ideia de conferir a catalogação de todos os livros esvaneceu após se saber que o lugar contava com mais de trinta mil volumes, muitos dos quais nem sequer registrados — segundo um dos agentes penitenciários, a Prefeitura de Itaí vinha recebendo acervos deixados em testamento, e a Biblioteca de Babel tornara-se repositório do que não cabia nos prédios municipais. António decidiu ordenar os livros já fichados — o resto seria feito aos poucos, criando-se nova ficha quando fosse retirado algum não cadastrado. Foi uma tarde de silêncio e trabalho.

Os dois homens receberam as marmitas do jantar na biblioteca mesmo. Hilário comeu ao lado de um volume que parecia ter sido mordido por um animal — uma mula, talvez, pensou — enquanto António fez da estante caída sua mesa de refeições. Depois retomaram a faina, e assim foram até um quarto para as vinte e duas horas, horário-limite para deixarem a biblioteca. Dessa vez António foi quem saiu com um livro sob as vestes e, ao chegar à cela, folheou-o como se revisse um álbum de família achado no sótão. Comentou que já tivera quatorze exemplares sucessivos dele, pois a cada empréstimo não lhe era devolvido, e tinha de comprar outro. Nas primeiras vezes ficara chateado, sem compreender por que, tratando-se de um livro que tanto dizia sobre amizade, não era restituído; mas depois se conformara, pensando haver algum sentido naquilo — talvez fosse uma obra alada, que precisasse voar de mão em mão. Passando o livro pela grade a Hilário, recomendou que o lesse.

— Tudo bem, mas só amanhã. Estou exausto — disse Hilário, não resistindo ao sono que lhe pareceu irrepreensivelmente justo.

Um tímido feixe de luz projetava-se cela adentro quando Hilário relia a abertura do livro que era dedicado a um aviador chamado Guillaumet — coincidentemente, o mesmo nome do desaparecido bibliotecário francês. Hilário releu uma vez mais, agora o parágrafo todo. Cada virar de página era feito com cuidado e dedicação, e cada nova cena arrastava Hilário para a história, para o deserto, para as personagens, para os sentimentos. Ao refletir sobre certa passagem, ele fechou o livro sobre o indicador e, de soslaio, percebeu que o novo amigo acordara e vinha sentar-se no piso irregular.

— E então? — perguntou o português.

— Não imaginava que uns poucos minutos de leitura pudessem dizer-me tanto! Esse livro é...

— Finalmente! Agora serás prisioneiro de um mundo do qual jamais se quer ser libertado. Bem-vindo à *nova* Babel. — animou-se António.

— Sim, é mesmo interessante. Mas aqui diz que a vida é que ensina tudo, que os livros não podem ensinar quase nada e...

— Alto lá! — interrompeu António. - Será que terei de explicar-te tudo? Sim, é fato que certas coisas só poderão ser aprendidas com a experiência, abraçando a realidade; mas onde é que está escrito que nada se aprende em livros?

— Mas... — Hilário não encontrava argumentos.

— Dizer "A é mais que B" em momento algum implica que A seja tudo e B, nada. Há gradações, níveis, e situar as coisas numa escala não implica sejam mutuamente excludentes.

— O quê?

— Vais entender. Com o tempo — completou ele, afagando a barba rala do pescoço. — "O ato de entender é vida". Aristóteles.

As marmitas chegaram interrompendo a conversa, mas Hilário não quis cumprir o ritual e pediu desculpas ao amigo — preferia comer sentado na cama para não suspender a leitura. No chão, António saboreou o pão com manteiga, bebeu leite na xícara de lata e, cuidando de não atrapalhar o leitor, ocupou a manhã com anotações.

Quando os metais berraram noticiando o início do banho de sol, Hilário perguntou ao funcionário sobre o preso Guillaumet, que no passado trabalhara na biblioteca. O agente penitenciário afastou-se para a zona fora de captação das câmeras de segurança, falou ao celular e transmitiu a Hilário a resposta:

— Jamais houve alguém com esse nome por aqui.

Hilário e António cruzaram os três pátios. De forma abrupta, abriram a porta da biblioteca, fazendo jorrar raios para dentro do espaço que agora parecia menos desorganizado. Hilário decidiu começar pelas prateleiras do canto direito; meticuloso, retirava os livros de uma estante, empilhando-os nalgum espaço limpo e zelando para não pôr fim a nenhum dos insetos vivos, que eram libertados pela porta frontal; depois da limpeza, ia restituindo três a três os livros ao lugar de origem, não sem antes dar uma boa olhada nas capas, contracapas e orelhas. António ocupou-se do fichário, constatando que algumas gavetas haviam emperrado e que cartões de indicação bibliográfica tinham caído por trás do móvel. Hilário juntou-se a ele, e os dois homens empenharam braços, pernas, tronco, ombros, tudo, até conseguirem afastar da parede o arquivo férreo. Desempenhavam uma atividade perfeita, que abolia o tempo.

Predominava o silêncio, e eles iam comunicando-se por gestos, uns lances com os olhos e, vez por outra, algum grunhido, como se estivessem a atravessar um santuário de estalactites e estalagmites. Os músculos eram aplicados em remover estantes quebradas e nos trabalhos com as poucas ferramentas disponibilizadas pela Administração; eram também empregados no transporte de livros, na restituição das gavetas ao formato retilíneo, na lubrificação de pequenas trancas, na ordenação de papéis; os homens trabalhavam num ritmo cadenciado, como se em onze sílabas poéticas de um galope à beira-mar; esferográficas passavam por controle de qualidade, e as reprovadas eram atiradas numa caixa para material reciclável; os cantos bagunçados de livros foram ganhando alguma ordem e o chão ficando pontilhado, o sal do suor misturando-se à poeira.

O chão foi sendo salgado.

Os dias corriam, e os dois amigos iam abrindo picada no emaranhado de celulose, António à frente fazendo resenhas, aclarando tudo no oceano das palavras, servindo de guia para os livros como uma clave numa partitura. As pontas dos dedos foram ressecando e rachando com a mistura de produtos de limpeza, teias, restos, farpas, zinabre, ferrugem, mas eles prosseguiam no templo de papel e letras com a brutalidade muscular filtrada pela sensação de que ali se cultivava um canteiro de especiarias, de que ali se tomava algum filhote para restituí-lo ao ninho, de que ali se tateavam primitivas pinturas rupestres. Ao final de cada jornada, uns minutinhos antes de a sirene soar, sentavam cada qual nalgum móvel velho, inclinavam a cabeça para cima, erguiam as garrafas plásticas até a altura da testa e então sorviam a água, sonhando fosse cerveja ou vinho; depois, extenuados, retiravam-se, trocavam algumas palavras, quase nem isso, só mesmo murmúrios que traduziam por "está ficando bom", e lançavam-se no banho para depois se atirarem às camas duras nas quais tinham sonos sem sonhos, acordando com disposição de garotos quando o chão da cela recebia o matinal polígono de luz.

Hilário ia lendo os livros indicados pelo mestre português. Não tinha regularidade no modo de leitura nem na posição corporal, e por vezes os estudava em pé, ora parado, ora caminhando nos poucos metros quadrados que lhe competiam; na cama, sentado, deitado de costas, de bruços com a cabeça para fora, o livro no chão. António nunca o interrompia, mas Hilário, que às vezes tinha manhãs incomunicáveis, noutras perguntava ao amigo o significado de um parágrafo, e então o português ministrava-lhe lições de Literatura, de Filosofia, de História da Arte, tudo em meio às espirais ascendentes da fumaça algodoada que, iluminadas pela brasa do charuto, emprestavam ao estrangeiro uma coloração levemente lilás, fazendo-o parecer um ser mitológico. Aficionado por símbolos, António explicava o significado oculto de cada cor, de cada pedra preciosa, de cada material — portões de marfim para os sonhos falsos, portões de chifre para os verdadeiros; aço para isto, madeira para aquilo; uma oliveira isto, um salgueiro-chorão aquilo; o número 7 isto, o 8 aquilo; amarelo isto; azul aquilo. Falava também do sentido de desenhos antigos e de expressões enigmáticas, sempre indicando livros relacionados.

Certa vez, Hilário surpreendeu António olhando a contracapa de um livro ilustrado. Aproximando-se, viu que o português contornava, com a polpa do indicador, o desenho de uma âncora à qual se entrelaçava um golfinho, tendo logo abaixo os dizeres *festina lente*.

— *Festina lente...* — disse António. — Latim. Significa "apressa-te lentamente", um oxímoro que alude à complexidade da vida; uma dualidade aparentemente conflitante, mas cujos termos, antes de se anularem, complementam-se como em alto e baixo, velho e novo, passado e futuro, real e imaginário. A velocidade fluida do peixe e a solidez estática da âncora, numa conclamação a que se faça tudo com presteza, mas sem descurar da precisão.

Devolvendo o livro à estante, prosseguiu:

— Esse símbolo foi adotado há mais de quinhentos anos nas publicações do editor e tipógrafo Aldo Manuzio, do qual, dizia-se em minha família, seríamos descendentes. Daí meu segundo nome, "Aldo".

E António empurrou para Hilário três livros sobre símbolos. Dias depois, uns volumes de Mitologia. E depois, um manual de Astronomia. A cada noite, estivesse observando Ursa Maior, Sagitário ou o Cruzeiro do Sul no pátio do ipê roxo, Hilário pensava nas estrelas como astros quase tão brilhantes como aqueles outros homens encarcerados — e quase tão mudos.

Dos volumes da biblioteca saíam feras indômitas, canibais, aventuras rio acima e também rio abaixo, incursões ao espaço, às fossas abissais, ao centro da Terra, ao redor dela; tempestades eram ordenadas, indexadas, e ventos e tornados e ciclones atiravam embarcações a ilhas desertas e a outras nem tanto; homens brutos, abomináveis, santos; mulheres brutas, abomináveis, santas; mais de um milhar de noites, a oferta de uma imortalidade isenta de velhice e uma odisseia em vinte quatro horas; um dragão e sua avó, um tigre e sua temível simetria, e um jovem que saía pelo mundo para aprender a tremer; havia os que queriam partir e também os que só queriam ficar; um grego voltava para casa no vigésimo ano e um troiano deixava sua terra e ia para o Lácio; homens honravam seus pais, outros os matavam; pais vingavam seus filhos, outros os devoravam, outros os vomitavam; serpentes habitavam terras distantes e cabeças próximas, e um cordeiro submetia um lobo; um monstro marinho sugava e regurgitava toda a água do mar à sua volta três vezes por dia, enquanto outro monstro agitava suas seis cabeças para apanhar marinheiros; um homem aferia matematicamente a beleza de uma mulher e uma avó contava histórias aos netinhos num sítio habitado por um sabugo e uma boneca falantes; um rapaz cheio de ideias matava a velha agiota e um menino caboclo sobrevoava Sete Povos das Missões num cavalo branco; uma menina caía na toca do coelho, outra escrevia seu diário escondida no anexo secreto; um cigano trazia novidades à aldeia e dois homens conversavam no bar Catedral; um reino deste mundo e mortos conversando num vilarejo abandonado; havia paixões de alcova e ao ar livre, amores, desilusões, folhas de relva, flores do mal, marcas marinhas, homens ocos, tabacarias e baladas de velhos marinheiros; jangadas de pedra, imagens descartadas, corações selvagens e inconfidências; tiros na praia, portas no teatro de mágica, guerras entre nações amigas e outras travadas apenas na mente de um perturbado; hospícios, prisões, fugas miraculosas, recapturas, enforcamentos; homens sentavam-se à mesa — oval num salão setecentista, quadrada em um *pub* londrino, redonda na Idade Média, retangular numa última ceia; então vinham barcas salvadoras, arcas milagrosas, poderes mágicos, cavaleiros errantes, poetas trágicos; retirantes, cangaceiros, beatos, mineiros; apaches, bucaneiros, xerifes, pistoleiros; bantos, tupis, celtas, indianos; legendários samurais, delinquentes insuspeitos, criminosos sagazes e detetives ainda mais; pirâmides, metamorfoses, sustos; competições, apostas, diligências; prêmios, carruagens, recompensas.

Ao defrontar-se com uma sequência de livros de aventuras no mar, Hilário teve a sensação de que já conhecia as histórias. Tinha certeza de jamais ter lido qualquer daquelas obras, mas os relatos traziam de tal forma um senso de realidade que era como se já as tivesse em si, algo como se participasse de uma grande história universal. E fossem relatos ficcionais a respeito de um velho navio, fossem livros históricos sobre expedições ao último lugar na Terra, a sensação, onipresente, era não apenas de que vivia aquilo, mas também de que *revivia*.

Numa manhã, o funcionário que veio à ala do isolamento entregar pão e leite quis saber por que eles gastavam tanto tempo com aquela velharia de livros, já que um dos presos devia ir embora logo e o outro, nunca. Hilário ensaiou uma resposta, mas as palavras morreram no palato ao perceber que não tinha lá muita convicção. António foi em seu socorro com uma solução profunda: apenas para passar o tempo. Parecendo ter se contentado, o funcionário foi-se, deixando os dois amigos com as canecas a transbordar.

Hilário substituiu o ritmo ligeiro de arrumação dos primeiros dias por um atuar mais comedido, como se quisesse procrastinar a chegada ao objetivo final. António questionou-o se era cansaço e pareceu ter aceitado a resposta, afirmativa e falsa. O fim de tarde assemelhava-se a um balão azul, separado do concreto de Babel pelo clarão que se mantinha no horizonte, quando António parafusou na parede da biblioteca o último espelho cego — única coisa faltante para cobrir com segurança uma passagem de fiação elétrica. Hilário não quis perguntar, embora desse como certo que as recentes reuniões do amigo com os advogados deviam tratar não só da compra de material para a reforma da biblioteca, mas também da iminente extradição. Há tempos Hilário vinha sentindo o fundo do estômago borbulhar, percebendo próximo o término da reforma; e isso era um grande problema: não teria mais o tempo ocupado, e tampouco tinha a esperança, nutrida por António, de que quando a biblioteca fosse reinaugurada algum dos habitantes dos outros pavilhões fosse interessar-se; na verdade, temia pudessem depredá-la em retaliação ao privilégio do isolamento.

Certa noite, a leitura de Hilário foi interrompida pela súbita preocupação com o tempo, com as possibilidades que se esvaíam, com o não saber nada do sentido da existência. "Mas... como um homem há de enfrentar a vida, esse misto de sonho e tábuas corridas, janelas à Beleza semicerradas, portas abertas, outras lacradas, e estranhas caixas ocultas no sótão?". Lia outra história de aventuras quando veio o escuro em Babel.

A reinauguração da biblioteca não teve autoridades, nem festa, nem foto, nem nada. Nem sequer houve cerimônia, limitando-se a uma nota, no boletim interno, dando conta de que haveria livros disponíveis pelo período de sete dias, prorrogáveis por igual prazo. Mas a ausência de remissão ao trabalho de António e Hilário não os desanimou: estavam ansiosos para ver quantos e quais livros seriam tomados de empréstimo, e em que estado voltariam. Como não podiam ter contato com os demais presos, penduraram num cavalete largas folhas de papel com indicações, a pincel atômico, sobre como proceder. O empréstimo de livros baseava-se na responsabilidade individual, devendo o preso anotar numa ficha seus dados e a data de retirada, e em outra, chamada "ficha do leitor", o título do livro, novamente a data de retirada e o código de localização nas estantes. Hilário não entendera por qual razão António mandara os advogados trocarem as fichas iniciais e, quando vieram as novas, apenas dois dias antes da reinauguração, questionou o amigo sobre o porquê de serem tão maiores.

— É que nestas há espaço para os nomes — respondeu António.
— Nomes?
— Sim, os nomes dos leitores, e não apenas o número que vai no uniforme.

Cruzando o pátio, eles notaram a porta da biblioteca entreaberta, e foi necessário vencer a acidez da garganta antes de entrar. António foi primeiro, tendo Hilário estancado no degrau.

— Nada — desanimou-se António.
— Como nada?
— Alguém esteve aqui, mexeu no cavalete, mas não levou qualquer livro. E deixou a caneta fora de lugar.

Eles caminharam mudos nos corredores formados pelas estantes velhas. Tinham despendido tanto tempo e esforço, tinham feito tão bom trabalho de limpeza e ordenação, tinham preparado aquilo tudo, e nada. Hilário concluiu que o mundo era ingrato, ninguém ligava, talvez ninguém soubesse dos laços amigos, das gotas molhando o solo, do empenho nas prateleiras; talvez não se ligasse mais para os outros vivos e, tanto menos, para o que um dia disseram aqueles mortos que agora dormitavam na Biblioteca de Babel. Esperava que António dissesse algo, quem sabe um adágio, um aforismo, alguma velha máxima de sabedoria, qualquer coisa sobre a ignorância dos presos ou sobre a palermice humana, enfim, alguma expressão de conforto. Mas o alento não veio: ao final do banho de sol, o português voltou calado para a cela.

Os fatos repetiram-se na tarde seguinte e na outra e na outra. Em busca de algo para afugentar o aborrecimento, Hilário despejava perguntas em António que, se era até prolixo ao falar de seus negócios e viagens, retraía-se quando se avançava para questões mais íntimas, e o pouco que Hilário conseguiu arrancar do português foi que não tivera irmãos ou filhos, e que, tendo falhado no casamento, de há muito desistira dos amores, centrando sua existência apenas no intelecto; e que o anel de azeviche (o qual agora já não usava, pois fora recolhido "por medida de segurança") era uma relíquia de família, passada de geração em geração.

No quinto dia após a reinauguração da biblioteca, Hilário não quis acompanhar o amigo até lá, frustrado por todo o trabalho de restauração ter sido inútil. Disse que tinha um livro por terminar — o que era verdade

— mas não o fez e, tão logo António passou por ele no pátio do isolamento e cruzou o central, Hilário jogou o volume num canto e foi chutar a bola de futebol contra a parede. Mais um chute, e outro, e outros, e a bola escapuliu para o pátio maior. Hilário seguiu-a e deu com a imagem de António no vértice oposto, acenando como um espantalho ao vento. Colocando a bola sob a axila, Hilário andou sem pressa, só apertando o passo ao chegar ao meio do pátio, quando percebeu António alvoroçado. Atravessaram juntos o pequeno bosque.

—Veja! — disse António, apontando para o balcão.

Uma das "sugestões de leitura" não estava mais ali, e duas fichas repousavam sobre a prancha de MDF. As instruções tinham sido seguidas, e a ficha da publicação — uma coletânea de contos fantásticos latino-americanos — indicava a retirada pelo moçambicano Américo Cristóvão Cabral, número 2016H. O português estendeu a mão ao amigo e eles regozijaram-se com a conquista de um leitor. Passaram o resto da tarde conversando sobre duas preciosidades encontradas por António: uma tradução, para o português, de historietas mongóis infantis, e uma publicação do Trinity College de Dublin ilustrada com fotografias de sua suntuosa biblioteca e fólios do Livro de Kells.

Com o jantar, o português recebeu um embrulho, já aberto por questões de segurança, e entregou o conteúdo a Hilário: assemelhando-se a um livro, era na verdade um caderno de notas, com lombada negra e capa branca. António falou da dificuldade para contornar a burocracia local e fazer entrar um objeto tão simples — eram permitidas folhas soltas, mas não agrupadas, regra que não conseguia compreender. Sugeriu a Hilário que usasse o caderno para registrar reflexões ou mesmo contar sua história.

Hilário pensou em fazer um relato das ausências que povoaram sua vida — e dos livros silenciosamente ingressando nela, modificando-a.

No dia seguinte, superada a sofreguidão no aguardo pelo banho de sol, eles caminharam pelos espaços vazios do presídio, aligeirando as pernadas ao escutarem o barulho das máquinas de lavar roupas. Dessa vez três sugestões tinham sido retiradas; as fichas, bem preenchidas. Dois novos leitores haviam sido angariados, e o moçambicano deixara um bilhete de agradecimento: sua cela e as duas vizinhas tinham passado a noite em claro, com os homens sentados em círculo, e ninguém conseguira fumar naquela manhã — haviam gastado todo o fluído dos isqueiros para iluminar as páginas sobre Eldorado e outros lugares mágicos. Hilário e António encontraram também o bilhete de um belga reivindicando indicações de livros em francês. António lançou-se na empreitada e deixou sobre o balcão pelo menos três referências para cada idioma que dominava — e não eram poucos.

Dia a dia aumentava o número de leitores, e no quadro de avisos começaram a aparecer mensagens tímidas. Alguns presos limitavam-se a escrever "obrigado"; outros diziam terem com os livros resgatado algo da infância, rememorado a pátria, a esposa, os pais, os filhos; uns contavam parte de suas histórias; outros insistiam na injustiça de suas prisões. Um russo escreveu, em português mesmo, "Consegui. Chorei. Obrigado". Em poucos meses, centenas de livros já haviam sido retirados.

Os dois do isolamento fizeram o pleito de permanecer na biblioteca em tempo integral, de forma a ter contato com os outros detentos — ninguém mais, a não ser eles, habitava celas que dessem para os pátios. A resposta foi rápida: António poderia, sob sua inteira responsabilidade; Hilário não, por "questão de segurança" e "ordens superiores". António insistiu, pontuando que ou bem iriam ambos ou nenhum e, com a nova negativa, a lealdade do português fez tudo permanecer como estava.

Numa tarde clara, ao achegarem-se ao pátio do bosque, ouviram ao longe um falatório. Três homens vestindo camisetas com logotipo e nome de transportadora colocavam estantes na caçamba de um caminhão. Hilário e António correram.

— Não pode ser! — gritou Hilário, que chegou à porta da biblioteca antes do amigo.

Tudo estava diferente, e eles contemplaram, atônitos: os livros, corretamente ordenados, mas as quatro estantes metálicas do átrio haviam sido substituídas por novas em cerejeira e freijó. Hilário tocou uma delas e sentiu as arestas arredondadas por lixa fina; as prateleiras tinham encaixe milimétrico, e ele deduziu haver parafusos reforçando o acoplamento — pequenos cilindros escavados tinham sido recobertos por uma mistura de pó de serra e cola, tudo lixado e envernizado com esmero. Na borda de cada prateleira, desenhos em marchetaria inspiravam uma ordem serena.

António retirou-se para falar com os funcionários e logo retornou com a informação: os presos que trabalhavam na marcenaria haviam confeccionado aquilo, um pouquinho por dia, a partir de portas, batentes e móveis de um casarão recém-demolido, cujos restos foram doados a Babel.

Novas estantes vieram, novas mensagens, novas leituras, tudo conferindo algum sentido à vida. A Biblioteca de Babel foi tomando ares místicos, como um tabernáculo dedicado a alguma divindade ancestral, dando a Hilário a inédita sensação da existência de algo que o transcendesse. Os dias já não eram mais subtração — eram agora divisão, adição, multiplicação quando os dois amigos ultrapassavam o limiar da ala de isolamento e cruzavam os pátios a caminho do bosque das Belas-letras. Parecia haver um lume no coração das sombras.

VII

Ausências

— Arrume suas coisas — disse o agente penitenciário a António, logo pela manhã.

António saltou da cama e foi até as barras.

— Sua extradição foi autorizada — completou o agente. — O senhor será recambiado para a Capital e, de lá, encaminhado a Portugal. Tem cinco minutos — gritou, empurrando pelo espaço entre as grades algumas roupas.

Desajeitado, António amontoou os papéis que estavam sob o colchão, correu ao banheiro para desfazer-se do uniforme, fez de sua blusa uma trouxa, calçou os chinelos, aproximou-se da divisa.

— É estranho dizer isso de um presídio, mas tivemos excelentes momentos aqui, não? Sabíamos, no entanto, que essa hora chegaria — disse.

Hilário deu dois passos para alcançar as grades. Pensou em cavaleiros buscando o Graal, piratas, exploradores de cavernas, alpinistas, discípulos, tudo remetendo a alguma irmandade. Achou que suas ideias rumavam para a pieguice, mas não se importou: se assim se sentia, a mente que acompanhasse.

— Farei o que puder para tirar-te daqui — completou António.

— Sim, eu sei. É que... queria... digo... gostaria de dizer...

— Ande logo — gritou do fundo do corredor o funcionário.

— Toma — disse António, entregando a Hilário um pedaço de papel. — Quando puderes, procura esse lugar.

Hilário observou a anotação manuscrita: +41°10'13.83'', -7°33'11.10''.

— Não seria mais fácil dar-me o nome da rua e o número da sua casa? — questionou Hilário, com um breve sorriso.

— Não nesse caso. Esses números aí são bastante mais precisos. Irás entender.

— Não sei se algum dia vou sair daqui.

— Estou certo de que sairás.

— Mas... quando?

— Lembra-te da construção dos arcos arquitetônicos: só se pode retirar o cimbre depois de colocada a pedra chave.

Numa voz débil, Hilário tentou externar gratidão:

— Aprendi muito com você, António... Queria agradecer-lhe de alguma forma e...

— Ama a verdade, que é o que une os seres humanos — disse António, apoiando uma das mãos no ombro de Hilário. — Será o melhor que poderás fazer por mim e por ti. Despreza a mentira, que nunca une, sempre separa.

— Quer fazer o favor de andar logo! — gritou uma vez mais o funcionário.

Os amigos apertaram as mãos por entre as barras.

— Tem força — disse António, colando a testa às hastes verticais. — Ressuscita, o quanto puderes, aqueles mortos que dormem na nossa caverna mágica. Eles nos ligam a tudo que foi, a tudo que é e a tudo que virá. Ressuscita também os vivos-mortos que dormem nas celas. Pesca aqueles homens, trazendo-os para os livros, para a vida — e, assim dizendo, exultante, António afastou o rosto da grade. — Foi um prazer conhecer-te, amigo.

— Ficarei bem — mentiu Hilário.

— E não te esqueças: um amigo fiel é uma proteção poderosa. Até algum dia.

O banho de sol foi mudo, sem chutes à bola, sem travessia de pátios, sem leitura. Hilário apanhou uma projeção tridimensional inacabada da biblioteca mas, sem sucesso em retomá-la, logo deitou os papéis num canto e encolheu-se na cama, angustiado. Acabara de ser despojado de um amigo — e de um mestre, dos melhores que se poderia ter. Com a partida do amigo, era como se um pedaço de sua existência houvesse sido extirpado. *Pulvis et umbra sumus,* lembrou-se Hilário: somos poeira e sombra, como lera num livro. Sentia-se apenas poeira e sombra de livros. A cela parecia ter diminuído, e ao colocar a caneca vazia junto à grade veio a vertigem, que foi embora deixando pelas amídalas o familiar azedume. Antes das dez da noite, Hilário dormia, febril.

Muitos bilhetes lamentaram a partida do português. Dois presos alemães lastimaram que Hilário estivesse novamente sozinho, um australiano manifestou suas condolências por meio de um poema e um romeno pediu a Hilário, em inglês, que continuasse cuidando da biblioteca. Hilário não se sentia à altura da tarefa por não ter o conhecimento do amigo, mas lembrou-se da lista de livros legada por António e pregou-a no cavalete do vestíbulo.

E assim iniciou sua nova jornada: quando não estava conferindo as fichas de devolução nem fazendo anotações, lia. Ficou tentado, de início, a seguir as indicações do amigo, mas, sentindo já poder guiar a si próprio, passou a escolher os livros ao sabor do toque, ou pelo interesse despertado pela capa, ou porque o título ou autor soassem relevantes, ou porque uma frase de abertura ou estrofe o cativassem. Vez por outra se detinha numa dedicatória, perguntando-se a quem pertencera o livro, se seria sincera a homenagem, se o amor escrito a caneta depois do frontispício teria ainda algum sopro. Enfileirando volumes abertos nas páginas de dedicatória, questionava o que atava aquelas pessoas àqueles livros, o que ligava as pessoas às pessoas, o que unia as pessoas a ele, que agora tinha os livros diante de si.

Os volumes iam da biblioteca à cela, e alguns rendiam notas numa folha à parte. Hilário deixou no balcão também indicações próprias e, para seu espanto, algumas foram acolhidas pelos homens que nunca via — e também pelos que via, dado o interesse esporádico de um ou outro funcionário.

"O Engenheiro", "O Arquiteto" — e também "O Louco" — era agora "O Bibliotecário".

Certo dia, Hilário teve de rasgar as fichas de dois dos mais assíduos frequentadores da biblioteca, um sueco e um marroquino. Companheiros de cela e de leituras, eles haviam brigado pela posse de um maço de cigarros. O marroquino foi morto por esganadura pelo sueco, e este, transferido para outra unidade prisional. De forma amarga, Hilário descobria que o poder edificante da Literatura era grande, mas não absoluto.

Após atirar ao lixo os restos das duas fichas, Hilário resolveu enfrentar uma das estantes de livros não indexados e, folheando-os, percebeu serem todos carimbados com as iniciais S.E.A. A diversidade de assuntos era intrigante, e ele imaginou que tipo de pessoa teria *aqueles* livros, e não outros. S.E.A. *Sea* — o mar. Gostava do mar. Gostou daquilo. Gostou de pensar no mar trazendo-lhe os livros, as ondas despejando sobre ele o conhecimento, derramando nele as letras, o sal do mar salgando a terra, salgando ele próprio, deixando nele umas gotículas, arrancando dele uns pedacinhos, o mar arrastando um pouco da praia para as profundezas e deixando na praia tesouros. O mar, como lera num poema francês, *trazendo seu ruído sedoso do largo e todo o seu grande frescor de boa ventura pelo mundo*. Decidido a ler os volumes carimbados de S.E.A. na ordem em que estavam acondicionados — embora de baixo para cima, como gostava — degustou tudo: o cavaleiro e os moinhos, três bruxas e um regicídio, uma aposta com Deus, dois poetas e os círculos do inferno; o pacto com o inimigo da luz, uma terra devastada, som e fúria, orgulho e preconceito; o doutor e a criatura, a poção e o monstro, o príncipe e o *gattopardo*; a píton cuspindo fogo, um grande irmão sempre à espreita, a fábrica de homens, um processo absurdo, investigações numa biblioteca, o que uma menininha sabia; o órfão e a garota rica, a viagem ao coração das trevas, o imortal.

Leu e releu isso e muito mais nos quatro anos que se seguiram. Era agora um espírito em busca de conhecimento, tendo por alimento o espanto, a caça e a incerteza — como aprendera num dos ensaios indicados pelo amigo. Estava já na quarta estante das "obras desorganizadas", que continuavam a provir do mesmo doador: o carimbo S.E.A fazia-se onipresente.

Dia após dia, noite após noite, Hilário Pena cruzava os pátios com passos catedráticos.

A flecha cruzava machados nas páginas da *Odisseia* quando o barulho da grade interrompeu a leitura. Hilário passara a semana pensando na nova chance, a reavaliação quinquenal. Tinha agora quarenta e dois anos, a vida ficara bem melhor desde a chegada de António e da restauração da biblioteca, os bilhetes chamavam-no de "caro amigo", e até os agentes penitenciários eram menos ríspidos e agradeciam as indicações. Sua pena tornara-se mais suave com os livros, é certo, mas a reabertura do portal para a vida fora de Babel punha-o em desassossego.

À mesa na sala escura, ele encontrou apenas o Agente Meireles; como nas outras ocasiões, silhuetas com capas moviam-se na penumbra. A aparelhagem utilizada era parecida com a de cinco anos antes, embora bastante menor. Submeteu a íris ao escâner e a resposta foi imediata: "Negado".

Hilário retomou as leituras três dias depois, a dor no corpo insone já aplacada pelo analgésico obtido com um dos funcionários. Além da cela e da biblioteca, lia também à sombra do ipê e ia desbravando clássicos no pátio do bosque, que agora parecia um espelho em formato de losango. Maravilhava-se com as aventuras, os dramas das personagens, as construções literárias, a complexidade das histórias.

Juntamente com obras de ficção, começou a estudar guias de viagem. Num volume intitulado *Europa*, um tíquete de museu marcava a página que trazia uma escultura em Oslo: a mulher, segurando um bebê, olhava para trás e puxava uma criança; esta também olhava para trás e tentava apanhar um brinquedo — a legenda indicava que a obra era um memorial aos mortos num grande incêndio. Depois veio um guia de Portugal, no interior do qual Hilário encontrou dois mapas de Porto e arredores, além de roteiros temáticos — regiões vinícolas daquele país. Na sequência, guias de bolso de Budapeste, Buenos Aires e Nova Iorque, volumes sobre a China e a África do Sul, e um prospecto do Real Gabinete Português de Leitura no Rio de Janeiro, encontrado em meio a publicações sobre as belezas naturais do Brasil.

Terminadas as obras de turismo, Hilário percebeu ser produtiva a combinação de temas e dividiu o tempo de leitura em três: no primeiro período buscava algum volume de Filosofia, História, Arte; no segundo, artigos da velha enciclopédia, datada de 1955, com belas ilustrações a bico de pena; o terceiro tempo era dos contos, romances, poemas.

Num livro sobre a história de São Paulo, repleto de fotografias em preto e branco, ele descobriu a cidade nos tempos da iluminação a gás, com seus bondes, pensões, "pharmacias", igrejas, chapelarias, alfaiates, meninas de saias rodadas, garotos descalços. Pela primeira vez enxergava beleza em sua cidade e percebeu que, assim como passara a vida envergonhando-se de ser órfão, fizera o mesmo com suas origens territoriais e culturais; mas agora, com a História, podia ver mundo com os olhos daquelas meninas de saias rodadas, com os olhos daqueles garotos descalços. Terminou o livro com saudade da própria cidade que jamais conheceu.

Então lhe veio às mãos uma obra francesa, com o mesmo carimbo S.E.A. das outras, e ele lembrou-se de quando António lhe recomendara tal livro, explicando-lhe que poderia ser compreendido de pelo menos três formas: a história de um condenado no corredor da morte, a história de Cristo e a história de um homem que sofre de insônia e imagina estar no corredor da morte. Ao abrir a capa azul-marinho, a atenção foi capturada pela dedicatória: "Para Sofia Elena Aimee". Era isso! Não podia ser coincidência! Sofia Elena Aimee - S.E.A. O doador "S.E.A" era uma mulher. S.E.A. era uma mulher. *O mar* era uma mulher. Gostou disso. Tinha sido gerado por uma mulher que não conhecera e agora renascia pelos livros de outra mulher, que tampouco conheceria. Gostou de imaginar uma mulher trazendo-lhe livros, primeiro um a um, a coisa depois tomando volume, os livros entrelaçando-se, unindo-se pelo sal, um oceano de livros, livros feitos de mar, as ondas despejando nele os livros e indo embora, levando um pouco dele e deixando um pouco dela, ela, onda, ela, mar.

Listou tudo o que já havia lido e encontrou uma forma de unir duas paixões: a nova, pelos livros, e a antiga, pelas listas. Principiou por anotar, na ordem em que os encontrou nas prateleiras, os livros de Sofia Elena Aimee, e afixou o papel na parede da cela: era a "Lista S.E.A.". Depois confrontou os já lidos com as indicações de António, mas a cada livro marcado como "lido", brotavam três "não lidos". Pensou se deveria adotar outra estratégia, quem sabe a partir do fichário, começando em "A" ou, como gostava, em "Z". Pensou no tempo e percebeu que mesmo a prisão perpétua não seria suficiente para ler tudo. Reler... impossível. Mas havia livros que queria reler. A vida era longa; a vida era breve.

Enquanto o mundo decretava a morte dos livros, tentando silenciá-los, eles resistiam: longe do burburinho quotidiano, do barulho das cidades, das buzinas dos carros, do ruído dos aparelhos, do falatório vazio, o silêncio dos livros não era de morte, como se buscava impor-lhes, mas de música. O silêncio tinha sons, e os livros iam conclamando, em cochichos, à leitura, e celebrando, aos gritos, a vida. O silêncio dos livros cantava. O silêncio dos livros era a própria música.

Mais dois anos haviam-se passado na intimidade sonora dos livros.

Hilário despertou bem-humorado e reavivou a ideia de contar a própria história no caderno de notas; tinha dúvidas, porém, se deveria escrever com a univocidade dos extintos jornais ou deixando brumas sobre as camadas de significados, e titubeava quanto à forma de reproduzir o que *de fato* ocorreu, usando as palavras *corretas*, de modo a dar a amplitude *exata* das sensações. Faria um relato fidedigno? Ou amenizaria as próprias faltas, desenhando um passado mais palatável, menos cruento, mais ditoso, menos complexo? Lograria um julgamento rigoroso, sem ser intolerante, e piedoso, sem ser complacente? Conseguiria reconstruir o passado usando apenas a memória? E se houvesse lacunas, seriam preenchidas pela imaginação? Ao final da manhã, os únicos dilemas resolvidos foram dois: primeiro, se algum dia enveredasse por uma autobiografia, deixaria personagens e fatos envoltos em névoas; segundo, a narrativa seria em terceira pessoa — o tal "eu" heroico, estupidamente grandioso, já lhe havia rendido problemas demais.

Terminado o almoço, Hilário deslocou-se sem pressa pelo pátio como um professor a caminho da sala da congregação. Adentrando na caverna mágica, leu os recados elogiosos, arrumou os papéis, percorreu as estantes. Os olhos perscrutavam de baixo para cima autores e títulos, e em pequenas doses ele recebia afagos conforme reconhecia, entre os volumes, os "lidos". Da pilha de devoluções, pegou o primeiro livro com que se deparara em Babel, recém-devolvido pelo preso Alejo Rulfo, número 2022F; antes de abri-lo, rememorou as aventuras do velho pescador Santiago, sua luta com o marlim, os tubarões, leões correndo na praia; era hora de reler aquele livro.

De volta à cela, Hilário foi decifrando o volume, percebendo nuances não reconhecidas anos antes. Sua disposição para ler — que andara ácida, premida pelo impulso para consumir mais um livro inédito, e outro, e mais outro — foi revigorada, e muitas noites foram gastas em releitura, anotações, reflexões. Ao devolver o livro, repetiu o procedimento — algo mandava que relesse todos os livros — e, tomando o segundo livro que lera em Babel, relembrou o enredo e as sensações evocadas.

No dia seguinte, uma quarta-feira de vento arredio, houve grande agitação em Babel. De sua cela, ele ouvia gritos em variadas línguas, balbúrdia que tomou a hora completa de banho de sol dos outros homens e só arrefeceu quando foram recolhidos. No horário de sempre, Hilário atravessou o pátio central, hoje coberto por um céu rebaixado e ameaçador como um mau presságio — uma enorme nuvem com aspecto de cartola invertida pairava sobre Babel. Barrado pela grade do pátio do bosque, que pela primeira vez via fechada, Hilário notou dois caminhões saindo pelo portão leste, enquanto um terceiro era carregado. Carriolas de construção civil faziam o trajeto entre a biblioteca e o caminhão que não pudera chegar até a porta devido aos galhos do ipê, e a carroceria era lentamente abastecida: os sujeitos vinham com os carrinhos, paravam, lançavam livros por cima da lateral de madeira. Como pássaros destituídos de suas asas, os volumes eram empilhados e arremessados, espalhando-se na parábola até a queda surda na caçamba do caminhão. Hilário queria gritar.

O agente penitenciário Décio veio até a grade.

— Lamento, Hilário. Os livros foram proibidos.

— E para onde serão levados? Biblioteca municipal, arquivo estadual, o quê?

— Para a *Novo Mundo*.

— O que é isso?

— A incineradora local.

Sentando no chão da cela, ao som da tempestade, Hilário sentia-se como um capitão obrigado a ver seu navio em chamas e depois a pique, um navegador com bússola e astrolábio, mas sem embarcação, um homem de sonhos desmantelados, vítima de alguma traquinagem secreta do universo.

Com o fim da biblioteca, já não podia ficar fora da cela até o período noturno nem trocar bilhetes com os outros presos e, novamente sem ter o que fazer, passou a formular questões sobre o sentido daquilo tudo, sobre o sentido da vida — indagações filosóficas, talvez fosse tudo que lhe restasse. Pensou nos homens das outras celas, em como estariam sem os livros. Pensou nos amores que não teve, na família que não teve. Pensou nos livros, no que lhe entregaram, tesouros viajando de mão em mão por gerações, separando a Humanidade da barbárie. Então a memória uniu Babel a uns livrinhos lidos na infância, o cheiro de papel envelhecido unido ao de café recém-coado, as páginas amareladas e unidas falando de corsários e aviões, o mundo a ser descoberto pela criança, e depois de novo os livros em

Babel derramados sobre o adulto, despejados por António, por S.E.A. Cada livro era uma joia, uma dádiva, uma árvore da vida; mas agora o diamante convolava-se em carvão, a dádiva perdia-se, a árvore perecia.

Já não havia com quem conversar, nenhum parceiro para o xadrez, e ele bem sabia dos perigos, para sua sanidade, da volta aos projetos arquitetônicos. Tentou escrever sua história, criando no papel um futuro melhor para si, como se pudesse estar e não estar ali — como um gato de Schrödinger, vivo e morto ao mesmo tempo. Emperrou com o começo e saltou umas folhas do caderno de notas, deixando-as em branco, e esboçou a lápis parágrafos sobre o dia do crime. Voltou ao caderno algumas vezes, mas não avançava: ora desviava a atenção para as grades, ora para o espelho que o ia revelando envelhecido, ora para o bolor espraiando-se pela parede. Durante o banho de sol, a sombra do ipê sempre o apanhava no mesmo lugar; mas era agora um homem pesaroso. Sofria. O velho prédio de Babel inoculava sua umidade solitária. Não havia barulho.

O acordar e o dormir passaram a mesclar-se e Hilário voltou a pensar na Morte. Não, não buscaria antecipá-la de novo — *uma* tentativa patética bastava. Um nevoeiro foi-lhe sendo derramado na cabeça. Todo dia as mesmas paredes, as mesmas barras, o mesmo uniforme — e o mesmo cheiro de esgoto vindo do ralo da pia; às segundas-feiras, os mesmos legumes cozidos, às terças-feiras, o mesmo frango ensopado, às quartas-feiras, o mesmo bife com nervuras — e todo dia o mesmo pão. Surgiam novos fios grisalhos, sobrepostos em camadas após cada noite de sono ruim. Os vincos do rosto certamente não estavam ali quando chegou a Babel, e ele punha-se a pensar se era mesmo real ou só mera imagem refletida, talvez apenas o pensamento de alguém tornado imagem. Por vezes, detinha-se assombrado pela própria figura, cuja face era dividida em duas pela rachadura, vendo no espelho um garoto já na velhice, um universo desperdiçado. Nessas oportunidades — para sua infelicidade, cada vez menos raras —, Hilário era assaltado pela figura do jovem sangrando no asfalto; mas já não tinha como desvencilhar-se da cena com projetos suntuosos ou leituras. Agora parecia ver o passado por um telescópio, com uma nitidez inexistente quando vivenciara aqueles episódios: gradativamente, a história de legítima defesa passava de verdade inconteste a convicção flácida, esmaecendo dia a dia como uma falésia surrada pela água, esculpida pelo vento, degradada pelo calor.

Hilário deu-se conta de que, se antes da biblioteca a solidão fora sua inimiga, agora permitia o conhecimento de si, reconhecendo-se uma miscelânea de personagens — as que criara, as que vivera, as que ansiava por ser —, um poliedro que tinha por facetas o órfão, o garoto aviltado, o estudante promissor, o prisioneiro e o pretenso herói; reconheceu-se a somatória de suas escolhas, o amálgama de seus anseios, a equação de suas virtudes e de seus vícios.

Numa sexta-feira gélida, Hilário levantou-se da cama e lançou o cobertor nos ombros. As luzes do corredor, estranhamente acesas ao amanhecer, davam à sua silhueta duas sombras com capas, projetadas no fundo da cela, uma à sua frente e outra atrás. Mas os vultos não eram de homens sob a escada, e sim moldados nele próprio. Seria isso? Seriam os vultos ele próprio, desde sempre? Seria um dos vultos ele mesmo vindo do passado, de seus tempos de garoto, com a fala inquisidora de criança, com os olhos de criança, a questioná-lo "e então, homem do futuro, o que fizeste de mim?", enquanto o outro vulto, curvado na parede pela velhice, olhando-o de frente, pergunta-lhe "e então, homem do passado, por que me trouxeste até aqui?".

Hilário correu para o banheiro, atirou água ao rosto, apoiou-se na pia e, puxando com os dentes a pele ressequida do lábio inferior, sentiu o ardor e o leve gosto de sangue, não havendo agora dúvidas quanto ao que via no espelho bipartido: como num óleo sobre tela emoldurado, sobressaía a congelada e aterradora figura — a juventude empalidecida de um criminoso.

— Eis o assassino...

Somente agora o baixotinho do livro tornava a ter um nome: Eduardo Inocêncio. Hilário matara-o. Tinha de admitir: por anos sua vida fora uma mentira. Vivera a patologia da negação — do passado, da realidade, de sua própria humanidade —, transformando-se em monstro ao ingerir um bem conhecido precipitado, a vaidade. Mas não havia sido raptado pelo submundo, como a Proserpina da Mitologia; não: lançara-se de própria vontade ao abismo, mentindo a si mesmo, ao advogado, ao Júri, a António. A mentira é um véu que nos protege do que de pior há em nós; mas esse véu servirá de banquete às traças do tempo.

Todo seu sofrimento proviera de estar voltado apenas para dentro de si — e o grande pesadelo humano é não sair de si. A Literatura amenizara tudo, libertara-o em certo sentido, mas... Talvez agora ele se transformasse num pessimista Velho do Restelo; talvez a esperança advinda dos livros e do amigo fosse apenas a explosão que consome, como numa estrela que explode e se esvai; talvez só lhe restasse mesmo esperar que a Morte viesse — e com toda sua falta de pressa.

Os dias surgiam novos e tornavam-se velhos antes mesmo do entardecer, irmanando-se para formar anos trigêmeos de silêncio e de remorso.

A esperada manhã da reavaliação havia finalmente chegado, mas, antes de apressar-se, Hilário limitou-se a arrastar o cobertor até o topo da cabeça. Era um cacoete que vinha da infância, um escudo contra o mundo, um escudo contra ausências. Sem paz, tentou dormir mais um pouco.

Depois não houve jeito e ele destapou os olhos, que deram com os restos de seus projetos arquitetônicos pendurados na parede. Num movimento já não estava mais coberto, agora sentado na cama. Observou o padrão de hastes alinhadas à sua frente como soldados asseados. Banhou-se, escovou bem os dentes, tirou das têmporas os irritantes pelos embranquecidos. Do armário saíram o paletó chumbo e a camisa branca. Era um dia decisivo, e dias decisivos tiravam-lhe a fome: recusou o café da manhã. Em pé, recostado à parede, rememorou a arquitetura de Babel. Há lugares que servem de metáfora de uma época: no início, apenas uma prisão; mas agora, pelo tempo ali vivido, pelo quanto ali aprendido, pelos livros, pelo amigo, pelos bilhetes, Babel não tinha mais o aspecto de uma máscara sombria, e sim a face — pesarosa, mas aconchegante — de uma envelhecida mãe — rígida, mas justa.

Sentou-se na cama. A polpa do indicador direito tocou a textura granulada da cicatriz na outra mão. Uma cicatriz bem estranha. Cada vez que um homem se mede com seu destino, ou bem pensa em tudo, ou não pensa em nada. Sim, havia salvado a vida de um homem e, de certa forma, de muitos deles; mas era preciso surrar a vaidade.

Ao enfim chegar à sala escura, por sobre o ombro do agente desconhecido Hilário vislumbrou o movimento na penumbra: dois homens. Mas não tinha certeza se vira mesmo aquilo ou se era sua memória a fundir presente e passado, ou ainda a imaginação atiçada ou algo além de seu entendimento. O agente, jovem e com cara de *viking*, não se apresentou e logo tirou do bolso interno do paletó uma tela dupla que media uns onze por quatro centímetros nas dimensões maiores e não teria mais de três milímetros de espessura. Percorreu alguns menus com o toque e levou o negócio à altura dos olhos de Hilário, que sentiu as pupilas contraírem-se com a luminosidade do pequeno escâner. Hilário percebeu um leve tremor na musculatura facial do agente, que baixou o aparelho e, como quem brinca com moeda sobre superfície plana, apoiou uma das arestas na mesa e fez o dispositivo girar até estacionar quando concluída uma meia-volta perfeita.

VIII

Novo o mundo, velho o homem

— Arrume suas coisas. Assim que restituído à cela, Hilário recebeu de Cláudio uma calça e uma camisa usadas, cedidas por um funcionário da portaria — o terno e os sapatos pertenciam ao Sistema e, por isso, não poderiam ser levados. Incrédulo ante as três palavras que confirmavam sua liberdade, Hilário permaneceu imóvel ao lado da cama, só abandonando o estado catatônico ao ouvir Cláudio exasperar-se.

— Ande logo — berrou o funcionário. — O alvará de soltura já está no sistema.

Após ver o resultado na tela, Hilário havia sido retirado da sala às pressas ante o sinal do agente do Ministério. Recolhia agora seus papéis e tentava prendê-los entre as folhas do caderno de capa branca, quando Cláudio, que deixara o corredor, reapareceu atirando a ele uma carteira de couro, marrom e embolorada.

— Só havia isso em seu nome no depósito. Dentro há documentos e um pouco de dinheiro. Esse dinheiro não vale mais.

Depois de se desvencilhar do terno e vestir as roupas recém-recebidas, Hilário foi acompanhado por um funcionário da Administração e dois agentes penitenciários até o portão aberto para o estacionamento interno. Ali, o homem da Administração, um alto japonês, entregou-lhe um bilhete eletrônico com a inscrição "Transportes Urbanos de Itaí", além de um pequeno retângulo de papel.

— Há um ponto de ônibus do outro lado — disse o burocrata. — Use o bilhete para chegar ao centro da cidade e procure o Departamento de Assistência Social nesse endereço. Talvez eles consigam um lugar para você dormir no albergue municipal. Boa sorte.

Hilário nada disse, e o toque de um dos agentes penitenciários em seu braço indicou ser hora de seguir. Hilário e Lúcio — esse o nome do funcionário com cabelos parecendo um turbante — atravessaram o estacionamento, enquanto os outros dois ficaram para trás. Erguendo o braço, Lúcio determinou a abertura do portão final, limiar entre o presídio e a rua. A estrutura de metal emperrou; com um tranco, o rapaz da guarita ajudou o motor que rateava e o portão enfim se abriu. Mais alguns passos e Lúcio estancou.

— Daqui você segue sozinho.

Hilário atravessou o asfalto rumo ao ponto de ônibus, tentando entender o que sentia, se era euforia, se estava triste, entorpecido. O frio era terrível, perpassando a puída camisa fina, e os velhos chinelos não protegiam de nada. Sob a estrutura de acrílico do ponto de ônibus, o banco de fibra de vidro exibia nomes e datas a caneta; ao sentar-se, Hilário notou no abrigo uma câmera de segurança. Na sacola trazia o caderno de capa branca, algumas folhas soltas, a escova dental e a carteira — era tudo o que tinha.

Um sedã escuro estacionou defronte ao portão do presídio e um homem de terno desceu apressado; Hilário observou-o aproximar-se da guarita e logo depois se virar. Nesse momento um ônibus surgiu ao longe e Hilário pôs-se em pé, vendo o homem de terno indicar a direção do ponto, como se quisesse confirmar, na guarita, alguma informação. O engravatado correu para o automóvel e Hilário observou-o fazer meia-volta numa manobra proibida, logo à traseira do ônibus que se aproximava. O ônibus chegou antes, e Hilário subiu os degraus do coletivo de uma pernada só. Pela janela, enquanto se distanciava, pôde ver o homem de terno esbravejando fora do carro, gritando seu nome, pulando no asfalto.

Passando pela catraca com o bilhete, Hilário foi até os fundos do coletivo, mas o vidro traseiro era coberto por um anúncio de sabonete, e por isso não pôde ver se era seguido. Tentou os vidros laterais; não abriam. Precisava de um plano — embora não soubesse contra o que ou quem — e correu de volta até a catraca, aproximando-se dos espelhos retrovisores; nada ali também. Ao sentar-se, tinha as narinas dilatadas e o coração acelerado, e os músculos retesados da coxa direita prenunciavam uma cãibra, que veio e logo desapareceu.

Pelas janelas passavam plantações de cana-de-açúcar, com máquinas agrícolas trabalhando enfileiradas; um zunido era assoviado pelas frestas, embalagens vazias de barras de cereais dançavam no chão do corredor conforme o silencioso ônibus acelerava ou freava, ninguém conversava. Além do recém-libertado, o coletivo levava apenas uma senhora de lenço na cabeça, três rapazes com blusões de faculdade e duas adolescentes em uniformes escolares — uma mulata e uma loira, ambas muito altas e muito bonitas, que dividiam os fones de ouvido. O ônibus parou de repente e apenas a porta da frente foi aberta. Hilário levantou-se e andou até a parte traseira — dali poderia chutar a porta traseira e escapar. Mas apenas uma menininha entrou e o ônibus partiu de novo. Hilário perguntou à garota se aquele ônibus ia até o centro; sem nada dizer, ela apontou o painel digital que indicava seis outros pontos e, finalmente, "Estação Central". Logo apareceram as primeiras casas de subúrbio; houve troca de passageiros nos pontos faltantes — desceram os três rapazes, subiram um velho de pele rosada e um garoto com aparência de indiano — e finalmente o ônibus parou em uma vaga coberta. Hilário escutou o barulho do freio a ar e viu as pessoas descendo; desceu também.

A Estação Central era um prédio antigo ao qual haviam sido agregados toldos de policarbonato, tendo as paredes cobertas por pichações e o chão, repleto de lixo, emanando cheiro de leite azedo; na saída, uma placa de latão ostentava os dizeres:

ESTATUTO DA INCINERAÇÃO DE PUBLICAÇÕES

Art. 33 — Constitui crime possuir, trazer consigo, ter em depósito, guardar, ocultar, adquirir, escrever, editar, publicar, vender, expor à venda, oferecer, importar, exportar, remeter, transportar, entregar ou fornecer livros impressos. Pena - reclusão de 5 (cinco) a 15 (quinze) anos e pagamento de 500 (quinhentos) a 1.500 (mil e quinhentos) dias-multa.

Parágrafo único — Incorre nas mesmas penas quem criar, armazenar, comercializar ou transmitir, a qualquer título, arquivos contendo livros digitais protegidos contra alterações.

Hilário interpelou um rapaz loiro de moletom, que devia ter metade de sua idade:

— Por favor, preciso de uma informação. Você é daqui, por um acaso?

— Sim. Moro nesta rua mesmo. Qual informação?

— Sabe onde fica essa rua? — perguntou Hilário, exibindo o retângulo de papel ao rapaz. — É a Assistência Social.

— Uh... Não sei. Não tem celular? Nada com GPS?

— Não.

— Impossível...

— Por favor, tenho de chegar logo a esse lugar. Pode ajudar-me ou não? — insistiu Hilário.

— Sim. Um momento — disse o rapaz, aparentemente irritado.

O jovem levou o celular até a boca e ditou o nome da rua.

— Pronto. Vê o mapa? Está com sorte. É a primeira rua paralela.

— Obrigado.

Hilário andava rápido, conferindo se era seguido e questionando-se se ter deixado a prisão tinha sido mesmo boa coisa. Perscrutava os números das casas quando o sedã freou a seu lado. Antes que Hilário pudesse correr, o sujeito engravatado segurou-o pelo braço.

— Senhor Hilário, por favor, não fuja. Sou João Passos, advogado. Venho da parte do Doutor António Aldo.

— António? Como assim? Não tenho notícias dele há anos... Como saberei se você diz a verdade?

— Desculpe-me a abordagem afoita. Permita-me explicar. Meu escritório acompanha seu caso por ordem do Doutor António. Estou a par de toda sua história. Sabia que sua reavaliação seria hoje, e por isso já estava a caminho de Babel. Há cinco anos, esperei no portão do presídio desde as sete da manhã, mas só obtive a informação do resultado horas depois. Já hoje, antes mesmo de chegar, recebi pelo sistema a notificação de que lhe haviam concedido a liberdade. Não podia imaginar que seriam tão rápidos em colocá-lo para fora. Corri até o presídio enquanto avisava o Doutor António e mandava reservarem uma passagem aérea para o senhor. Cheguei a Babel minutos depois de o senhor ter saído.

— Continuo sem saber se acredito.

— Espere. O Doutor António previu isso — disse o advogado, enquanto tirava do bolso o celular e lia algo na tela. — Ele pediu-me que, acaso o senhor tivesse alguma suspeita, era para lembrá-lo de que "um exercício de Geometria deu-te um livro". Não entendi o significado, mas ele disse que o senhor compreenderia.

— Suponhamos que eu acredite. Que história é essa de passagem aérea? Para aonde eu deveria ir?

— Entre no carro, por favor — disse o homem de cabelos pintados e penteados para trás, cujo paletó grafite, agora aberto, deixava entrever as iniciais no bolso da camisa, com o relógio e as abotoaduras indicando o alto preço dos honorários. — As explicações virão todas no caminho.

No carro que até há pouco o perseguia, Hilário foi conduzido a São Paulo. Na entrada da cidade, percebeu que o rio Tietê havia desaparecido — na certa canalizado, devia agora correr sob as pistas paralelas às antigas marginais. Após uma hora de trânsito lento, pôde ver os prédios do Centro Velho assolado pela decadência, aqui e ali ofuscados por construções modernas; as pessoas andavam apressadamente por calçadas imundas, acotovelando-se sob o olhar de câmeras prateadas espalhadas entre a Ladeira da Memória e o Teatro Municipal. Depois de cruzarem o Viaduto do Chá, estacionaram no Largo de São Francisco e Hilário saltou logo do carro, detendo-se diante de colunas e arcadas que sustentavam o entablamento no qual se lia, no friso, FACVLDADE DE DIREITO.

O lugar fê-lo lembrar-se de algo que ocorrera décadas antes. Hilário havia fugido do abrigo de menores numa madrugada de inverno e, caminhando a esmo, chegou à Praça da Sé no início da manhã, onde gastou o dia acocorado num canteiro, a poucos metros de uns garotos que engraxavam sapatos. Ao final da tarde, um deles, com uma caixa de engraxate no ombro, aproximou-se: "ei, você ficou aí o dia inteiro só olhando". Ante a mudez de Hilário, o rapaz insistiu, perguntando se ele não tinha aonde ir. Hilário respondeu apenas com um choro leve e assentiu com a cabeça ao ser questionado se estava com fome. O garoto tirou da sacolinha pendurada à caixa um pão francês e, com as unhas puídas de graxa, dividiu-o ao meio; comeram lado a lado, em silêncio. "Onde você vai dormir?", perguntou o menino, enquanto batia na blusa para espantar os farelos. Hilário abraçou os joelhos e ergueu os ombros, indicando não saber. O rapazinho disse "tchau" e caminhou em direção à catedral, mas parou a meio caminho, as pernas pintadas pela sombra de uma das torres do prédio neogótico; ainda de costas, balançou a cabeça e voltou, arrancando a blusa. "Tome; estou indo para casa; lá tenho cobertor; mas não cabe você lá; suma da praça; à noite aqui tem dono; dá para dormir na frente da faculdade; por ali, ó; lá também tem dono à noite, mas os caras são legais lá; amanhã você me devolve a blusa". Hilário passou a noite abrigado sob os arcos da faculdade, ao lado de três nacionais embrulhados em cobertores encardidos e dois peruanos metidos em vestimentas andinas não menos sujas. Na manhã seguinte, foi acordado pelo caminhão pipa que expulsava os moradores de rua com um jato de água gelada. Ainda sonolento, Hilário chegava à Praça da Sé quando viu a correria de seu benfeitor e dos outros engraxates — a Fiscalização não queria menores trabalhando ali. Passou o resto do dia perambulando por calçadões vazios — todo o comércio popular havia desaparecido com a chegada da Fiscalização — e, ao final da tarde, seguindo os peruanos com os quais havia pernoitado, viu-se atrás do Convento São Francisco, na fila do pão comunitário. A assistente social do abrigo apareceu, emparelhou com ele e, sem censurá-lo pela fuga, apenas o chamou a "voltar para casa", colocando uma das mãos em seu ombro como se estivesse a orientá-lo na travessia de uma rua movimentada — logo ela, uns dois palmos mais baixa que o então adolescente. Hilário ainda se lembrava do nome daquela senhora de sardas. Mas nunca soube o do engraxate — nem pôde devolver-lhe a blusa.

Do estacionamento defronte à faculdade que evocava tão remotas lembranças, Hilário e o advogado ziguezaguearam pela Rua São Bento entre vendedores ambulantes; acompanhados pelo aroma dos sanduíches de linguiça, proveniente da antiquíssima lanchonete, chegaram ao prédio cuja porta de vidro trazia um brasão da República. Era pouco mais de meio-dia quando Hilário saiu do posto da Polícia Federal com um passaporte eletrônico.

O advogado levou-o a um hotel para que pudesse tomar uma ducha, e juntos seguiram para a região dos Jardins onde, numa casa neocolonial cercada de árvores, o recém-liberto comprou uma mala rajada e roupas pelas quais não teve de pagar — o advogado custeou tudo, a mando de António. Não passava das quatro da tarde quando deixaram o bairro nobre.

O voo sairia apenas à uma e cinco da madrugada. António estava bastante doente, dissera-lhe o advogado, e queria que Hilário fosse para lá. "Lá" era Portugal.

Hilário assentiu em fazer a viagem, sob uma condição que, contrariado, o Doutor João Passos cumpria agora: antes do aeroporto, deveria levá-lo até a casa da família do rapaz que ele matara há vinte e cinco anos. O advogado ligou para seu escritório e conseguiu o endereço. No caminho, Hilário viu ao longe o Obelisco do Ibirapuera, e depois de vinte minutos enveredaram por ruazinhas de um bairro residencial. O carro foi estacionado na rua transversal e o doutor tentou seus últimos lances para convencer o ex-presidiário a não ir falar com a mãe da vítima — isso poderia trazer complicações, disse; mas os argumentos jurídicos foram em vão. Hilário aproximou-se da casinha de tijolos à vista e antes mesmo de atravessar a rua viu uma senhora de cabelos brancos e costas vergadas fazendo a poda no jardim de gérberas. Ele chegou mais perto e reconheceu a mulher que vira aos prantos no Tribunal. Não sabia o que iria dizer — havia de se desculpar, claro, mas não pensara em como. À beira da grade remontada sobre a mureta original, chamou pela senhora, que veio até ele deslocando-se com dificuldade, trêmula, parecendo uma cadeira de balanço que tivesse ganhado vida e se colocado a andar. Ela vestia-se com peça única de um tecido florido, dessas feitas em casa à máquina de costura, e trazia na mão direita um ancinho. Hilário perguntou se ela era a senhora Marília Inocêncio, e a resposta foi afirmativa. Perguntou se ela o reconhecia.

— Não me lembro de muita coisa, sabe; minha memória anda fraca. Sim! Você deve ser amigo do Edu, não é mesmo? Bem mais velho que ele. Entre, entre, venha tomar um café, o Edu já vai chegar. Está na faculdade. Uma beleza! Logo vai ter diploma. Vai ser dentista como o pai...

Ela parou de falar e seus olhos perderam-se na direção dele. Depois retomou:

— É. Uma pena. Foi tão triste. Ele era tão jovem. E morrer daquele jeito estúpido. Por anos amaldiçoei o rapaz que o matou. Depois fiquei com pena dele também... Deve ter tido uma vida...

Hilário tentou dizer algo, mas foi interrompido pela senhora que agora parecia ainda mais corcunda e tremia ainda mais.

— Mas... essa minha cabeça... Quem é o senhor mesmo? Amigo do meu marido? Não, não deve ser. Amigo do Edu, não? Já já ele chega. Não quer entrar? Venha. Acabei de fazer o bolo de laranja que o Edu adora. Venha, venha.

A mulher deteve-se olhando para a perna da calça de Hilário; depois girou o corpo e desapareceu lá para dentro da casa. Ela voltou com uma das mãos atrás das costas e abriu o portão com o indicador da outra mão, que segurava uma caixinha; ajoelhou-se diante dele. Hilário ouviu um som metálico, a batida de algo contra o cimento da calçada.

— Mas que absurdo! — disse a mulher. — Ninguém faz nada direito hoje em dia. Não suporto quando fazem isso com as calças do Edu. Tudo desconsertado.

Os movimentos foram certeiros e, com uma agilidade que Hilário não podia supor, a senhorinha puxou uma linha solta da bainha da calça dele; depois, com a mão esquerda, menos trêmula que a outra, ela sacou da caixinha uma agulha na qual já havia linha e, como se no ato recobrasse todo o vigor da juventude, a velha refez a costura da barra da calça.

— Pronto! — disse ela.

A mulher estava ainda prostrada quando Hilário viu-a arrastar a mão por debaixo dos panos do vestido, tateando o chão. Então o objeto surgiu e os raios solares reverberaram nas duas lâminas. Empunhando uma tesoura, a velhinha atacou a perna de Hilário.

O corte foi certeiro; a linha, partida no lugar exato — sem resquício da costura. Dobrada perante Hilário, a senhora golpeou-o com o olhar, talvez num laivo de memória. Ele afastou a perna, e nenhum som escapou de sua garganta enquanto saía dali.

— Já vai embora? Não se acanhe. Direi ao Edu que veio visitá-lo. Como é mesmo seu nome? Que Deus o acompanhe.

Hilário entrou no carro e não respondeu às perguntas formuladas pelo advogado. O silêncio debruçou-se sobre eles por todo o trajeto até o aeroporto.

Quando chegaram, o relógio holográfico do saguão marcava 20:26. Na despedida, o Doutor João Passos recomendou que ele ficasse lá por Portugal mesmo, não voltasse ao Brasil. Diante do olhar de estranhamento de Hilário, o advogado arrematou:

— Este não é um país para velhos.

No labiríntico aeroporto, uma hipótese perturbou Hilário: como havia acabado de deixar a prisão, nada garantia que os sistemas estivessem interligados, e talvez não pudesse ainda partir; talvez tivessem de mandar uns papéis, comunicar a Polícia; talvez já estivesse a caminho algum recurso contra sua libertação.

IX

A nova Babel

O voo TP80 consumiu quinhentos e noventa e três minutos para vencer a distância São Paulo—Porto, e Hilário não conseguiu dormir qualquer deles.

Quando o trem de pouso tocou o solo português, Hilário ainda remoía o encontro com a velha. "Que Deus o acompanhe...". Ele queria era que o tal Deus derrubasse o avião. Questionou o porquê de sua mudez, aquela letargia. Afinal, havia ido desculpar-se... Com a mulher naquele estado pouco adiantaria, é certo, mas ainda assim devia ter dito algo. No âmago ele sabia que ela sabia: percebeu que a mulher havia reconhecido o assassino do filho, mas, no lugar de atacá-lo com a tesoura, ajoelhou-se, coseu a bainha, abençoou-o... Como lera certa vez, *a verdade é iconoclasta...*

Os ombros estavam doloridos e as pálpebras inchadas como os pés quando Hilário seguiu a fila que ia esvaziando o avião. Na fila seguinte entregou o passaporte, percebendo a jovem funcionária de uniforme verde-claro a demorar-se mais com ele do que com os outros passageiros. Ela fez sinal e um sujeito fardado veio até o guichê; o rapaz gesticulou para Hilário acompanhá-lo e, com o indicador apontado, disse apenas "lá". Chegando à sala envidraçada, Hilário sentou-se diante de uma mesa de metal, onde um funcionário imberbe pediu-lhe que colocasse os olhos no escâner. Feita a leitura da íris, o funcionário perguntou o porquê da vinda a Portugal — queria saber a razão da pressa, pois o sistema registrava que o passageiro deixara uma prisão no Brasil há pouco mais de vinte e quatro horas. Hilário explicou-se, mostrou o dinheiro que lhe havia sido entregue pelo Doutor João Passos, respondeu sobre onde ficaria hospedado e se possuía celular para contato — não tinha ainda. A moça do guichê ausentou-se da sala, deixando Hilário diante do funcionário que, ao telefone, reforçava o estranhamento — usando frases curtas, num falar trôpego, todos ali exprimiam-se com sotaque brasileiro. A moça retornou minutos depois e ordenou a Hilário que fosse novamente ao balcão, onde ela correu o passaporte mais uma vez pelo aparelho.

— Bem-vindo a Portugal, senhor Pena.

Depois de apanhar a bagagem na esteira, Hilário parou diante da porta giratória do aeroporto Francisco Sá Carneiro, aguardando um casal terminar o percurso semicircular. Olhou à volta: o velho bocejando, a mulher de negócios consultando o relógio, crianças correndo por entre os bancos que gritavam ser patos, o rapaz da limpeza cantarolando alegre — seu companheiro de trabalho, nem tanto —, três moças dormindo, pilotos, comissárias, anúncios, lojas, dados lançados.

Sobre a porta piscava um cartaz eletrônico com os dizeres *Em todo o território europeu, ter livros é crime. Denuncie.* Hilário perguntou-se o que faria em Portugal e foi tomado de pânico — devia ter pensado nisso *antes* de embarcar. Virando-se, avistou uma área de venda de passagens *last minute*, onde havia três totens curvos, cada qual com uma pequena fila e, confuso, tomou uma delas — talvez comprasse uma passagem de volta. O rapaz à sua frente demorava-se olhando o teclado virtual do totem e depois a tela do celular; a cada movimento o jovem esbravejava, chacoalhando os cabelos compridos e a pesada mochila, digitava algo numa das telas, depois se voltava à outra resmungando e tornava a digitar no totem, depois de novo no celular. Hilário ofereceu ajuda, mas não houve resposta. Ele insistiu e o jovem, sem olhá-lo, disse estar consultando passagens para Helsinki, Split e Berlim — eram as mais baratas naquela semana e, como tinham o mesmo preço, ficara indeciso; por isso usava um aplicativo randômico para que este decidisse aonde ele deveria ir. Hilário perguntou qual era o caso, já que havia olhado o celular várias vezes, e o rapaz respondeu que o programa dera dois resultados para Berlim e quatro para Helsinki, mas nenhum para Split.

— Creio que você vá para Helsinki, então — disse Hilário, intrigado.
— Qual a dúvida?

— É que eu quero ir para Split...

O rapaz repetiu o procedimento e, com o semblante triste, exibiu a tela do celular, voltou-se para o totem e finalizou a operação — comprou a passagem para Helsinki. Naquele momento, ao ver distanciar-se o jovem cabisbaixo, Hilário decidiu que era hora de ser *o mestre de seu destino, o capitão de sua alma*, como no poema. Cruzou a porta giratória.

As solas dos pés começaram a latejar, como se atravessadas por parafusos, e Hilário afrouxou os cadarços dos sapatos assim que entrou no táxi. Disse ao taxista o nome do hotel que lhe havia reservado o advogado, e pelo vidro do utilitário de motor elétrico foi observando a paisagem e a estrada repleta de postes com câmeras. Na praça de pedágio, um gigantesco placar fazia propaganda de clínica de melhoramento genético: *Tenha filhos perfeitos*, anunciava. No trajeto do aeroporto à cidade, Hilário viu a floresta de eucaliptos com pontos de incêndio aqui e ali ser substituída por galpões industriais; estes, por prédios residenciais de quatro pavimentos; estes, por um condomínio de luxo; este, por sobrados modernos; e finalmente o Centro Velho, igrejas azulejadas, jardins, praças, quitandas, cafés, casas em estilo barroco, restaurantes. Por todo o caminho havia placas metálicas pintadas, nas quais se lia em versalete: TER LIVROS É CRIME. DENUNCIE. Ao chegar à Praça da Batalha, deu com uma fileira de câmeras instaladas nos prédios a cada três metros. Pagou a tarifa, saltou do táxi com sua mala e ingressou no hotel, em cujo átrio de granito marrom um quadro digital de avisos apontava a programação de uma casa de shows, alternando-se com a mesma advertência vista no aeroporto quanto à proibição dos livros.

Hilário foi atendido por um rapaz de vinte e poucos anos. Dado o sotaque do moço, perguntou se ele era também brasileiro. A resposta foi negativa, provocando o mesmo assombro causado pelas falas dos funcionários da Imigração — portugueses, conforme se lia nos crachás, mas que falavam com entonação brasileira. Carregando a mala rajada e uma chave eletrônica para o quarto 408, Hilário tomou o elevador de luz vacilante. Ao entrar no quarto, sentiu o carpete alto sob os pés, deixou a mala sob a janela, que se abria para o telhado sujo do prédio ao lado, e sentou-se na cama diante do único adereço do quarto — uma gravura formada por triângulos amarelos e círculos azuis e vermelhos. Mal tirou os sapatos e o telefone da cabeceira tocou: um carro iria apanhá-lo em quinze minutos, disse-lhe o recepcionista. Hilário escovou os dentes enquanto a água quente do chuveiro caía pelos ombros, saboreou o creme dental, experimentou o aroma do xampu de ervas e foi só isso o que pôde aproveitar. A temperatura do corpo estava mais alta, provável fruto da noite a bordo, e com as costas ainda molhadas ele arrancou a etiqueta da primeira camisa branca encontrada na mala. Logo chegou ao saguão, onde tinha à sua espera o motorista taciturno que o conduziria num luxuoso carro azul-escuro.

A corrida até o hospital não tomou mais de dez minutos. Uma enfermeira acompanhou Hilário por corredores verde-claros, bateu na porta e, sem esperar resposta, abriu-a, descortinando um quarto amplo e de piso cerâmico polido. Sobre a cama inclinada, o velho António tinha os olhos ainda vívidos, mas sugados crânio adentro; a face estava lívida, como se os reveses o tivessem desgostado — embora a réstia brilhosa dos olhos não deixassem dúvida quanto a ter sido alguém que amara a realidade, amara a vida, amara alguém. António parecia dar instruções a um senhor calvo, que se despediu do doente e, ao passar por Hilário, reclinou-se, deixando à mostra o crânio de casca de avelã.

— Ele está bastante fraco e com dificuldade para falar — disse o homem. — Mas muito feliz por sua vinda. Prazer em conhecê-lo, senhor Hilário. Sou Fernando Soares. Até mais.

Hilário aproximou-se e sentiu seu braço tracionado pela mão tépida do amigo.

— É bom ver-te, meu jovem... — disse António, com a voz muito fraca. — Em Babel parecias menos forte.

— Jovem? — riu Hilário. — É, engordei um bocado.

— Entende como quiseres; mas me não referia a teu peso. De minha parte, queria estar em melhores condições para receber-te cá no Porto.

— É bom revê-lo também, António.

— Obrigado. Soube que fizeste um bom trabalho em Babel...

— Soube?

— Certamente. *Tu* estavas em isolamento. O que não significa que eu não pudesse obter informações de ti.

— Nunca recebi uma carta, um bilhete, nada...

— Isso foi necessário. Para teu próprio bem, e para os planos que fiz, não seria bom que nos soubessem vinculados. Agora não importa mais. Temos pouco tempo. E então, ressuscitaste quantos deles? Quatrocentos? Quinhentos? Mil?

— Fala dos livros?

— Dos livros... Pode ser. Mas pensava era naqueles homens. Mesmo os assassinos dos velhos tempos não eram tão maus quanto os homens "bons" dessa era insana. Cuidado com o que vais encontrar aí fora... — e a voz falhou. — Mas, deixemos isso de lado. Quantos leitores conseguistes pescar?

— Quantos *nós* conseguimos você quer dizer, não? Fique tranquilo. Muitos — respondeu Hilário.

— Gostaria de ter-te visto antes, contar-te o que aconteceu comigo. Não poderei fazer isso agora, mas está tudo escrito e irás encontrar. Aquele homem que acabou de sair é meu advogado e conselheiro há anos, e de todo confiável. Ele tem instruções sobre como deverás administrar meus bens, e espero que tu, meu amigo, assim o faças e...

— Não quero nada e...

— Não me interrompas. Sei que estou morrendo. O Doutor Fernando Soares dir-te-á sobre meus planos. Pelo menos da parte que lhe foi dada conhecer. O resto será por tua conta.

A enfermeira entrou anunciando que António seria submetido a alguns procedimentos, e o velho amigo apertou a mão de Hilário com força surpreendente.

— Sei o que virá agora — disse António. — É uma tentativa desesperançada. Acabei de assinar um termo de ciência dos riscos, e são vários. É provável que não nos vejamos mais.

— Não diga isso.

— Obrigado, Hilário.

— Pelo quê?

— Como, "pelo quê"? Salvaste minha vida.

— Eu é que tenho a agradecer. Você tornou a minha vida lá não só suportável, como até muito boa. E descobri bastante sobre mim.

— Só te apontei um caminho. O resto, fizeste por ti. Descobriste...

— Sim. E não foi nada confortável. Sabe, António, matei mesmo aquele rapaz. Covardemente. Sinto não ter contado a verdade e...

— Eu sempre soube — disse António, com um breve sorriso vibrando na face cravada de rugas. — Jamais poderás apagar o mal que fizeste antes de Babel, está feito; mas, enquanto estiveres vivo, haverá oportunidade para seres melhor.

— Sempre soube? Mas...

— O importante era que *tu* admitisses. Agora está melhor. E então? Como é?

— Terei de conviver com isso. Antes de embarcar procurei pela mãe do rapaz, mas ela fingiu não me reconhecer e foi até solícita. Não posso compreender bem... meu ato foi injustificável.

Hilário viu um frêmito no rosto do amigo, que comprimiu ainda mais a mão do visitante enquanto falava:

— Os grandes erros que têm justificativa, bem... Ora, eles têm justificativa. É exatamente para os erros sem justificativa alguma que existe o perdão.

Dois enfermeiros chegaram e destravaram as rodinhas da maca. António puxou Hilário pelo braço.

— Ainda tens aquele papel com as coordenadas geográficas, não? Ótimo. Quando o momento chegar, lembra-te de que a vida não funciona por equações, mas que em Babel uma delas foi a chave para os livros... — António ergueu um pouco o tronco, com dificuldade, e deu em Hilário um abraço. — Adeus, amigo.

— Até breve, António.

O carro deixou Hilário defronte ao hotel, mas ele não queria ir tão cedo para o quarto. Pensou no que vira no hospital e que deveria ter sido mais emotivo; mas, por alguma falha de conformação na juventude, não aprendera a desvelar sentimentos. O máximo que conseguia era pensar por escritos que lera em Babel, e lembrou-se de um verso que gostaria de ter dito ao amigo: *não entres tão suavemente nessa noite acolhedora...* Sua vida era assim: só sabia ler a realidade por livros, só sabia de si o que podia recuperar de letras apagadas pelo tempo — como num velho palimpsesto, sua vida era um pergaminho do qual ele raspava as palavras alheias para no lugar escrever as próprias.

Hilário andou sem rumo no fim de tarde de sábado, parando aqui e ali para olhar as vitrines das lojas fechadas. Depois, já no hotel, pediu lanche no quarto e renovou o banho, desta vez como merecia: água farta, xampu, sabonete com hidratante, nada de pressa. Então foi refestelar-se na cama de lençóis novos.

António tinha um quadro estável, disse o Doutor Fernando Soares ao telefone logo pela manhã: em coma induzido, mas com bom prognóstico, provavelmente no dia seguinte poderia receber visitas no quarto. Hilário teria, assim, pela frente um domingo com o qual não sabia o que fazer — temia deixar o quarto e receber alguma ligação do hospital ou do advogado — e, como estava exausto, decidiu dormir mais um pouco. Horas depois, acordou, olhou o relógio, que marcava um quarto para as duas, saltou da cama e vestiu-se apressadamente. Decidiu conhecer a cidade, e a jovem da recepção indicou-lhe um aplicativo com o guia do Porto. Atônita ao ouvir do hóspede que ele não possuía um celular, ela imprimiu um mapa do centro histórico, no qual assinalou alguns restaurantes. As frases da moça vinham aos solavancos, e uma vez mais o sotaque era brasileiro. Hilário perguntou pela nacionalidade. Portuguesa.

— Desculpe-me — disse ele. — Acabo de chegar, nunca tinha vindo a Portugal e... É estranho... Vocês não falam como eu imaginava.

A recepcionista sorriu e ele continuou:

— Tenho um amigo português, que conheci há anos, e esperava que falassem como ele.

A moça sorriu novamente.

— Ah, o antigo sotaque português... Só velhos e na zona rural ainda falam daquele jeito — disse ela. — Agora falamos como no Brasil. Como nos programas de TV de lá.

— Entendo... Uh... Estou com o dia livre e gostaria de ver algo típico. Recomenda alguma apresentação de Fado?

— Fado? Quase não há mais. Ultrapassado. Talvez encontre em cidadelas. No Porto ou em Lisboa, impossível.

O sol de setembro fustigou Hilário assim que ele deixou o hotel. Caminhando pela Rua Santa Catarina, pensava na estranha forma de comunicação do pessoal do aeroporto, do taxista, dos funcionários do hotel, todos tropeçando nas frases — algo em código Morse, ponto e traço, o código binário de computadores.

Num poste, o cartaz chamou sua atenção: ESTERILIZAÇÃO PREVENTIVA: *denuncie portadores de gene-C*. Ao entrar na Rua Formosa, reconheceu, em inscrições feitas com estêncil num prédio velho, versos memorizados há anos: *Porque eu sou do tamanho do que vejo, e não do tamanho da minha altura*. Só o mormaço habitava as ruas, e as pilhas de embalagens nas calçadas exalavam cheiro de alimentos em decomposição. Hilário entrou numa cafeteria e pediu refrigerante. Observou, na mesa à direita, a mulher que usava lenço multicolorido no punho esquerdo e não despregava do *tablet*; depois vinha a adolescente de *top* preto com sutiã aparente; duas mesas adiante, um homem ao celular perguntava pelas crianças, falava ternamente, dizia estar sozinho; mentia.

Cruzando de volta a Praça da Batalha, Hilário deu com uma escultura num jardim e, no pedestal, leu a epígrafe *romancista histórico do Porto*; mas o nome do escritor fora apagado. Seguiu andando, e o que procurava foi-se revelando, crescendo: lá estava ela, a ponte que parecia dizer "enfim chegaste".

Da Ponte Luiz I ele viu a muralha, o funicular, a silhueta da cidade do Porto com suas torres. Olhando para baixo, avistou a multidão circulando pelo calçadão e barcos de passeio rasgando o rio Douro, enquanto na margem oposta letreiros recortavam Vila Nova de Gaia, indicando as caves de vinho do Porto. O chão vibrou com a aproximação do trem e Hilário agarrou-se ao guarda-corpo — nada de acabar sob rodas metálicas, pensou. Afastando-se da borda, retornou, seguindo o fluxo de pessoas que pareciam ter surgido de todas as vielas da cidade até há pouco desértica. Ele queria ir à Beira, dezenas de metros abaixo, e a escadaria fez com que se lembrasse das bolhas nos pés. Descendo os degraus com vagar, passou por casinhas que tinham lençóis estendidos na fachada. Junto à Rua da Senhora das Verdades, músicos afinavam seus instrumentos, todos de costas para uma gravação com estêncil — os caracteres eram idênticos aos que vira mais cedo, mas com outros dizeres: *Só o que não morre, morre; o que morre, renasce em outro lugar*. No último lance de escada, flores nasciam inexplicáveis na parede rochosa.

Hilário desceu a rampa do Cais da Ribeira. À sua direita, pequenos restaurantes abrigavam animados turistas, enquanto à esquerda o Douro corria calmamente rumo ao mar. Seguindo uma das sugestões da recepcionista, ele foi ao restaurante que tinha na entrada dois barris de vinho e ficou com uma mesa na esplanada, titubeando diante do jovem garçom que lhe apresentava um *tablet* como cardápio. O rapaz de cabelo espetado disse-lhe que, se estivesse em dúvida, o próprio cardápio trazia um aplicativo randômico que escolheria por ele. Hilário pediu ao garçom que sugerisse algo; queijo regional, água gasosa e uma taça de vinho do Porto LBV vieram. Uma brisa soprava do sul, carregando o agradável aroma do Douro e o som de uma harpa de dez cordas.

Ele provou o vinho e vieram à boca o gosto e o odor dos arredores, como se bebesse o casario às costas, o rio, as caves. Olhando para os sapatos caros, pensou nos dois últimos dias, inverossímeis — e ele ali degustando a paisagem como se sua vida não tivesse existido. Mas a cicatriz na mão, apesar de quase apagada, não o deixava esquecer-se do crime e do que Babel havia-lhe dado com o silêncio dos livros: como um vampiro às avessas, ao invés de sugar-lhe, a partir daquela mordida Babel inoculara nele um sangue renovador, povoado de línguas e de Letras. *A vida só é possível reinventada,* disse para si, lembrando-se do poema.

Com o cair da tarde o ar foi se espessando e o cenário tornando-se etéreo. Talvez Hilário estivesse apenas inebriado de sonhos e fosse acordar logo mais em sua cama dura de Babel... Tirou do bolso a cartela do remédio, confirmou as marcações, tranquilizou-se — tudo em dia com o *Trivium*.

Pagou a conta e, vendo um barco de passeio prestes a partir — um rabelo moderno desprovido de vela, pintado em marrom —, comprou o ingresso. Atravessou a rampa móvel e dirigiu-se para a proa, tencionando sentar-se no primeiro banco, mas alguns jovens tomaram-lhe a frente e ele ficou com o banco da segunda fila. Com onze minutos de atraso, o barco iniciou a lenta saída a estibordo. A bandeira de proa, branca, tremulava. Enquanto navegavam rio acima, uma voz masculina narrava a história das pontes do rio Douro. O rabelo levava seis casais, um bebê num carrinho azul, cinco rapazes, e quatro moças que, debruçadas na amurada, dividiam garrafas de espumante. Hilário olhou para uma delas e, por um breve momento, sob o impulso primitivo do sexo, pareceu ter retornado a seus vinte e dois anos. O olhar reprovador que lhe devolveu a moça, no entanto, trouxe-o de volta à sua idade, e ele riu ao pensar num paliativo físico que o rejuvenescesse ao menos em imagem: tintura para cabelos.

O bebê, que até então dormitava, agitou as mãos e vagarosamente abriu os olhos, perscrutando o ambiente. Observando-o, Hilário refletiu sobre como nascemos frágeis, e com isso veio o mal-estar: Eduardo Inocêncio, o rapaz que ele assassinara, fora um dia um bebê — tão frágil quanto aquele ali. O bebê bocejou, balançou-se no carrinho, brincou com as asas do anjo que estampava sua camiseta e, olhando para Hilário, sorriu e murmurou algo, como se dissesse: "Também tu, um dia, foste frágil assim... Agora, arrepende-te e vai...".

Após o desembarque, Hilário atravessou a Luiz I para Vila Nova de Gaia. Caminhou ladeando as caves e, no terraço de pedras de uma delas, pediu um *vintage,* que degustou vendo o Porto do outro lado do rio sob luzes âmbar que pareciam bruxulear como velas em candelabros. Voltando pela ponte, parou no mesmo restaurante no Cais da Ribeira, e desta vez fez uma taça de tinto ser acompanhada por pãezinhos e castanhas. Agora o cheiro do rio misturava-se com o dos restos de farinha branca em seus dedos, e o som de uma gaita ajustava-se ao dos passos dos turistas. No calçadão, um sujeito limpava os óculos à venda enquanto falava pelo celular em árabe, a moça do artesanato dedilhava no violão tristes melodias acompanhadas do canto em francês, o rapaz de cabelo cor de laranja gritava em italiano; na mesa atrás da de Hilário, mãe e filha discutiam, talvez em russo; ao lado, o casal de coreanos repetia a porção de pastéis de bacalhau e tirava fotos do prato — falavam em inglês com o garçom espanhol. Aquilo é que era a verdadeira Babel.

Surgiram no cenário um noivo e uma noiva, em sessão de fotos à beira-rio. Dois homens de meia idade chegaram ao restaurante cantando, sentaram-se e pediram cerveja belga. Um rapaz magricela apoderou-se de um dos raros espaços vagos do calçadão e, com quatro latas de spray, prendeu no chão uma cartolina, molhou o pincel num copo de vidro com tinta amarela e fê-lo vibrar para cima e para baixo, tentando com os pingos recriar sobre o fundo azul escuro as luzes do lugar; na primeira tentativa, não deu certo.

O vento entoava palavras de todos os idiomas e Hilário queria conversar com alguém. Viu a proprietária do bar, uma senhora loira, falando com três velhinhas americanas; ela dizia estar preocupada com o mundo e discorria sobre a educação das filhas e a importância de se dizer não. Hilário passara boa parte da juventude ansiando por aquilo, por alguém que lhe tivesse dito não — mas não um desses "nãos" ríspidos que se habituara a receber, mas *aquele* tipo de não, com todo amor de mãe. Enquanto a proprietária contava sobre a fundação do restaurante e a origem da família em Peso da Régua, a tarde despediu-se.

— A conta, por favor.

Subindo a Praça da Ribeira, Hilário tomou a estreita Rua dos Mercadores. Um desejo de conhecer tudo tomou conta dele. Sim, era domingo, as atrações estavam fechadas e tal; mas a cidade era linda à noite e ele tinha o mapa, ele tinha as pernas, ele tinha amortecido com álcool a dor na planta dos pés; e tinha vinte e cinco anos passados numa prisão, precisava ir em busca do tempo perdido. Via-se um homem descompensado, metades que não combinavam, as marcas de alguém de sua idade, mas a curiosidade e a ingenuidade de um garoto — tinha aprendido muito nos livros, é certo, mas faltava-lhe a experiência das relações humanas, das quais fora por tanto tempo privado. Vestido sobriamente e com aquelas feições maduras, aos outros talvez ele parecesse sereno, em paz; mas em seu interior tudo se agitava, o ardor de descobertas, aquela inquietude que vemos tão frequentemente em homens cuja idade pode ter avançado, mas não o número de aventuras. Fazendo meia-volta, enveredou por ruas com aspecto de fábula e, seguindo a linha do bonde, deparou-se com a Torre dos Clérigos que, evocando o formato das torres de vigilância de Babel, parecia decolar de um universo onírico. Ofegante por causa do aclive, parou para descansar defronte ao edifício amarelo e cinza do Centro Português de Fotografia. Depois contornou a Torre, detendo-se diante de um prédio neogótico branco, por cujos vidros enxergava-se a escadaria e as estantes vazias — na placa lia-se que ali funcionara a "Livraria Lello e Irmão".

Uma jovem aproximou-se e entregou-lhe um cartão que dava direito a dois drinques num prostíbulo. Assegurando-se de que o cartão havia sido bem guardado na carteira, Hilário sorriu para ela e dobrou à esquerda na Rua Galeria de Paris, onde, ao tropeçar numa das barras verticais de proteção, apoiou-se num prédio *art nouveau*. A sede levou-o a um bar iluminado por falsos candeeiros e ele pediu cerveja; revigorado, saiu de novo pelas ruas que pareciam imersas numa densidade irreal, como se o rio houvesse evaporado para a o Centro Velho.

Hilário ia lendo a cidade a partir dos elementos arquitetônicos — frontão interrompido, escadório, pedra de armas — e pensando na Arquitetura como uma das mais belas artes, uma concepção de mundo materializada em formas, volumes, detalhes, uma afirmação do Homem enquanto construtor do seu destino, uma criação do humano que em algum momento decidira que sua casa não seria mais apenas um canto sob pedra que propiciasse abrigo, mas a materialização de seus valores, crenças, modo de vida. De sua cultura.

Ter livros é crime. Denuncie surgiu no pilar de um açougue e ele trocou de calçada. Na região dos teatros, agachou-se para amarrar os sapatos e, ao pôr-se em pé, deu com outra daquelas pinturas com estêncil: *O que não morre, morre; o que morre, vive para sempre*.

Suado e bêbado, chegou ao hotel e, no elevador, olhou-se no espelho. A barba por fazer e os vincos na face faziam-no parecer personagem de um faroeste que vira na infância, cujo nome não conseguia se lembrar se era *Todos os assassinos são pálidos* ou *A morte é cinzenta e amarela*.

O banho foi rápido e Hilário dormiu, dessa vez sem medo de acordar. Na manhã seguinte poderia visitar António no hospital e dar um abraço no amigo — no mestre que lhe ensinara como se fosse a um filho, que havia feito dele um novo homem em Babel, que lhe dera uma nova vida.

Hilário acompanhou o funeral à meia distância.

O Doutor Fernando Soares avisara-o pela manhã da morte de António, e ele passara horas trancafiado no quarto do hotel, indeciso quanto a se compareceria ou não ao velório na igreja. Por volta das quatro da tarde, decidiu ir direto ao enterro e tomou um táxi que o deixou próximo à entrada do Cemitério da Lapa. Aligeirando o passo entre os mausoléus decorados com figuras aladas, avistou o aglomerado de pessoas defronte ao que ostentava, sobre a porta de bronze, a inscrição "Família Santos de Almeida". Hilário não arriscou aproximar-se: o cheiro das flores era forte no dia escaldante, a profusão de cruzes apontadas para o céu azul provocava tonturas e o estômago fraco, maltratado pelo excesso de álcool na véspera, estava a fazer seus volteios.

Velhos sisudos achegavam-se ao caixão apoiado no catafalco em formato de carruagem, faziam uma reverência ao morto como se fosse a um totem e afastavam-se cabisbaixos. Depois de cumprir esse mesmo ritual, o Doutor Fernando Soares veio até o pórtico da capela sob o qual Hilário havia se abrigado do sol e, com um firme aperto de mão, disse sentir muito. Não, não havia parentes a cumprimentar, respondeu o doutor a Hilário: os únicos familiares vivos de António, dois primos que moravam na Austrália, não conseguiram chegar a tempo. António também tivera uma companheira por três anos, com a qual vivera logo após deixar a prisão no Brasil, mas ela falecera já há algum tempo, explicou. O advogado disse haver assuntos sérios a tratar em seu escritório e deu a Hilário o endereço — era bastante próximo, podia-se ir a pé, deviam encontrar-se lá em vinte minutos.

O caixão foi carregado mausoléu adentro. O resto foi silêncio.

Ao deixar o cemitério, Hilário pensou nos livros e que não o haviam preparado para aquilo. *Como* deveria comportar-se, não sabia. Agora estava ali, o choro querendo vir, a mente querendo ruir, um desdém de si mesmo. A Morte parecia escarnecer dele, arrastando-o até um país distante para rever a única pessoa com a qual tinha laços, mas arrancando-a da vida para jogá-la num buraco sob algum tampão de mármore. A Morte apequena-se ao roubar pessoas queridas: ela em nada incrementa seu patrimônio macabro com o roubo, mas deixa miseráveis os que ficam.

Nesse momento, Hilário percebeu a maior riqueza colhida em Babel: o amigo. Pensou em António como uma videira, uma planta a frutificar em qualquer solo. António dera-lhe algo que nunca tivera: alguém com quem pudesse, ainda que apenas num último instante, ser franco. Porque foi falando ao amigo, mesmo que brevemente, sobre seu crime e sua culpa, que pôde ser, como nunca fora, autêntico. Pensou em tudo o que fica e em tudo o que passa: a fria permanência do mundo e a trágica evanescência dos homens.

Depois de caminhar por calçadas encardidas, Hilário entrou na Rua da Constituição e encontrou o sobrado branco de janelas de vidro temperado, vendo no jardim a placa metálica com o nome do Doutor Fernando Soares. Foi recebido na porta pelo próprio advogado. Subiram por uma escada de madeira ao segundo pavimento e, numa ampla sala de reuniões, decorada com pinturas de Porto e Gaia, sentaram-se frente a frente, cada um tendo diante de si dois copos plásticos com água mineral, que projetavam cilindros luminosos sobre o verniz da comprida mesa de cerejeira.

Transcorridas duas horas falando-se de papéis e obrigações, a Hilário tudo parecia um trem de alta velocidade com destino incerto numa madrugada de ressaca. Para que ficasse com a herança, havia um encargo, explicou ao advogado: Hilário deveria, no prazo de três meses, instituir uma fundação cultural com parte dos bens deixados por António.

— Senhor Hilário, há um tema delicado a tratar, por conta de seus possíveis reflexos na entidade a ser criada. Estou a par do ocorrido no Brasil e, se o senhor permitir-me ser seu conselheiro em assuntos jurídicos, como o era do Doutor António, teria duas sugestões.

— Estou ouvindo-o — disse Hilário, afrouxando o nó da gravata escura.

— Seria salutar inexistirem vínculos entre a fundação e alguns acontecimentos, como eu poderia dizer...

— Queira usar as palavras precisas, por favor. É sempre o melhor caminho — disse Hilário. — Creio que se refira ao crime que cometi?

— Exato.

— O que tem isso?

— Recentemente seu país adotou a legislação sobre direito ao esquecimento. Poderíamos ajuizar uma ação lá e, como sua pena já foi extinta, obter ordem judicial para bloqueio e exclusão de quaisquer conteúdos na *internet* que o liguem ao crime. Seria importante para a boa imagem da fundação.

— Bem, nada será capaz de fazer com que *eu* esqueça o crime que cometi. O passado é indestrutível, não pode ser abolido... Mas, se o que o doutor sugere pode colaborar para o que foi idealizado por António, estou de acordo. E a outra sugestão?

— Por cautela, e para evitar brechas, poderíamos mudar seu nome. Se o senhor concordar...

— Posso mudá-lo todo? — empolgou-se Hilário, apoiando os cotovelos na mesa enquanto segurava o queixo com as duas mãos.

— Na verdade, não. Pela legislação brasileira os apelidos, digo, os sobrenomes, são imutáveis. O senhor pode alterar o prenome "Hilário", mas não a parte do "Pena de Jesus".

No início foi frustrante, mas com segundos de reflexão Hilário animou-se ao recordar-se do primeiro livro em Babel, do velho pescador Santiago que lutava com o marlim e com os tubarões.

— Pois bem, doutor. Consiga a alteração do prenome de "Hilário" para "Santiago".

— Farei isso. Creio que em trinta ou quarenta dias consigamos excluir os conteúdos relacionados ao crime, bem como alterar seu nome para "Santiago Pena de Jesus".

Descrente da plausibilidade de sua vida e com um novo nome a caminho, depois de sair do escritório Hilário repassou o roteiro absurdo: num dia era estudante, no outro, assassino; num dia era réu esperançoso, no outro, o preso mais antigo de Babel; num dia estava só, no outro com supostos amigos, no outro só novamente, depois com O amigo; num dia estava entre insetos, no outro, entre livros — apesar dos insetos; num dia tudo que tinha eram algumas folhas, o caderno de notas, uma escova dental, a carteira mofada, um bilhete de ônibus e o endereço da Assistência Social, enquanto no outro hospedava-se num hotel caro em um novo país; num dia escapava de um advogado, e dias depois saía do escritório de outro com uma pasta abarrotada de documentos e instruções para criar uma fundação, administrar uma fortuna, mudar parte de um nome do qual jamais gostara e apagar registros de seu passado.

Agora Hilário tinha de pensar na tal fundação. Batia-se com a denominação da entidade. Queria "Fundação António Aldo Antunes Santos de Almeida", mas na papelada encontrou ordens expressas de António para não usar ostensivamente seu nome. Pensou numa sigla. Gostava de siglas. Talvez um acrônimo, algo para ser lido como nova palavra. Lembrou-se de S.E.A., e talvez fosse isso. Quem sabe a sigla com as iniciais de António, A.A.A.S.A. Muito longo. Achou que o amigo não se incomodaria de ser lembrado por um nome mais curto, António Santos Almeida, o que daria ASA. Lembrou-se do bebê que, no passeio de barco, brincava com a *asa* do anjo. Era isso! Poderia homenagear Sofia Elena Aimee, que assinava S.E.A. — as letras e os pontos — e ao mesmo tempo António Santos Almeida. Pronto: "Fundação Cultural A.S.A.".

Hilário enfurnou-se no quarto, cercando-se dos relatórios, das instruções, do molho de chaves entregue pelo Doutor Fernando Soares, do celular comprado logo após sair do escritório; só então abriu o envelope lacrado que, segundo o advogado, continha uma carta de despedida de António. Era muito mais que isso. António lançara mão de códigos — alusões a episódios vividos em Babel; assim, ainda que a correspondência fosse violada, ninguém, a não ser o autor e o destinatário, enxergaria ali nada além de conselhos ao amigo mais jovem. Mas Hilário leu por trás das palavras. Lançou no aplicativo de mapas do celular as coordenadas geográficas há tantos anos guardadas: +41°10'13.83", -7°33'11.10". O local surgiu na tela assinalado em vermelho, aparecendo também as coordenadas em outro formato: 41.170508, -7.553083. O lugar ficava a cento e dezessete quilômetros do Porto, situando-se bem ao lado de onde o rio Torto desemboca no Douro. Hilário folheou documentos das muitas propriedades, até encontrar o referente a uma vinícola no Cima-Corgo, situada na freguesia de Valença do Douro, Concelho de Tabuaço. A localidade batia — tinha outro nome antes, mas fora rebatizada, há cerca de cinco anos, como "Quinta dos Imortais".

Encontrou ainda o contrato de arrendamento da tal quinta, pelo qual, afora uma área destacada — o pequeno quadrilátero de meio hectare que tinha por divisas o Douro à frente, o rio Torto em uma das laterais e nos fundos, e o restante da quinta na outra lateral —, tudo o mais ficava arrendado por noventa e nove anos; além do pagamento anual — "laudêmio" era o termo jurídico que constava do contrato —, a arrendatária tinha por obrigações só utilizar o solo para a produção de uvas viníferas, sendo vedada qualquer perfuração com mais de três metros de profundidade.

Antes de sair, Hilário mexeu na mala, em dúvida quanto a deixar seu caderno de notas ali ou levá-lo consigo. Fez um teste e o caderno deslizou sem dificuldades pelo bolso lateral do paletó. Decidiu que sempre traria consigo o caderno daquele jeito; sempre. Hilário deixou o hotel apenas para jantar nas proximidades, num restaurante na Rua de Passos Manoel, onde pediu bacalhau à Gomes de Sá. Ao degustar o vinho, sentiu um lampejo de culpa, não lhe parecendo justo ter prazeres num dia daqueles. Tampouco lhe parecia justa a morte, e menos ainda que tivesse de tratar de afazeres e projetos e dinheiro num dia de luto. Mas era preciso cumprir o que António pedira ao final da carta entregue pelo advogado: "que se não perca um dia sequer chorando a minha morte; antes, que se celebre a minha vida, pois o término da jornada haverá de ser só o início de uma nova; porque a morte realiza o indivíduo, e é apenas um retorno ao Ser."

X

O guardador de livros

A solução foi o trem.
A habilitação para dirigir, embolorada na carteira de couro, estava vencida há vinte e três anos, e alugar um carro não serviria de nada. Hilário chegou à estação São Bento às sete da manhã puxando a mala rajada, parou uns instantes para apreciar a arquitetura do prédio e os azulejos, tomou o metrô e, com uma baldeação na Trindade, alcançou a estação Campanhã, onde saltou dentro do Inter-regional 861, que, sem atraso, partiu às oito horas e cinco minutos. A composição prateada serpenteou para o norte, correu para o leste, subiu e desceu no mapa bruscamente. Recostado no banco de veludo vermelho, Hilário resolveu ignorar o quadro eletrônico que mesclava anúncios de xampu com propagandas de esterilização preventiva de portadores de *gene-C*.

Ao ver dois sujeitos consertando uma cerca de madeira, pensou no trabalho, um dos elos entre os homens, juntando-os no esforço, na fadiga, nas falhas, nas conquistas. Lembrou-se de seu primeiro trabalho, numa marcenaria, serrando, aplainando, lixando, usando ferramentas para dar forma a um móvel, fabricando algo que iria para a casa de outras pessoas. Depois lembrou-se de seus primeiros desenhos arquitetônicos na construtora, o computador dando formas tridimensionais aos sonhos. Depois as folhas soltas com desenhos para as moradias dos funcionários de Babel. Depois o trabalho com o amigo António consertando estantes, ordenando livros, deixando sugestões na Biblioteca de Babel. Em tudo isso havia a comunhão dos que fabricaram instrumentos para com eles mudar o mundo, o *homo faber* ainda presente. Pensou em tudo que aprendera em Babel e questionou-se: e se houvesse tido aquele aprendizado antes, como teria sido sua vida? E se alguém tivesse lido para ele quando criança, incentivando-o a continuar lendo? Também isso era das coisas que uniam os homens: a união pelo aprendizado, o conhecimento transmitido, a desnecessidade de repetir todos os erros. Mas agora... quantos no mundo já haviam crescido sem os livros? Quantas crianças ficariam sem eles com a estúpida proibição? Quantos padeceriam com a vilipendiada educação? Quantos cometeriam os mesmos erros que ele cometera? A Humanidade talvez estivesse desaprendendo a aprender.

Abriu a mala e apanhou uns papéis. Absorto nas anotações feitas na véspera, vez por outra era despertado pelas paradas, por uma ponte, rio, barragem ou túnel, e pelas gargalhadas de dois garotos que dividiam um pacote de biscoitos. Depois de Pala não conseguiu ler mais nada: a linha férrea passou a correr paralela ao Douro, e pelas janelas do lado direito a paisagem encantava pelo contraste entre o brilho das águas, o verde das matas e a inclinação das rochas. Foi quando viu os socalcos — o terraceamento que evitava a erosão pelas chuvas e permitia o cultivo das videiras nos montes íngremes. O trem parou em Peso da Régua, apitou, retomou. A velocidade reduzida das águas e a ausência de ventos faziam o rio refletir as nuances de verde e marrom das laterais e o azul e branco do céu de poucas nuvens; de tempos em tempos, edificações surgiam, com a imagem projetada no rio.

Hilário tentava concentrar-se nas obrigações assumidas, nos papéis, na fundação; mas não havia como — havia sido capturado pela beleza do cenário. Acompanhando o trajeto pelo GPS do celular, notou que o lugar assinalado pelas coordenadas surgiria mais adiante, do outro lado do rio e, apercebendo-se da aproximação, encostou a testa no vidro do trem, lendo nas letras colossais, fincadas à meia altura na montanha da outra margem, a inscrição "Quinta dos Imortais". O Douro sumia e reaparecia entre as edificações que se foram tornando mais e mais frequentes, e logo Hilário viu-se rodeado de prédios miúdos de três pavimentos. Na parada de destino, a estação ferroviária de Pinhão revelou-se uma pequena joia de azulejos, retratando em painéis a cultura da região. Numa das paredes, um relógio redondo de ponteiros imóveis relembrava tempos serenos, enquanto abaixo dele a amarelada placa alertava: TER LIVROS É CRIME. DENUNCIE.

— Por favor, o senhor poderia levar-me à ponte sobre a foz do rio Torto? — perguntou Hilário ao taxista de boina bege e camisa xadrez.

— Sim. O senhor vai à Quinta dos Imortais? Agendou visita à produtora de vinho do Porto? — questionou o homem, curvando o pescoço largo.

— Não exatamente. Ficarei na ponte para algumas fotos — mentiu Hilário.

Quatro minutos depois, Hilário pagou ao taxista, solicitando-lhe um cartão com número de contato para quando fosse retornar. O homem riu: há tempos não lhe pediam um desses — ninguém mais usava-os. Quando o táxi foi embora, Hilário voltou-se para a Quinta e suas adjacências viníferas. Ali, o silêncio era picotado apenas por um gorjear distante e, vez por outra, pelo barulho de algum carro na rodovia. Olhou para a montanha.

As terras elevavam-se abruptas, recortadas em camadas. Nos terraços, videiras de cachos exuberantes evocavam jardins suspensos, paraísos terrestres, cidades celestes. A visão da montanha por aquela perspectiva lateral revelou algo inusitado, não percebido da outra margem enquanto ele estava no trem, e era uma daquelas esplêndidas coincidências que a realidade apresenta com bem menos parcimônia que a ficção: encimando um promontório, erguia-se o símbolo da vinícola, e era nada menos que a misteriosa silhueta de um homem com capa — negra como a noite e igualmente prolífica. Mas agora, antes de receio ou pavor, o que fora enigma adquiria para Hilário significado diverso, luminoso, e a escuridão da capa não era a das trevas que usurpavam a noite, e sim a da solidão que obriga a estar só consigo mesmo — a solidão que lhe permitira conhecer-se e enfrentar os subterrâneos obscuros do eu.

Ao som das rodinhas da mala trepidando no asfalto, Hilário concluiu a travessia da ponte em arco e pôde ver além da dobra da montanha um segundo promontório, alinhado com o primeiro, ostentando a mesma silhueta com capa. No ponto médio entre as figuras, cercada de videiras, uma ancestral oliveira projetava-se para o céu como se o sustentasse, parecendo um geodo de ágata azul, seccionado e polido. Seguindo as indicações do GPS, Hilário tomou a estradinha de terra batida e caminhou até a entrada da porção da quinta deixada fora do arrendamento, onde um portão em ferro fundido tinha na parte de cima uma cabeça de leão em alto relevo. Uma das chaves recebidas do advogado serviu e Hilário empurrou a pesada estrutura, que se fechou atrás de si assim que passou, revelando ser de dupla face o leão.

Hilário tropeçou duas vezes nos trinta metros do caminho de pedras que dava no alpendre da casa, uma construção também de pedras, com janelas de madeira marrom e telhado cerâmico quatro águas. No segundo tropeço pisara numa pequena poça d'água barrenta e teve de limpar as solas dos sapatos esfregando-as na quina do primeiro degrau da escada. Subindo os outros dois degraus, viu-se no alpendre, cujas telhas abrigavam ninhos de pássaros junto do madeiramento. Outra chave serviu, e o interior da casinha apresentou decoração impessoal e minimalista, com móveis em branco e preto; não havia quadros, porta-retratos, bugigangas compradas em viagens, nada parecido. Hilário deixou a mala recostada à parede da sala e, reativando o localizador no celular, viu que sua posição não coincidia exatamente com as coordenadas. Mas estava próximo.

Saindo da casa, andou no sentido apontado pelo aparelho, atravessando no aclive um bosque com árvores frutíferas que desprendiam aromas cítricos. Ao parar junto à cerca de divisa, tirou o paletó e olhou o aparelho: havia andado cerca de cem metros a partir da casa, e a tela apontava faltarem ainda mais de duzentos. Algo não estava certo: o terreno adiante era íngreme, mas permitia ver que o lugar procurado ficava montanha acima, ao pé da oliveira, bem no meio do vinhedo — o que resultava numa bela encrenca, pois, se situado na porção arrendada, ter-se-ia de pedir autorização à arrendatária. A carta de António, no entanto, não vazava dúvidas — ao menos não para Hilário, que soubera ler nas entrelinhas — quanto à necessidade de sigilo na expedição. Por outro lado, tampouco as coordenadas poderiam estar erradas — não faria sentido, António havia sido expresso quanto a serem aqueles números "muito mais precisos". Hilário contemplou de novo a paisagem: socalcos, morros recortados em camadas... Lembrou-se das conversas com António. Camadas... Profundidade... Sim! O paradoxo do conhecimento: descer às camadas profundas para subir a montanha. Era óbvio. O contrato de arrendamento com restrições à perfuração do solo. O lugar em camadas. Uma vinícola. Vinhos. *Cellars*. O subsolo.

Com a certeza de uma agulha imantada, Hilário disparou de volta à casa. Abriu as portas dos armários, afastou móveis e, sob o largo sofá da sala, encontrou o acesso ao porão, descendo por uma escada em espiral. O interruptor funcionou e uma lâmpada jorrou luz fria sobre o ambiente. No canto avistou uma pequena estante de madeira clara e ordinária e correu até lá; mas encontrou apenas caixinhas de compensado, imitativas de livros. Empurrou a poltrona de couro marrom, voltou aos livros falsos, tirou alguns da prateleira de cima. Fazendo ajustes no localizador, caminhou seguindo a seta na tela, topando com a mesma estante inútil. Tentou descobrir como António teria pensado para guiá-lo, sabedor de que o amigo teria feito o mesmo, prevendo como o próprio Hilário raciocinaria — algo relacionado a livros, é certo, mas ainda não compreendia.

— Um momento! — exclamou para o nada.

Agachando-se, retirou da estante os primeiros livros que pegaria se fosse lê-los: *de baixo para cima*, como bem sabia António. Pronto. No fundo da prateleira rente ao solo encontrou a alavanca, acionou-a e ouviu o som de ferro raspando. A estrutura revelou-se uma porta, e um túnel iluminou-se à frente de Hilário, que sorriu, divertindo-se por António não ter escapado do clichê da estante que se move.

No túnel, paredes pétreas sustentavam abóbadas de berço e irmanavam-se aos barris de carvalho que estampavam safras muito antigas, tudo imerso em feixes de luz âmbar provenientes do teto. Hilário apreciou o tesouro, embora sem entender o porquê de tanta precaução para o acesso, já que os outros bens de António deviam ser ainda mais valiosos. Comprida e delgada, a adega terminava numa parede, na qual uma tela azul marcava a temperatura ambiente e a umidade do ar. Olhando de novo o localizador, Hilário constatou algo surpreendente: os dados ainda não batiam. Mediu o lugar com o aplicativo do aparelho, aferindo-se cento e vinte metros da porta de entrada à parede ao fundo. Mas o aparelho indicava faltarem ainda duzentos e quarenta metros para as coordenadas +41°10'13.83", -7°33'11.10". Pensando no posicionamento da casa, percebeu ter andado no subsolo na mesma direção e sentido de quando estivera na superfície e concluiu estar mais ou menos sob a cerca de divisa na qual estancara minutos antes. O lugar das coordenadas era mais adiante, é certo, situando-se mesmo no subsolo da parte arrendada. E para o subsolo não precisaria de autorização. Mas o problema era *como* entrar.

Sem muito pensar, tocou na tela azul, que exibiu as opções *temperatura, umidade, iluminação* e *camadas*. Clicando em *camadas*, abriu-se campo para *login,* com sete espaços a preencher. Abaixo ia a observação *digite seu nome, goste ou não dele.* Rindo, digitou H I L A R I O no teclado virtual, e um novo campo apareceu. Contou os espaços: doze. Lembrou-se do que lhe dissera o amigo no leito do hospital: "a vida não funciona por equações, mas uma delas foi a chave para os livros" — ou algo parecido. Olhou o teclado: apenas letras e números, sem símbolos ou potências. Claro. A equação. Era bastante simples: a Relação de Stewart. $a^2x+b^2y-z^2c=cxy$. Doze espaços. Digitou a2xb2yz2ccxy.

O pastiche de parede abriu-se para uma continuação do túnel, mais extensa e sem barris. O localizador indicava que o lugar ficava ao final daquele trecho, ou logo além. Depois de cerca de duzentos metros, Hilário deparou-se com uma porta de duas folhas de madeira maciça, revestidas de almofadas em chifre polido. "Um portão de chifre..." Não havia trava, espaço para chave ou teclado para senha e, em busca de alguma alavanca, Hilário examinou os batentes modulados como cariátides; nada. Com cada mão em uma das maçanetas de bronze, ele puxou as folhas da porta para si; não se moveram. Empregada a força no sentido contrário, abriram-se com impensável leveza. Então pôde ver.

Talvez Hilário ainda estivesse na cama dura de Babel. Talvez estivesse louco. Talvez tivesse morrido e alguma força poética, depois do inferno e através do purgatório, estivesse guiando-o. As colunas de tijolos cerâmicos irrompiam do chão, cada grupo de quatro sustentando uma abóbada em cruzaria. As alas partiam de um *hall* central e, iluminadas por lâmpadas ocultas, avançavam em todas as direções sob a Quinta dos Imortais; estavam repletas, naturalmente, de livros. Um mar de livros. Milhares. Muitos milhares. Milhões. Repousando em estantes de carvalho e ordenados como se fizessem parte de um único, imenso e imemorial poema, os volumes variavam em cor e formato, as cores irmanando-se num grande painel vívido, os formatos dando-lhes traços de doçura ou aspereza, as lombadas justapostas remetendo às linhas dos barris de vinho. Tudo podia ser encontrado ali: o grito do pterodátilo e *O Grito* de Munch; o barulho silencioso que antecede as batalhas e o timbre surdo das patas dos cavalos nas justas; os titãs, os coros, os humores, a vingança; os crimes e os castigos, a desesperança, a chuva fazendo do sol uma pátina; os relâmpagos, o cheiro das nuvens, a textura das praias; vagalhões de calor, a oscilação humana, os animais; o superior e o inferior; o frescor das equações e a beleza da Física; a força e a brandura da língua portuguesa e a força e a brandura de todas as línguas; a bengala do velho e as rugas do velho — e a bengala e as rugas do jovem; a visão dos monstros — e a falta de visão dos homens; a delicadeza das feras; os estratagemas e o xeque-mate; amores de alcova e a céu aberto; segredos e revelações; o Teatro e o Cinema; o *Trivium* e o *Quadrivium*; a dor das competições; a harmonia e o caos; a Idade de Ouro e as outras quatro; a euritmia; a luz e as trevas; a Verdade, a Bondade e a Beleza; a história folclórica e o folclore histórico; peixes ouvindo um sermão; Deus e o diabo; anjos e asas; as patas dos seres; a língua tocando o palato; a frieza da adaga e o calor da adega; bruxas e gigantes e *leprechauns;* a irmandade da távola; grilhões e ferrugem; a teoria das cores, as iluminuras e a Fotografia; esculturas de Buonarroti, desenhos de Leonardo — e tudo de Buonarroti e tudo de Leonardo; Bernini e o *Rapto de Proserpina*; o *chiaroscuro*; a cruz; orto e ocaso; a linguagem das hortaliças; a civilização; o cheiro do centeio, o gosto do trigo, a chávena de chá; o ópio, as forjas, a Teoria das Formas; o ranger das embarcações, as trincheiras, a espada quebrada; tudo que voa, rasteja, anda, nada ou corre; a pena que pesa e o metal que flutua; a angústia da insônia e o gozo do sono; todas as Artes; a esfera com centro em todo lugar e circunferência em lugar nenhum; a Morte e a Vida; a História e o Tempo; o passado, o presente, o futuro; o princípio e o fim.

    O subsolo da cave era um novo templo de papel e letras, um novo bosque com alas dedicadas a papiros, pergaminhos, alfarrábios, incunábulos, toda sorte de livros; uma antiga e oculta pirâmide escalonada, com escadarias em mármore que levavam aos mezaninos sobrepostos como balcões de um teatro incomensurável. Agora Hilário sabia no que o amigo estivera trabalhando todos aqueles anos: o conhecimento — "um ato de amor", como lhe dissera certa vez António — estava ali sendo armazenado para, num futuro menos insano, tornar a ser compartilhado.

    Hilário caminhou o quanto faltava para o lugar das coordenadas e, quando parou, percebeu um mosaico sob seus pés bem no centro do *hall*: tesselas de pedra calcária e basalto formavam a figura de uma âncora com um golfinho a ela entrelaçado tendo, logo abaixo, os dizeres *festina lente*.

Um pouco adiante, afixada na coluna, uma planta baixa parcial assinalava haver outra entrada para a cave, enorme e oculta num celeiro que ficava do outro lado da montanha. Sobre o tampo circular de uma escrivaninha de nogueira repousava um bilhete, com respingos de caneta-tinteiro, na inconfundível caligrafia ascendente de António. Ao lado do bilhete, duas pastas brancas prenhes de papéis, com indicação, na mesma caligrafia, do conteúdo: "Para que tu saibas a história deste lugar" e "Novas instruções".

Sentado no coração do templo, debaixo de diversas camadas, nas entranhas da terra, mãos e rosto umedecidos, Hilário veria ressurgir, pela palavra escrita, o amigo. Descobriria que António levara a sério a lenda da cave subterrânea, resquício da ocupação romana há mais de dois mil anos, e que servia agora de abrigo aos barris de vinho. E que o amigo também levara a sério a continuação da lenda — a contígua cave gótica na qual ele próprio, Hilário, agora se encontrava rodeado de livros. Não, não eram crendices dos velhos agricultores da região, como sustentaram conselheiros que tentaram demover António da busca, e sim palpáveis tesouros arqueológicos, cuja prospecção fora iniciada por antepassados do amigo. António encontrara as duas caves; e o que elas abrigavam, Hilário agora o sabia. Aconchegado entre aqueles milhões de amigos — mulheres e homens silenciosos repousando nas prateleiras, prestes a, pelas folhas de papel, contar suas histórias —, abriu a pasta das instruções.

Hilário passaria os meses seguintes no subsolo, na biblioteca infinita. Abrigado nas camadas mais profundas da montanha, mergulhava nos detalhes da instituição da fundação e nas leituras, só descansando quando ia alta a madrugada; então abria seu caderno de notas e punha-se finalmente a contar, a partir do dia do crime, sua história, deixando em branco as páginas iniciais para um dia, quiçá, tratar de sua infância. Vinha à superfície apenas para esporádicas caminhadas de dois quilômetros e meio até Pinhão para comprar mantimentos, incursões que lhe permitiram acompanhar parte do ciclo da viticultura: assistiu à vindima, à escava, à senescência das folhas e, já com o prenome mudado para Santiago, à poda de inverno.

As videiras e a oliveira pareciam buscar nos livros do subsolo sua vitalidade, como se fossem árvores feitas de palavras.

Cada vez que voltava a pé da cidadezinha, Hilário cruzava a ponte sobre o rio Torto e seguia maravilhado com o Douro, com os socalcos, os promontórios e os símbolos; abria o portão dos leões, ingressava na Quinta dos Imortais, tomava o caminho de pedras, entrava na casinha, descia; frequentemente estancava no corredor, entre os barris, inebriando-se com o aroma do mais nobre filho das uvas; depois continuava, rumo aos livros. Conhecia a equação, conhecia números e letras, sabia a senha.

Apressava-se lentamente. Sabia o que fazer para abrir a próxima porta.

TERCEIRA PARTE

DE VOLTA AOS OLHOS DE ALICE:

As dores e as cicatrizes de ser sabida

I

Buscas

A menina que gostava de histórias agora tinha quem as contasse: recebido do bosque como uma dádiva, como uma benção, como um mito, era seu invulgar avô de letrinhas.

Desafiava-a a imagem do caderno do senhor Santiago com aquele "Hilário Pena" escrito à mão na capa branquinha, e ela passara a semana a consumir-se de curiosidade — queria saber de tudo, e só mesmo os pais não entendiam que o anseio pelo conhecimento não se sacia com copinhos d'água, que uma menina guarda universos em caderninhos, que em matéria de ser sabida sempre se precisa de mais e mais e mais, sempre. Ávida por rever o vizinho, com alívio ela assistira à chegada da terça-feira, dia em que o contador de histórias iria falar no evento sobre livros.

Queria ler o mundo como se fosse um livro — para ela, cada coisa era símbolo num conjunto de chaves, tudo uma história dentro da história dentro da história, feito bonequinhas russas saindo umas das outras. Imaginava se nalgum esperançoso livro do desassossego aprenderia algo sobre os paradoxos da vida; e, com curiosidade agitada de criança, em palavrinhas ingênuas de criança formulava perguntas e escrevinhava respostas.

A menina voltava da escola de afogadilho, raspando as sapatilhas na brita, fazendo um barulhinho de grilo no caminho escoltado pelo rio. Circundou a casa do estrangeiro, mas como as janelas estavam mudas e cerradas — talvez pela chuva que se avizinhava, denunciada no cheiro de umidade ajuntado ao de pó —, sentou-se na pedra redonda, perto do portãozinho consertado por Santiago. Enquanto mexia os dedinhos do pé, como bem gostava, ela pediu ao bosque explicações sobre Hilário Pena e o caderno misterioso. Pôs ideia de que o bosque iria mesmo atender, embora um sopro de fada lhe dissesse que isso só viria quando ela fosse maior e mais sabida.

Horas mais tarde, com a noite já se debruçando sobre os morros avistados da casa, os minutos anteriores à saída foram tensos: Beatriz não queria ir, mas a mãe estava irredutível e, berrando, obrigou-a; por duas vezes o pai mandou a adolescente trocar de roupas — estavam muito curtas —, ordens que Beatriz atendeu com resmungos xucros; o pai não se entendia com os punhos apertados da camisa, enquanto a mãe irritava-se por ele falhar em ajudá-la com o fecho do colar recém-comprado; a menina queria levar as bonecas, mas não deixaram e ela chorou.

Ao chegarem ao prédio da antiga Cadeia da Relação, agora ocupado pelo Centro Português de Fotografia, saltaram do carro que o pai estacionara na rua larga. A menina apoiou-se numa das árvores da alameda e não ficou nada contente: as polpas dos dedos tocaram a superfície sem rugas, a variação de cores não enganou os olhos, o cheiro era de produto de limpeza — há alguns meses, as árvores do Centro Velho haviam sido substituídas por imitações em plástico. Sob o céu cinzento como o teto de um porão, a iluminação pública acendeu-se, lançando feixes âmbar pelo ambiente úmido; no asfalto ainda molhado pela chuva que caíra há pouco, uma película refletora reprisava, borrados, os vultos que caminhavam, os faróis dos carros e os antigos postes de ferro fundido. A menina foi arrancada de suas observações por um puxão da mãe, e alguns passos depois, já sob o arco pétreo da entrada do Centro Português de Fotografia, viu a tela que noticiava a conferência sobre livros.

Os Crástinos tomaram um caminho todo errado e deram no pátio coberto por vidros, onde a menina, ao olhar para o pavimento superior, assombrou-se com a porta vermelha que se abria para o nada. Distraída com tantas novidades, ela escorregou e esbarrou na mãe que, deserta de ternura, repeliu-a com os braços, esbravejando e jogando-a ao chão. A menina levantou-se, mas como ninguém olhava para ela, limitou-se a ajeitar a saia de babados azuis e passar a mão pelo arranhão na coxa; depois, calçando a sapatilha prateada que havia escapulido, esperou pelo próximo movimento dos pais. Meia-volta e os Crástinos encontraram a escada de granito desgastado cujo guarda-corpo era de ferro forjado. A escada parecia um convés no céu e em sua lateral direita via-se a exposição virtual sobre o período da prisão de Camilo Castelo Branco naquele prédio. A exibição era interativa, como quase todas naquele tempo, e qualquer pessoa poderia dar sua contribuição mudando a História conforme lhe aprouvesse: podia-se soltar o Camilo antes da hora, torná-lo vice-rei, matá-lo ali mesmo, transformar Castelo em martelo.

No andar de cima os Crástinos alcançaram o auditório improvisado, em cuja entrada havia um *tablet* com a lista de presença. Só os pais e a irmã preencheram — acharam ser desnecessário o nome da menina. Na parte frontal do auditório, um tablado era encimado pela bandeja volante com três garrafinhas de água mineral, pela mesa estreita e por uma cadeira branca. Sentaram-se nas banquetas de madeira ao fundo, tendo a mãe ficado para trás a ajeitar o macacão — preto, grudado ao corpo, viperino, com o decote em V a fazer moldura ao colar que mergulhava para os seios. O pai vestia-se como sempre — calça e camisa em desalinho; Beatriz, como permitiram.

As paredes verde-água do auditório traziam fotos de uma população sofrida, que em andrajos observava os visitantes com o olhar clemente de um júri de faz-de-conta. Numa delas, uma velhinha de pele de concreto peneirava cereais, o corpo em curva como um vagalhão, o giro do corpo a lançar os cabelos longos na mesma direção apontada pela peneira e pelos cereais, os pés despregados do solo como os de um anjo a levitar. Depois vinham fotos de homens enlameados caçando caranguejos num mangue. Depois, uma panorâmica com trabalhadores de fábrica carregando uma peça de peso impossível. Iluminada por duas arandelas de aço escovado, a última foto da coleção "Nossa gente" apresentava um maltrapilho guardador de rebanhos.

Fora das fotos, duas mulheres conversavam com um Santiago ainda mais bonito, todo riscado de giz, que se dirigiu aos Crástinos, saudando-os.

— Olá, Alice — disse ele, colocando cada mão em um joelho e dobrando o corpo para a frente até ficar da altura dela.

Os pais e a menina cumprimentaram Santiago discretamente. Beatriz manteve-se quieta; quando Santiago deixou-os, no entanto, cochichou para a mãe:

— Eu não disse? Está vazio...

Uma mulher de terninho cor de musgo e nariz de ferro de passar roupas anunciou o início do evento e pediu aos presentes que se concentrassem nos assentos da frente, de modo a não ser necessário o microfone. Cinco rapazes deslocaram-se para a primeira fila empurrando banquetas, fazendo alarido e interrompendo a fala da mulher. Ao retomar, ela apresentou-se como curadora do Centro Português de Fotografia, agradeceu o apoio da Fundação A.S.A., colaboradora da entidade, e informou sobre a primeira intervenção da noite, a cargo do senhor Santiago Pena.

Santiago ajeitou-se na cadeira, abrindo e tornando a abotoar o paletó preto; ajustou a gravata vermelha puxando a ponta sob o colete, mexeu nas abotoaduras da camisa branca e provocou um barulho de assovio ao esfregar as solas dos sapatos no tablado, mostrando-se tenso como se estivesse sob julgamento; coçando as pernas, prometeu ser breve. Apesar do nervosismo evidente, parecia também exultante — como se há anos aguardasse por aquilo. Agradeceu a todos a presença e com um sorriso de bebê acrescentou que, embora não fossem muitos, já era um começo. Levantou-se, atrapalhou-se ao abrir a garrafinha d'água, tomou um gole sem usar o copo e, depois de devolver a garrafa à mesa, com a mão do relógio tirou da testa o suor.

Um policial empedernido passou pela porta, cruzou a sala batendo os coturnos no piso e, todo bronco e esquecido da discrição, dirigiu-se à curadora dizendo que faria uma busca. Vestia farda azul-escuro e colete negro. Depois de alguns minutos de conversa com Santiago e com a curadora, o policial retrocedeu uns passos, ordenando a ela que falasse à plateia. A mulher de terninho pediu desculpas a todos — infelizmente não poderiam seguir com a conferência.

Então se ouviu Santiago a argumentar com o policial:

— Quero esclarecer, senhor oficial, que, embora o evento seja sobre livros, não temos nenhum aqui. Obviamente sabemos da proibição.

O policial insistiu na busca, falou em lei, em ordens, em mandado judicial, voltaria com um. A curadora disse que poderiam fazer o trabalho desde logo, e o policial comunicou-se com alguém por um dispositivo auricular, do qual esticou um cabinho até a boca. Três outros policiais entraram no recinto.

A menina não estava entendendo nada.

Os fardados dividiram-se como que para a tomada de uma cabeça de ponte; vasculharam armários, banheiros, a pequena cozinha, olharam atrás dos estandes de fotos, olharam sob os móveis, olharam as prateleiras das câmeras 35mm, olharam tudo como se fossem coiotes de lata, apalparam as paredes, e um deles, com uma lanterna, acedeu ao forro. Não encontraram nenhum livro, mas determinaram que o evento fosse cancelado.

Como todos da plateia, a menina e seus familiares retiraram-se sem poder falar com Santiago, que ficou lá em meio à tagarelice dos policiais. No caminho até o carro, os Crástinos não conversaram: o pai retornava chamadas do escritório, Beatriz trocava mensagens com as amigas, a mãe olhava as unhas, a menina era só apreensão. Com o carro já em movimento, o pai seguiu falando no aparelho e, terminada a ligação, nada mais disse. Quando ingressaram na Rua das Taipas, a mãe fraturou o silêncio:

— Que pena... Queria ver o senhor Santiago expor suas ideias. E você, que não queria vir, Beatriz, está feliz agora? — questionou a mãe, como que a tributar à filha alguma culpa.

Não houve resposta.

— Beatriz, responda à sua mãe — foi a vez do pai.

— Que idiotice — respondeu ela. — Expor ideias... E sobre livros... Ele devia era ser preso.

— Papai, podem prender alguém por expor suas ideias? — perguntou a menina, esticando-se atrás do banco do motorista para ouvir a resposta do pai.

— Ora, claro que sim.

Irritado com sucessivos desvios de tráfego que o impediram de tomar a Avenida de Gustavo Eiffel — queria ir para casa usando a Ponte do Freixo —, o pai optou por cruzar o Douro pela Ponte Luiz I e, com a alteração de trajeto, sugeriu jantassem no recém-inaugurado restaurante de um conhecido, situado na região das caves de Vila Nova de Gaia. A mãe aceitou, Beatriz resmungou, a menina permaneceu quieta. Os faróis do carro foram machucando as paredes dos prédios com sua luz gélida e, depois de atravessarem a ponte, morreram na Avenida Ramos Pinto, defronte a uma cave, em cujo átrio o placar eletrônico de horários de visitação dividia espaço com a placa TER LIVROS É CRIME. DENUNCIE.

Afoita, a menina desceu logo do carro — queria ver as luzes do Porto que agora estava do lado de lá e parecia uma centopeia de pernas brilhantes, um monstro bom de centenas de olhos. Observou os edifícios remontando uns sobre os outros na cidade invicta, o caos ordenado de suas ruas, o rio dividindo e juntando as duas cidades, as águas refletindo as margens para fundir Porto e Gaia numa nação, as duas cidades afagando seus moradores, o rio prenhe de história dando à luz um povo navegante.

Depois a menina deixou de observar as cidades para mirar a família. Sabia da vontade do pai de ser um bocado mais alto e um tantinho mais magro, o pai que parecia feliz quando ia para o trabalho ou quando comprava um taco, e que com suas coleções mantinha-se ligado a uma juventude para ele precocemente abandonada. A mãe falava pouco, não tinha lá muito jeito com as crianças, a tarde e a manhã e a noite gastava em frente à TV, aquilo não melhorava, mas era a mãe. A mãe não se mostrava feliz nem triste na casa às margens do rio Febros, mas, quando vinha a amiga desenxabida, de rosto redondo como penico, pele de catapora e nome que fazia rima com "salamandra", parecia que tinham tirado da sala a mãe e colocado no lugar outra mãe, uma que era e não era a mãe da menina, e que se esticava em maledicências sobre o pai (a mãe quase sempre desligava as câmeras de vigilância quando ia fazer essa ou outras travessuras, mas às vezes se esquecia e a menina assistia). A mãe queria ter "corrido o mundo", como dizia, mas não correu e, esmagada pela ausência de amizade com pessoas refinadas, perdida no bosque, reduzira-se a um sofá subutilizado. Havia também a irmã gênio, que se escondia nalgum cantinho de si mesma, numa dobra de mão feita de rebeldia, e que era a melhor irmã do mundo de vez em quando. A menina gostava da irmã. Achava-a, porém, feita de cartolina, um desenho frágil que borrasse com pingos de chuva; às vezes parecia que Beatriz ia esfarelar feito bolachas de natas.

Apesar de à época ser ainda miudinha, a menina compreendia-os um pouco, todos os três. Amava-os daquele jeito mesmo — como o sol ama o que ilumina sem saber. Eles é que não sabiam.

Na quarta-feira da outra semana, Santiago foi recebido na porta por uma Louise toda florida, os desenhos do vestido em tons de rosa iguais aos do *blush*. A menina estava a achar a mãe cada vez mais bonita e faceira, a mãe que nunca andara tão ataviada como naqueles tempos de Santiago. O pai veio na sequência, mas a menina foi mais rápida e agarrou-se às pernas do vizinho, antes mesmo que este pudesse cumprimentar o anfitrião. Foram à mesa.

A cadeira de Beatriz estava vazia, e a menina aproveitou para usá-la como cama para as bonecas. Passando ao estrangeiro a salada de folhas, a mãe disse ter percebido que ele viajara de novo, a casa estivera fechada por dias. Sim, havia ido a Heidelberg para uma reunião, explicou Santiago. Em meio à comida e ao vinho, os adultos falaram de lugares exóticos, gosto por viagens e, já próximo ao término do jantar, a mãe mencionou ter visto muitas pessoas na casa do convidado naquela tarde. A menina vira mesmo uns carros escuros, dois da Polícia e um com logotipo do Ministério da Cultura no capô, estacionados defronte ao sobrado do vizinho.

— Uma chateação — disse Santiago. — Passaram horas na minha casa em cumprimento a um mandado de busca. Insisti que não havia livro algum, fui gentil, abri armários e gavetas, mas não houve jeito: eles reviraram tudo, tiraram quadros da parede, quebraram alguns cristais, bagunçaram meus documentos.

A mãe da menina perguntou se tudo era consequência do evento no Centro Português de Fotografia, e Santiago disse sim, aproveitando para reforçar que estava envergonhado por tê-los feito ir até lá à toa.

— Aliás, peço perdão por não ter vindo desculpar-me antes — completou ele tamborilando a mesa, os tendões da mão a vibrar como ondas.

— Ora, o senhor já falou ao telefone tudo que havia por falar, senhor Santiago — disse o pai da menina, desembaçando os óculos. — E repito: não há do que se desculpar.

A mãe concordou com o marido e apressou-se em dar seguimento à conversa; disse estar um pouco confusa, mas curiosa.

— Confesso não compreender bem esse empenho todo para a volta dos livros — emendou ela, tapando a boca com o guardanapo enquanto terminava de mastigar.

— Os livros foram muito importantes para mim — disse Santiago. — A Literatura fornece-nos muitas chaves para compreensão da vida; basta apanhá-las e abrir as portas.

— Meu irmão teria gostado de conhecê-lo, Senhor Santiago — afirmou a mãe. — Creio que ele apreciasse livros tanto quanto o senhor.

Nesse momento Beatriz chegou e, se fez enorme barulho ao fechar a porta, chamou ainda mais atenção pelo silêncio posterior, atirando-se no sofá sem cumprimentar ninguém. Os pais também ficaram mudos por uns instantes e a menina animou-se — talvez agora viesse uma historinha... Mas a mãe começou a tagarelar sobre sua vontade de viajar e atrapalhou tudo.

Já na outra sala, a mãe, descuidada com os seios que, empinados pelo sutiã de bojo, quase escaparam quando ela se abaixou, serviu o café e, enquanto Beatriz fingia não haver ninguém à sua volta, a menina, até então calada, aproximou-se. Antes que alguém pudesse adiar de novo seus propósitos com assuntos bobos, a menina lançou sua perguntinha no vizinho:

— Senhor Santiago, o senhor pode me contar outra história?

— De novo isso, menina? Nosso convidado tem mais o que fazer — interferiu a mãe.

— Para mim é um prazer, senhora Louise. Venha cá, Alice.

Então contou outra daquelas histórias de livros antigos.

II

Festina lente

A ausência do contador de histórias por três semanas deixara a menina tristonha.

Agora, porém, com ele de volta à mesa dos Crástinos, tudo era euforia no jantar. Santiago falou de seus dias vertiginosos: tinha saltado de Pequim para Luanda, passado por Estocolmo, depois Roma, onde se espantou com o centro de compras edificado sobre o Coliseu, e, retornando a Portugal, ido até um lugar chamado Quinta dos Imortais, no Cima-Corgo.

— O que é essa tal Quinta dos Imortais? — perguntou-lhe a menina.
— Uma vinícola.
— Só tem uvas lá?
— Não...
— O que mais? — insistiu ela.
— Coisas de todo tipo.

Naquela noite Beatriz trouxe uma amiga e fez questão de explicar, diante da convidada magrinha, que, como a mãe não a deixara convidar todas as seis melhores amigas, a solução fora o aplicativo de escolhas aleatórias. A presença da estranha desgostou a menina: Beatriz e a tal passaram o tempo todo em cochichos, arrastando-se em caras provocativas para Santiago, desatentas às saias que, com a inquietude nas cadeiras, desnudavam pernas quase adultas; só pararam quando o pai as repreendeu, mandando Beatriz trocar de roupas antes de sair.

Santiago serviu a menina de fábulas assim que se sentou no sofá. Maravilhada, ela sentia-se como nos tempos da avó e do tio e, conforme ia ouvindo os relatos, queria dar um grande abraço em Santiago, saltar para o colo dele. Mas a mãe estragou tudo perguntando sobre a família do vizinho. Constrangido, Santiago disse não ter conhecido os próprios pais. Ajeitando o vestido azul cuja fenda trazia mais que joelhos à luz, a mãe pediu desculpas pela indiscrição e ele tranquilizou-a, aquilo não era nada. Para fugir da incômoda situação, a mãe perguntou se ele ainda tinha amigos no Brasil. Santiago indicou, com o balanço da cabeça, que não tinha, os olhos alheando-se no silêncio repentino, derivando para longe, assustadoramente longe dali. Então ele murmurou algo incompreensível, despediu-se e saiu.

Os relatos de Santiago foram avolumando-se nas muitas noites que se seguiram. Ele falava de paragens conhecidas e de outras obscuras, aventuras em ruas sem nome, pessoas fantásticas, construções esplendorosas. Suas palavras tinham algo de mágico, e o silêncio que se fazia enquanto ele contava as histórias era o silêncio de uma leitura: para a menina, ouvi-lo era como ler o próprio livro, como se ela pudesse extrair da palavra falada a palavra um dia escrita. Ouvi-lo era mesmo mágico. Ouvi-lo era como ter diante de si todas as páginas de todos os livros. Melhor: eram páginas por ele musicadas, como se ele não apenas contasse, mas também *cantasse* as histórias — como se fossem versos épicos de uma odisseia de há muito esquecida.

Numa noite mais quente, o vinho do Porto foi servido lá fora, sob a copa do carvalho-alvarinho. Com todos sentados nos bancos de ferro montados em círculo no jardim, Santiago contou um punhado de histórias e, pouco antes de ir embora, disse à menina:

— Sabe, Alice, li certa vez que em Moçambique, quando as pessoas se reúnem ao abrigo de uma árvore para contar histórias, chamam-na de "A Árvore das Palavras".

— Então essa será a *nossa* Árvore das Palavras! — exultou ela.

As viagens de Santiago iam encadeando-se semanalmente, mas, com o empenho do vizinho para preservar livres as quartas-feiras, ele tornou-se presença rotineira na casa da menina.

— Ainda aquela coisa de retorno dos livros? — perguntou-lhe Beatriz quando ele chegou de uma longa viagem.
— Sim.
— Mas, por quê? — insistiu ela.
— Depois de anos, descobri respostas para algo que questionava na juventude — disse Santiago. — O que une as pessoas? Bem, uma boa resposta seria: *as histórias*. As histórias ligam-nos nessa extraordinária aventura que é nossa existência. E os livros carregam-nas. Há outras formas de contar histórias? Evidente que sim. Mas não vejo meio melhor de preservá-las do que nos livros, cuja longuíssima existência, resistindo às guerras, à umidade, ao maltratar dos séculos, dá prova disso.

Salvo quando Santiago estava fora do país, quarta-feira era o dia do jantar em família, dos encontros regados a vinho, a menina encantada com as tonalidades dos tintos. Ela gostava de ver aquele caldo brilhante a descer das garrafas para as taças, as taças agitadas, o vinho a tremular lá dentro como se alguém balançasse o mar, os adultos ao primeiro gole como se assistissem à epopeia do líquido. Para a menina eles bebiam não só o vinho, mas o sol que bronzeou a videira, a poeira que abraçou as uvas, a chuva que alimentou as plantinhas, o cheiro do solo que lhes deu de beber, a gota que escorria da testa do agricultor, a secura que apurou o açúcar, os dedos grossos que tomaram para si os cachos como se agrupassem dezenas de bebês, os ombros grossos que carregaram os cestos, os pés grossos que fizeram o mosto, os braços finos que esticaram as borrachas, a madeira refinada que deu ao vinho cheiros e toques, as mãos delicadas que apanharam as garrafas, os alvoreceres diáfanos que transportaram as garrafas.

A primavera se foi, o verão e o outono também; mas, com o avô de letrinhas sempre por perto, o tempo singrava lentamente, a passinhos miúdos de criança, e, ao final de cada refeição, entre tragos de vinho na sala ou à sombra da Árvore das Palavras, uma nova história surgia.

A menina achava uma pena não mais existirem as tais bibliotecas, mas Santiago conhecia tantos enredos de livros que era como se houvesse crescido em uma e pudesse reproduzi-los todos: ele fazia os relatos, sabia nomes compridos, aforismos e datas, desenhava todo tipo de mapas (a menina sempre fora fascinada por mapas), falava de lugares indescritíveis.

O pai discutia os méritos de uma personagem, a menina escutava atenta, a mãe dizia ter torcido em algum momento pelo vilão, Beatriz questionava se o final não poderia ter sido diferente. A menina estava a gostar da família reunida, todos animados em diálogos mais prolongados: era como se, por um fio finíssimo, resistente e mágico, houvessem sido guiados por Santiago pelo Labirinto do Absurdo até um lugar flutuante, etéreo, num retorno à magia da casa da avó.

Na tarde bonita e fria de dezembro, a menina encostou a testa no vidro gelado de uma das janelas laterais da casa do vizinho. Não por abelhudice, afinal, não era disso — queria apenas ver o avô de letrinhas, dar nele um abraço, quem sabe ganhar uma história.

Compenetrado nos afazeres, Santiago nem a notou. Ele estava na sala, sob o quadro que exibia uma iluminura com inscrições incompreensíveis e, recostado à escada de mármore, empenhava-se em embrulhar, separadamente, quatro livros. A menina deu um salto de medo, aquilo era perigoso — TER LIVROS É CRIME. DENUNCIE —, a placa onipresente não deixava esquecer, o tio já havia sido preso e tal. Ela percebeu, pela capa estampada de bichos, que um dos livros era infantil, e isso a intrigou e alegrou. Santiago dobrava meticulosamente o papel, media, corrigia o esquadro, aí usava a tesoura, depois colava, vinha a fita e a etiqueta para grudar o bilhetinho. A fazer e refazer pacotes, gastou na atividade quase meia hora e, ao final, colocou um sobre o outro, afastou a cadeira e observou o edifício de pacotinhos, cujas faixas verticais coloridas pareciam tábuas de uma barca que carregasse animaizinhos por águas bravias.

Ele passou a mão pelo rosto, jogou o celular com força sobre a mesa, quase atingindo uma das torres do tabuleiro de xadrez, e apoiou os cotovelos na cadeira, as mãos segurando as têmporas; deu passos circulares, foi até a estante, mexeu na miniatura de Dom Quixote, voltou à mesa, olhou os livros, coçou a perna direita, deu outros passos, murmurou algo, e então desembrulhou os livros, atirando os papéis e fitas no cesto de lixo; apanhou o caderno de capa branca que estava na outra ponta da mesa, ao lado da matriosca vermelha, vestiu o paletó, fazendo deslizar no bolso lateral o caderno, agarrou-se aos quatro livros e deslocou-se à garagem com tanta pressa que a menina teve medo de mostrar-se. A pressa foi transmitida para o carro e o carro desapareceu na Rua do Bosque.

A noite aportou e, com ela, a ceia de Natal, que foi como nos tempos da avó. A menina cativada pelos brilhos, Beatriz em raro bom-humor enrolada num *Challis*, a mãe ainda sóbria no casaquinho branco e saia de crepe de lã, o pai de barba feita, o agradável cheiro do pós-barba que só o pai querido tinha.

O vermelho da toalha de mesa era recortado pelo amarelo dos queijos, pelos tons das nozes e pela reluzente prataria. Bacalhau, couves, ovos e batatas estiveram presentes (as sobras misturadas dariam uma deliciosa panelada de "roupa-velha" no dia seguinte) e, como tinham Santiago por convidado, a mãe fez também polvo marinado e lombo em vinha d´alhos. Antes de começarem a comer, fizeram uma foto — a menina no colo de Santiago, e os pais e a irmã abraçando-o — que semanas depois iria parar no porta-retratos da sala.

Depois de umas taças de vinho, o pai declarou que Santiago era seu melhor amigo. Não, era como um irmão. Não, era *de fato* um irmão, fazia parte da família. A mãe fez coro enquanto recolocava um enfeite na árvore de Natal — a primeira da família, um autêntico abeto trazido por Santiago. Sim, Santiago era o querido irmão que ela havia perdido, disse a mãe, aquele irmão que desenhava projetos arquitetônicos e iniciara a menina nas histórias, um dos sujeitos mais alegres já vistos, mas que depois de ter sido preso por guardar livros desiludiu-se de tudo e partiu para o leste em busca de um lugar cheio de ébanos e não mais retornou. A mãe disse ter saudade do irmão, do qual tanto gostava.

Saudosa, a menina recordou-se do tio de óculos de aros redondos e voz de pigarro, com o cachimbo ancorado na boca. Mas a mãe estava a mentir, não gostava do irmão coisa nenhuma, vivia a implicar com ele por tudo. A menina lembrou-se de que a mãe discutira com o tio bem no dia que deveria ter sido de festa, quando ele saíra da prisão: a mãe queria vender a casa da avó, o tio não concordava, brigaram a noite toda, a mãe disse que faria "o que fosse preciso para vender a porcaria da casa", a menina adormeceu amedrontada e o tio nunca mais foi visto — estranhamente, nem se despediu antes da tal viagem para o leste.

Quando o assunto do tio foi embora, marido e mulher alternaram-se em conjecturas salpicadas de lugares-comuns sobre como a vida às vezes, em tão pouco tempo, faz as pessoas identificarem-se tanto. Referiam-se a Santiago e ele, corando, retribuiu, dizendo-se lisonjeado.

Abriram os presentes. Santiago ganhou uma gravata fininha, escolhida por Beatriz e entregue pela menina numa caixinha em formato de livro. Encabulado, ele agradeceu, olhou-se no espelho com a gravata e devolveu-a à caixa, que enfiou no bolso lateral do paletó.

Santiago deu à menina um estojo de veludo azul. Abrindo-o, ela apanhou o cordão prateado, e deslumbrou-se com o pingente: uma âncora com um golfinho a ela entrelaçado, símbolo que ela se lembrou de já ter visto num quadro na casa dele.

— Que lindo! Isso tem nome? — perguntou a menina.

— É um símbolo para *festina lente*. Significa "apressa—te lentamente" — disse Santiago.

— Não entendi...

— Você irá entender, Alice. Um dia. Os símbolos são poderosos, e esse aí, vital para mim. Foi adotado por homens que dedicaram suas vidas aos livros. Como você adora histórias e bichos, achei que poderia gostar...

— É perfeito.

Com o sorriso adiantando-se um pouquinho à timidez, Santiago sussurrou no ouvido dela que aquilo era um amuleto que carregava muitos e muitos poderes; seria o segredo deles. Ela correu até o espelho e, erguendo os cabelos do pescoço, ajustou o cordão e brincou com o pingente, pondo-se a pensar que era mesmo mágico, um daqueles objetos que se carrega consigo para todo o sempre, para inspirar confiança e lembrar-se de onde viera. Depois a menina tomou Santiago pela mão e levou-o ao quarto dela, bem longe da vista dos pais e das câmeras que ainda funcionavam. Queria também ela contar um segredo, mas, antes, Santiago devia jurar um grande juramento de silêncio. Ele jurou. A menina apanhou seu cordão de bonecas e, afastando os vestidinhos, exibiu o zíper que cada qual tinha na barriga; abriu um deles, e do ventre da primeira boneca retirou um caderninho Moleskine, mostrando-o a Santiago e fazendo desfilar as folhas que exibiam escritos numa letra pequenina e redonda de menina. Ela disse que os caderninhos eram os filhinhos pautados das bonecas, novas vidas cheias de histórias, nos quais ela podia escrever o que aprendia e inventar explicações para o que não sabia. Era um segredo que ela mantinha com a avó — anotava tudo de que gostava nos caderninhos. Agora dividia o segredo com ele, confiava nele.

— Como você sabe que pode confiar em mim? — perguntou Santiago, sorrindo.

— As crianças sempre sabem em quem confiar. Os adultos é que não sabem.

Pouco antes de deixarem o quarto, a menina fez sinal de que queria cochichar algo. Santiago abaixou-se um pouco, mas ela puxou-o ainda mais e ele teve de sentar-se no chão, amassando o paletó. Então ela perguntou sobre os livros que ele embrulhara, como ela bem havia visto pela janela. Ele sussurrou que não podiam falar daquele assunto — era perigoso! Valendo-se da estratégia que havia traçado, a menina emendou outro assunto — o que realmente interessava:

— Como hoje é noite de revelar segredos, queria saber sobre Hilário Pena.

Santiago fez um barulho estranho com a garganta e, abraçando a menina, respondeu:

— Alguém que repousa num porão de memórias.

— Ele está vivo?

O contador de histórias não respondeu de imediato, limitando-se a dispensar à menina um olhar plácido, daqueles que um pai reservado dá quando se orgulha de alguma conquista de sua filha.

— "Só o que não morre, morre; o que morre, renasce em outro lugar" — disse ele finalmente, num ritmo melódico, como se reproduzisse um ditado popular ou recitasse versos.

De volta à sala, naquela noite Santiago contaria à menina uma história de Natal — o reencontro de um velho avarento com o fantasma do antigo sócio. Na sequência, a de uma garotinha que lia um antigo livro cheio de lacunas e era dragada para a história, a qual ia sendo escrita por ela mesma conforme vivenciava a aventura.

Com a despedida de Santiago, que viajaria na manhã seguinte para retornar só depois do Ano Novo, ao ouvir o barulho de louça dançando na pia da cozinha a menina fechou-se no quarto. Ela estava feliz e também triste: o Natal tinha chegado, era tudo feito de beleza, havia a família, havia Santiago, havia enfeites na árvore natalina, havia historinhas; mas nada de presentinho para a Artemisa, nunca mais vista; e havia a saudade, jamais superada, das noites de Natal na casa da avó.

Como que para espantar a tristeza, a menina deitou-se no chão, enfileirada com as bonecas que agora olhavam para o teto, arrumadinhas como ela costumava fazer quando estava à espera da visita de alguma amiga – que nunca vinha. Ao se virar, abraçando os joelhos, a menina deu com o caderno de Santiago sob a cama. Alcançou-o e, agora sentada no colchão e recostada à parede, observou a capa. Santiago era mesmo um atrapalhado: deixara o caderno cair *de novo* e, não fosse a menina, já o teria perdido. Mas era como se o caderno insistisse em vir a ela, como se a tivesse escolhido, como se quisesse ser lido.

Deslizando o indicador sobre os escritos da capa, ela seguiu a letra cursiva com a qual grafado "Hilário Pena" e, por um momento, um brevíssimo momento, ocorreu-lhe que talvez Santiago tivesse feito aquilo de propósito, de modo que ela soubesse o que havia ali. Não, isso não: era Natal, e se ele quisesse dar-lhe o caderno de presente, tê-lo-ia embrulhado; além do mais, naquela mesma noite ele já havia se recusado a falar sobre Hilário Pena. Então tudo não passava de mero acaso: talvez confundido pelo peso, no paletó, da caixinha da gravata, Santiago não deve ter percebido que o caderno escapulira. Mas... e se ela desse só uma olhadinha... Não. Afinal, tratava-se de um caderno de adulto, e ler coisas de adultos antes da hora talvez a tornasse adulta antes do tempo, e isso não devia dar boa coisa — embora tivesse urgência de crescer e ser sabida, ser adulta parecia-lhe uma complicação danada. Estava resolvido: guardaria o caderno, sem lê-lo, restituindo-o a Santiago quando ele voltasse da viagem.

Antes de se deitar para dormir, tarefa impossível, a menina percebeu quão tormentosa seria a espera para ganhar, do bosque ou do Estrangeiro que contava histórias, a história de Hilário Pena.

III

Um pedaço do Éden em Gaia

O "caderno Hilário Pena" fora muito bem guardado na ausência de Santiago.

Quando o vizinho retornou à casa da menina, ela correu para recebê-lo na porta e, aproveitando-se de que a mãe finalizava o jantar e o pai e a irmã terminavam de se vestir, sacou da blusa de lã o "caderno Hilário Pena" e enfiou-o no bolso do paletó do contador de histórias. Antes que Santiago fizesse qualquer pergunta, a menina entrelaçou-se ao pescoço dele como o golfinho na âncora do pingente e cochichou que era para ele ficar tranquilo: ela havia mantido o caderno longe da vista dos outros. Depois, parodiando o que ele havia dito na noite de Natal, ela riu baixinho e emendou aos sussurros:

— Acho que esse caderno é o *seu* amuleto que carrega muitos e muitos poderes; agora será nosso segredinho.

Os rojões à moda do Minho foram servidos e Santiago deu as novas de sua viagem: falou da neve cobrindo os prédios, da ponte das correntes, da beleza das águas congeladas do Danúbio em Budapeste. A menina insistiu em comer no colo dele, e dessa vez não houve como demovê-la.

Beatriz já estava pronta, espremida numa saia justa e cromada, casaco na mão; mas só sairia depois do jantar e da história da vez. Ao cafezinho com Porto e natas sucedeu-se o convite do pai a Santiago para que visse o taco de beisebol recém-recebido — "um *Louisville Slugger*", disse o pai, e explicou ter sido assinado pelos jogadores do Arizona Diamondbacks, time campeão no longínquo ano de 2001. Ao empunhar o taco, o pai parecia ganhar força desmedida, balançando-o para lá e para cá como se não pesasse nada; e tomava uma cara de louco, como se fosse com aquilo espancar alguém.

A menina subira as escadas, acompanhando-os, e apoiara-se no móvel do escritório, uma peça antiga de madeira com pátina vermelha e imagens de jogadores de beisebol gravadas nas portas. Ela interrompeu a conversa sobre tacos e dirigiu-se a Santiago, pedindo uma historinha, mas o pai disse que o vizinho já estava cansado de contar histórias. Não, não estava, refutou Santiago. O pai disse à menina que, se os deixasse em paz, depois ele próprio contaria.

— O senhor tentou na semana passada e não deu certo, papai. O senhor Santiago conta muito melhor.

Foram todos à varanda, mas o vento contra as costas devassadas da mãe não permitiu que ficassem lá e recolheram-se ao *living*. A menina sentou-se no chão, abaixo do painel azul e vermelho que ladeava a TV; o contador de histórias ficou com a poltrona preta, e os outros três alinharam-se no sofá branco. Santiago então contou uma história chamada "A menina e o tigre".

— Era uma vez, numa terra não muito distante, uma casinha branca com várias portas e várias janelas. A casa era rodeada por um jardim, onde cresciam magníficas flores e para o qual se voltava uma janela que ficava sempre aberta. A janela-sempre-aberta era a do quarto da Menina-de-Olhos-Ternos. Ela passava horas ali, debruçada sobre o parapeito, admirando o jardim e curiosa sobre a floresta que seguia logo adiante. A Menina-de-Olhos-Ternos tinha às vezes o ímpeto de atravessar o jardim correndo e emaranhar-se naquela floresta, mas sempre entendia por bem ser melhor o cheiro dos bolinhos de chuva na cozinha que o das perigosas frutas que vingavam na selva. Preferia a maciez do seu lençol aos espinhos da mata, e a compreensão de sua Boneca-de-Pano à incerteza das feras. E fazia bem, pois assim agia conforme sua natureza. Certo dia, porém, brincando no jardim, um tanto insatisfeita com as brincadeiras de jardim, a Menina-de-Olhos-Ternos volveu seu olhar curioso à mata. Viu ali um vulto ferino e correu para dentro de casa, advertida que estava, desde sempre, dos perigos da floresta. Depois de hesitar um pouco, curiosa que só curiosa, retornou ao jardim. A fera havia sumido. Tigre – esse era o nome da fera - era branco e de listras pretas, e vivia de há muito naquela floresta. Ele não admirava as flores porque delas desconhecia a beleza, passava indiferente e às vezes até nelas pisava sem nem perceber; com suas garras removia o que aparecesse em seu caminho, corria a mata e, de tempos em tempos, ia a pontos distantes povoados por animais fabulosos e nunca vistos. Mas voltava – sempre – para aquela borda, limite não declarado entre o mundo dos homens e o das feras. E assim agia conforme sua natureza. Quanto aos humanos, o tigre era desconfiado. Afinal, tinha visto caçadores que matavam inofensivos passarinhos por mero deleite. O tigre reputava aqueles homens os piores animais – embora admirasse sua forma de comunicação. Aconteceu que, passados alguns dias, Tigre e Menina-de-Olhos-Ternos depararam-se de novo naquela borda de mata, frente a frente na fronteira da vigília com o sono, do sono com o sonho, cada qual em seu mundo. Mas, ao contrário do que se poderia esperar, dessa vez a menina simplesmente sorriu – e não fugiu. Não, ela não teve medo! Quem teve medo foi o tigre, não acostumado àquela ternura toda, estampada na face da menina e exuberante como as plumas de um pavão. O tigre correu mata adentro, correu, correu, correu e, quando cansou de correr, já não sabia mais o porquê daquela correria. Deu meia-volta e retornou lentamente à borda da mata, passo após passo, cauteloso. A menina ainda estava ali, sorridente. O tigre, como que por milagre, já não tinha qualquer instinto de lançar garras sobre a menina e, ferozmente gentil, ajoelhou-se aos pés dela, tal qual um cavaleiro perante sua princesa. Dia após dia, o tigre e menina voltavam àquele local, cada um mais ansioso que o outro pelo momento do encontro e, como velhos conhecidos, punham-se a conversar – é, era uma terra mágica, e por isso nela tigres e meninas podiam conversar! O tigre tinha curiosidade sobre o que se passava naquela casinha, sobre o porquê de a chaminé estar sempre fumegando e sobre o porquê de a menina passar horas admirando uma flor e tantas outras horas brincando no alpendre com sua boneca de pano. A menina encantava-se com as histórias sobre cascatas descomunais, árvores gigantescas, animais de todas as cores e sobre dormir ao léu. O tigre então convidou a menina a dar com ele um passeio pela floresta. Ela de imediato aceitou! Antes de partirem, porém, a menina preocupou-se quanto a como ficaria sua boneca de pano durante o passeio. Já o tigre estava com uma cara grave, pensando em se algo de mal poderia ocorrer àquela menininha na selva. A menina, perspicaz e inventiva, teve logo uma ideia: deixou a boneca na casinha, bem pertinho do forno que fazia os bolinhos, pediu para a mamãe que cuidasse dela, correu para o quarto de maquiagens, apanhou um lápis de olho e pintou umas listras no próprio corpo até parecer uma tigresa. E partiram para uma curta viagem, o tigre todo contente em poder mostrar seu mundo à menina, e ela feliz por conhecer um pouquinho daquela terra exótica. A menina ficou deslumbrada: viu os tais seres jamais vistos, o contraste de todas as cores do mundo em um único cenário, as corredeiras de águas límpidas e geladas, o sol por entre as copas das árvores deslizando no cipoal. Adorou o ar, fácil de respirar, e até refletiu sobre o porquê de não ter ido à floresta antes. Aproveitou os oníricos momentos e prosseguiu ao lado do tigre por aquele mundo encantado. Aconteceu que, depois de alguns dias, a menina começou a sentir saudade da casinha e de Boneca-de-Pano. Mas ela nada disse ao tigre, com medo de que ele ficasse chateado. Não é que ela não estivesse gostando... É que aquele não era o mundo dela. A menina percebeu que queria voltar, e cada passo adiante era seguido de uma olhadela para trás, de um calafrio a percorrer seu corpinho e da sensação de estar cada vez mais longe de casa. Eis que veio uma grande chuva e não houve tempo para esconder-se. As gotas lavaram a tinta e as listras da menina desapareceram. Logo todos na floresta saberiam: a menina era humana e corria um perigo danado. O tigre lançou a menina às costas e disparou no caminho de volta à casinha, pronto para derrubar o que quer que aparecesse pela frente; depois de muita correria, com ambos exaustos – ele de correr, ela de medo – chegaram ao jardim. A menina estava a salvo. O barulhinho da respiração dos dois foi diminuindo e, passado o susto, o tigre pegou o lápis para pintar a menina e, assim, retomarem a jornada. A menina, porém, fez com que ele parasse. Na sua voz delicada, voz-veludo, ela explicou ao tigre que não iria mais à floresta porque, embora admirasse aquilo tudo e pudesse até ter vivido na selva se ali tivesse nascido ou crescido, queria mesmo era sua boneca de pano e seus bolinhos e suas flores. O tigre retirou-se cabisbaixo e, tão logo entrou na mata, uma vez mais correu, correu, correu e correu, até que parou por não ver sentido nenhum em toda aquela correria. Não podia compreender por que a menina não queria mais acompanhá-lo. Não podia compreender o que haveria assim de tão instigante numa casinha com chaminé e numa boneca e em bolinhos. Mas também não podia mais viver sem os olhos ternos da Menina-de-Olhos-Ternos. O tigre foi voltando em passo angustiado e estancou de novo na borda. A menina estava ali esperando-o, tendo numa das mãos um vasinho de flores e, na outra, uma linda boneca de pano de cabelo de pano. Foi quando teve uma segunda grande ideia (a menina era mesmo astuta – tinha até criado com uma libélula um helicóptero para formigas, imagine!). Ela correu para o porão de sua casa e achou uma lata de tinta branca. Pintou as listras negras do tigre e... pronto: estava feito um enorme gato branco (ela falou que, quando ele cansasse e quisesse mudar de aparência, lavariam a tinta e pintariam as partes brancas de preto, de forma a torná-lo um gatão negro). A menina convidou o tigre a ir à sua casa, garantindo que todos no condado receberiam bem aquele bichano. E assim foi feito, porque assim estava escrito. Em poucos dias, o tigre descobriu o gosto dos bolinhos, a maciez dos lençóis, a beleza do cultivo das flores, a fantástica brincadeira com a boneca de pano. Estava exultante. No entanto, conforme o tempo foi passando, o tigre foi ficando amuado. Ele sentia falta das aventuras na floresta, dos lugares inusitados que vira, do cheiro do perigo, do gosto da chuva fria; e às vezes, à noite, sonhava com a selva – já uma selva modificada, não mais agressiva, uma selva que agora comportava a presença da menina. E da boneca de pano também! O tigre, porém, tinha receio de falar essas coisas todas à menina – logo ela, tão delicada, poderia mesmo ficar é chateada! Ele ficava ali, zanzando de um lado para o outro, sentindo-se afortunado por estar na casinha, mas um tanto arreliado com sua aparência de grande e gordo gato branco. Eis que um dia a menina e o tigre foram a uma festa no centro do condado e demoraram-se muito por lá. Anoiteceu, e por isso eles não perceberam a grande nuvem aproximando-se. Foram pegos de surpresa e... foi uma correria só. As gotas lavaram a tinta e as listras do tigre reapareceram. A multidão ficou em polvorosa, e logo vieram os caçadores com suas armas injustas. O tigre rugiu alto, e seu rugido meteu medo em todos – menos na menina. Os caçadores aproximaram-se e fizeram mira. A sorte do tigre estava lançada, e não haveria mais amizade entre as feras e os homens... Mas eis que veio um novo milagre – lembre-se, era uma terra mágica! A menina caminhou até o tigre e abraçou-o pelo pescoço. O tigre já não podia investir contra os caçadores – se assim fizesse, machucaria a menina. Os caçadores também não podiam atirar – acertariam a menina. Naquele impasse, todos à volta perceberam que o tigre e a menina eram como uma coisa só. Apareceu no ombro da menina uma listra – pequena, mas uma autêntica listra de tigre! E agora o tigre tinha aqueles mesmos olhos ternos da menina. Os dois saíram dali sob os olhares atônitos da população. Retornaram em paz para casa. Na manhã seguinte, o tigre correu para a floresta e pela floresta, apenas para confirmar algo já percebido: a selva tinha ficado ainda mais bonita, porque agora o tigre enxergava com os olhos ternos da Menina-de-Olhos-Ternos. Tudo que ele queria em seus passeios pela mata era fotografar com seus novos olhos aqueles lugares belos e voltar correndo para o condado e contar tudo à menina. E assim foi feito. Algumas vezes o tigre até levou a menina junto e, como era uma terra mágica, nem a menina, nem a boneca de pano (que às vezes também ia!) corriam perigo. O tigre percebeu que Menina-de-Olhos-Ternos pertencia à casinha, e que, se tivesse todas as listras de um tigre, deixaria de ser a Menina-dos-Olhos-Ternos; e que o que o havia conquistado era justamente aquele par de olhos ternos. A menina percebeu que o tigre, sem suas listras, não mais seria tigre, e era justamente pelas listras que ela havia sido conquistada. A menina tinha então a marca do tigre, sem deixar de ser menina. O tigre tinha então os olhos da menina, sem deixar de ser tigre. Era uma vez, numa terra não muito distante, uma casinha com muitas portas e muitas janelas, todas sempre abertas. As portas e janelas não precisavam ser fechadas nem quando a chuva vinha, porque, como era uma casa mágica, a água ali não penetrava. Como era uma casa mágica, nela moravam uma menina e um tigre. E oito bonecas de pano. Listradas.

— Amei essa história também, senhor Santiago! — exultou a menina.

Santiago pareceu muito contente com a aprovação da menina. Logo, porém, veio Beatriz com suas tolices:

— Que coisa boba. Um tigre e uma menina...

O pai repreendeu a filha pela falta de educação e desculpou-se com Santiago. A mãe ia levantando-se para buscar algo quando Beatriz falou novamente:

— Olha aqui, menina, tigres e meninas não conversam, *tá*? Quanta bobagem...

— Conversam sim. Eu converso com as raposas e com as doninhas aí do bosque. *Tá*.

— Conversa nada.

— Converso.

— Não conversa.

— Mamãe, a Beatriz está a falar que eu não converso com os bichos, mas eu converso, não é mesmo? Não é, senhor Santiago? — a menina principiava um choro.

Santiago ficou num constrangimento mudo, e o pai, apenas com um movimento de olhos, fez com que Beatriz deixasse a sala. A mãe continuou o percurso à cozinha e Santiago tocou o rosto da menina, consolando-a. Ele disse acreditar que ela conversava com as doninhas e com as raposas também. A menina reprimiu o choro e voltou a falar:

— Senhor Santiago, queria fazer umas perguntas...

— Sim.

— Os tigres brancos não existiam só na neve?

— Havia tigres brancos, raros, também em florestas. Mas, de todo jeito, era uma terra mágica, lembra? Você pode ter tigres da cor que quiser e...

— O tigre tinha uma avó?

Santiago refletiu um pouco, até que irrompeu numa risada:

— Ora, claro que o tigre tinha uma avó. Todos têm uma avó. Na verdade, duas. Pode até ser que o tigre não as tenha conhecido. Mas que o tigre tinha avó, não há dúvida alguma.

— Ela contava histórias para ele?

— Certamente.

Santiago despediu-se, a menina de novo agarrada a ele como se o vizinho fosse um enorme bicho de pelúcia falante. Assim que o vizinho saiu ela correu para o quarto, para seus aparatos e, aliviada, viu que a história do tigre havia sido registrada pelas câmaras e arquivada na nuvem.

Sacou um de seus caderninhos e, na letra miúda de menininha, anotou tudo quanto se passara, como se escrevesse a si mesma um bilhete, uma carta endereçada ao porvir — ou uma maluca história do futuro. Depois, exausta, lançou-se na cama.

Na madrugada, a menina pensava no tigre.

Três meses depois, sentada na ponte de pedra, a menina olhava o bosque que era uma floresta sem tigres.

Carvalhos, salgueiros e castanheiros compunham uma silenciosa arquitetura nas margens do rio Febros, os galhos a curvarem-se em cima com gentileza, as pontas das árvores duma margem roçando e abraçando as pontas das árvores da outra, as folhas flamulando, as flores no ar como estandartes. As águas iam acariciando as enguias, brincando com o musgo, transpirando para molhar as copas, saciando os esquilos. O rio era um espelho derretido a repicar o voo de grous, garças, tentilhões. Quando era outono, coelhos-bravos corriam pelo mar lilás de queirós; folhas secas flutuavam, e o rio Febros ficava marrom até o fim do inverno. Mas então vinha a primavera e o verde voltava, as águas ficavam de novo drapejantes com o nado dos ruivacos acróbatas, as borboletas a velejar, milhões de insetos a divagar sobre questões profundas, singelas aparições de dríades e ninfas, e as águas a desaguar afáveis no Douro para depois virar borrifos no rosto do Porto.

Houve um ano em que o rio ficou emporcalhado por resíduos de fábrica. Os bichos fugiram. Mas depois se fez ali bom serviço e os moradores foram voltando, legiões de trutas, lontras com seus bigodes engraçados. E as doninhas, que a menina adorava. Foi quando derrubaram umas edificações em ruínas e no lugar renasceu o corredor verde: "Um pedaço do Éden em Gaia", dizia o anúncio da loteadora, terrenos amplos dando fundo para o rio do bosque, o bosque a evocar o que de melhor há no animal que não mora mais no bosque, o bosque que escutava pedidos, o bosque talismã gigante. Para a menina não era só um bosque, mas um Éden com árvores douradas que pareciam candelabros, míticos seres dançantes, e dois rios nos quais era possível banhar-se — num deles para esquecimento de maldades, e no outro para memória de coisas boas, como se o Febros e o Douro cruzassem alguma divina comédia. Bebendo-se a água dali, estava-se pronto a subir às estrelas.

A menina trazia com ela um dos caderninhos e, aplicada como se estivesse a projetar construções suntuosas, tomou notas sobre seu paraíso terrestre. Depois enveredou a reler a história do tigre.

Santiago passou a dispensar à menina um olhar que congregava, à costumeira devoção, algo de cumplicidade: ele nunca perguntou se ela havia lido o "caderno Hilário Pena", sabedor, na certa, de que ela não o faria; ela também não disse se lera ou não, achando desnecessário explicar-se de algo tão óbvio ao próprio avô de letrinhas; e ficaram bem assim.

Numa noite, ao pé da Árvore das Palavras, Santiago contou aos adultos uma história que a menina ouviu de longe. Era sobre um homem que passara a vida brigando com os familiares por uma casa, valendo-se de todos os meios, inclusive trapaças. Já idoso, ele finalmente conseguiu apropriar-se da casa, mas logo percebeu que, em sua ânsia por conquistar aquele bem, havia ferido e afastado as pessoas que amava. O homem então ateou fogo à casa e foi sentar-se do outro lado da rua, de onde observou-a ser reduzida a cinzas.

— Que história triste — disse a menina, aproximando-se.

— Não é bem uma história para crianças — advertiu o pai.

— E as boas histórias para adultos raramente têm finais felizes, Alice — acrescentou Santiago, pondo-se a falar com o pai sobre a simbologia da purificação pelo fogo.

Depois Santiago resgatou para a menina figuras do folclore português das quais ela jamais ouvira falar: o Cavalo do Pensamento que deitava fogo pelos olhos, a sereia com pés de cabra conhecida como Mulher Marinha, a Camisa Invulnerável que impedia ferimentos, a Alma de Mestre dos capitães de navios naufragados, a estontenante Moura Encantada penteando seus longos cabelos. Depois, personagens do folclore brasileiro: o travesso Saci que morava nos redemoinhos, o Curupira de pés virados para trás, a grande cobra de fogo chamada Boitatá. E depois, histórias de nobres guerreiros de Angola e Moçambique. Transpirando bastante, Santiago tomou um largo gole de água e tirou seu relógio de pulso, permitindo que se visse, na junção das costas da mão esquerda com o punho, uma estranha cicatriz meio apagada, que lembrava um símbolo de linha férrea num mapa desbotado. Beatriz perguntou a ele sobre aquilo, se ele havia sido mordido por algum animal.

— Todos precisam de cicatrizes... — respondeu o contador de histórias, evasivo.

Então, com a voz titubeante, revelou que passava as semanas a ansiar pela quarta-feira. Mais tarde, enquanto ajudava a mãe da menina a retirar os pratos da mesa, Santiago disse sentir-se finalmente adotado, filho não de um sangue e cidadão não de uma terra, e tampouco órfão ou forasteiro, mas um ser completo, tendo por pátria a língua portuguesa, e por família, os Crástinos.

Com Santiago a família também se fazia completa, feito poesia a qual se ajuntasse o verso final. Como um velhinho a apanhar da rua o que fora dispensado pelos outros, Santiago parecia ter recolhido os Crástinos de um mundo desconcertado, como se fora um catador não de lixo, mas de pessoas perdidas, um consertador de almas partidas — e de palavras partidas. A felicidade do Natal estava ali prolongada, expandida, revigorada: as luzinhas já haviam sido depostas, é certo, os enfeites tornados às caixas, o frio perdido o vigor e tudo mais; mas aquela ceia, aqueles cinco à mesa, tudo virou imagem martelada numa bandeja de prata, formas precisas esculpidas a cinzel. Talvez fosse aquele o sentido último de se comer junto, de dividir o que se tivesse caçado, de contar as agruras do dia, o pão repartido, as notícias da rua. Enquanto estivessem todos reunidos, com o pai e a mãe agora a prepararem juntos os alimentos numa comunhão perfeita, e as filhas e Santiago assistindo e comendo e se divertindo; enquanto mastigassem, as bocas todas falando umas às outras, os talheres tilintando, os copos e taças flutuando; enquanto estivessem em meio às anedotas, às reprovações, às alterações de humor; não importava se vinha um dia mais frio, outro mais quente. pois, desde que se mantivessem juntos, o Natal iria estender-se meses afora.

Aquela ceia natalina nunca terminaria, todos ainda estariam à mesa, todos sorrindo enquanto abriam os presentes, a menina agraciada com o pingente e a contar o segredo dos caderninhos a Santiago e ele a guardar o segredinho. E mesmo quando já não havia luzinhas nem enfeites nem frio era como se ainda fosse Natal com tudo fluido e feliz e fugaz, cada partida de Santiago uma angústia tranquila, cada retorno uma calma eufórica, a menina a devanear sentada no chão, a nuca encostada na barriga dele, ela inebriada com o perfume dele.

E, se com ele longe a menina queria que o tempo corresse feito coelhos, com ele por perto queria um mundo menos apressado, como se o tempo fosse um rio imenso a acelerar nas pedras e reduzir nas curvas.

A menina pensava em sua própria história feita de palavras e vírgulas, mas postergada de pontos finais: nada de bom haveria de terminar, a vida seria veloz e leve e depois lenta e ainda mais leve, e a menina seguiria em delírio como se outra nela vivesse e por ela escrevesse nos caderninhos tudo quanto se passava na família que naquele tempo tinha o pai a voltar mais cedo do trabalho, a mãe alegre e enfeitada, Beatriz menos inquieta e até conversando um pouco, e a menina, ainda ressentida pelo livrinho tornado macarrão de papel, mas agora flutuando em suas sapatilhas, arrebatada pelas histórias do avô de letrinhas Santiago, ele que a ensinara a jogar xadrez e dera a ela o pingente e uma matriosca vermelha, ele que partia e voltava e mostrava não haver ponto final na alegria.

Até que viesse o abismo.

IV

Distúrbios no Éden

Faltava pouco para as férias de verão quando a menina percebeu que as fendas no muro do bosque tinham se agigantado, o que a trazia de volta à realidade repleta de pontos finais.

As rachaduras nasciam da placa maluca – TER LIVROS É CRIME. DENUNCIE – e serpenteavam pelo reboco para desaguar no portão de bronze. A qualquer hora o muro iria ruir, esfarelar, juntar-se ao pó. Por uma associação de ideias que lhe pareceu boba, na época a menina intuiu algo sobre a família: parecia que Santiago havia despertado uma fresta de humanidade nos Crástinos. Talvez algo humano de menos. Ou humano até demais.

A menina que queria ser sabida ainda não sabia, mas estava prestes a presenciar na própria casa uma erupção aterradora, como se fosse possível um corte longitudinal em vulcões, metendo-os em vidros de laboratório. Parecia que tudo isso era novo... ou... talvez já estivesse ali, latente, mas só agora percebido. Talvez os olhos da menina tivessem crescido.

Também parecia que o mundo tinha ganhado uma esquisita gramática e um falso dicionário, que as palavras soavam erradas, não significando o que significavam; que a suavidade das falas ritmadas da infância fora distorcida, e a melodia fluída dos contadores de história, envenenada por diálogos embrutecidos.

Parecia que as conversas dos adultos não passavam de colóquios de desmesurada loucura.

Chegada a época dos festejos de São João do Porto, os pais da menina combinaram de levá-la para assistir aos fogos no Cais da Ribeira. Iriam todos no carro de Santiago, mais espaçoso, e ele ligaria para confirmar o horário de saída – tinha umas coisas a fazer no Cima-Corgo, mas retornaria a tempo, dissera.

A menina vinha da escola quando viu Beatriz à porta da casa do vizinho. Erguida na ponta das sapatilhas, a menina aproximou-se da janela – não que gostasse de xeretar, afinal não era disso. O calor brotava do solo, abrasando as plantinhas, fazendo-as desprender aromas hipnotizantes. Beatriz dizia a Santiago que precisava falar com ele, coisa rápida, não tomaria muito tempo. Ele abriu a porta e as janelas, afastou as cortinas, levou a mão ao nó da gravata como se fosse afrouxá-lo – mas não o fez. Beatriz desfilou a regata pela sala enquanto olhava tudo como se nunca tivesse estado ali – ela já havia ido ao palacete com os pais para renovar convites a Santiago, mas não devia ter prestado atenção em nada, afinal só ficava teclando, teclando, teclando. Santiago perguntou se Beatriz aceitava algo, talvez um suco, e ela disse querer vinho espumante. Ele sorriu e sentou-se após servir apenas água. Beatriz circulou olhando as paredes preenchidas por quadros com desenhos dourados, a cristaleira exibindo objetos vindos de todas as culturas, a mesa com as bonecas russas alinhadas; ao deter-se, ela juntou as mãos espalmadas atrás da lombar, recostou-se à parede e disse, evasiva:

— Deve ser bom...

— Ao que se refere?

— Morar numa casa dessas.

— Tenho de admitir que é.

— Deve sentir-se sozinho aqui — disse Beatriz, esparramando-se no sofá com os joelhos mais que à mostra, a boca entreaberta como casca de pistache.

— Às vezes. Mas tenho vocês aí ao lado — e ele apontou a casa da menina.

— Não é a mesma coisa. *Sabe* o que quero dizer — retrucou Beatriz, esfregando as mãos nas pernas.

Santiago esperou que ela retomasse, mas Beatriz levantou-se e foi até a janela — por sorte a do lado oposto ao que estava a menina — e acariciou as cortinas branquinhas enquanto olhava para a própria casa.

Uma lagartixa subiu pela perna da menina e ela teve de abafar o grito que teria denunciado sua presença; depois, reclinando-se, com um peteleco devolveu o bichinho à terra e ergueu-se de novo para ouvir.

— O senhor pode nos ver daqui — disse Beatriz. — Também podemos vê-lo. Sei quando chega de viagem.

— As luzes acesas?

— Não. As câmeras. Quando algum carro passa, elas ligam. Há câmeras em minha casa. Muitas. Para fora e para dentro. Gravam tudo.

— Pelo que era de meu conhecimento, apenas seu pai tinha acesso às imagens, não?

— Imagine! Ele colocou uma senha tão óbvia que até a menina descobriu: "beisebol". De vez em quando me divirto. Espio o que os outros fazem. Meu pai no escritório vendo meninas, minha mãe e a TV... A menina também espia. Às vezes. Mas no quarto dela a câmera não grava. Acho. Parece que ela sabotou.

Beatriz fez uma pausa, suficiente para a menina questionar-se sobre como a irmã sabia da traquinagem de travar a câmera do quarto. Depois, sem se virar, Beatriz continuou:

— Estou preocupada...

— Com o quê?

— Meu pai. Ele trai a minha mãe.

— O que você está dizendo, Beatriz? Seu pai trabalha o dia todo e depois vai direto para casa.

— Ele trai em casa.

— Não entendo. Sua mãe está sempre lá.

— Por isso ele se tranca no escritório. É tão bobo... E ele pensa que eu não sei. Algumas coisas consigo ver pelas câmeras em tempo real. Sei lá por que instalou câmeras até no escritório. Tem também tudo o que fica gravado. E, quando ele sai, rastreio os sites. É fácil. Ele nem apaga o histórico.

Pelo enrugar da testa, Santiago demonstrou não compreender. Beatriz prosseguiu:

— Sabia que ele tem duas namoradas? Para uma ele se chama Márcio, é piloto de aviação comercial, leva vida emocionante, vive a viajar. Para a outra ele usa seu nome, Santiago. Isso mesmo, pode acreditar, *Santiago*. E aí ele diz ser um homem de negócios, faz mistério sobre o passado, inventa mais mil viagens pelo mundo, toma pose de erudito. E o pior é que as idiotas acreditam. Em tudo.

A menina dobrou-se para um dos lados: queria ouvir melhor, embora estivesse a achar uma maluquice aquela conversa. Sabia mais ou menos o que era trair, como quando, numa brincadeira, alguém fala que vai contar até dez e conta apenas até sete. Não tinha ideia de por que o pai faria aquilo com a mãe – eles nem de contar brincavam...

— Como assim, Beatriz? Seu pai namora mesmo essas mulheres? — perguntou Santiago, tirando suor da testa.

— Namora. Pela *internet*. Acho que ele jamais as encontrou. Tenho certeza. Conhece meu pai. Nunca corre riscos. Devo contar para a minha mãe?

— Esse é um assunto delicado e do qual eu preferia nem ter tomado conhecimento. Talvez você devesse conversar com seu pai primeiro.

— Ele nem fala comigo direito — disse ela, tornando a sentar-se no sofá. — E minha mãe?

— Sua mãe...

— Acha que ela pode se interessar por outra pessoa? Pelo senhor, por exemplo?

— Beatriz, não estou gostando nada dessa conversa...

— Ela comprou roupas novas. E se produz demais para os jantares. Mas só para aqueles que o senhor vai. Quando o senhor viaja, ela nem quer cozinhar.

— Continuo não gostando da conversa.

Ela olhou uma vez mais à volta e depois suspirou.

— Minha vida é uma droga.

— Como assim, Beatriz?

— Nada tem graça — respondeu, enquanto abria a bolsa para ver algo no celular.

Então ela dirigiu-se até a porta e de lá disse apenas "tchau" e saiu, deixando Santiago com ares de incrédulo, sentado no sofá. Do lado de fora da casa, sob a janela, a menina sentia já dores nas costas pelo longo tempo retesando os músculos. No curto trecho entre a casa de Santiago e a própria ela fez elucubrações sobre a conversa de Beatriz — a menina também tinha percebido a mãe sempre bonita para os jantares com Santiago, mas achava isso natural, a mãe estaria apenas fazendo um agrado, ele era da família, todos gostavam dele. E a menina não entendia por que Beatriz dizia que a vida era uma droga. Quanto mais a menina crescia, menos entendia o mundo dos mais velhos.

As conjecturas foram levadas à conferência de bonecas, mas houve um impasse na votação e a menina não chegou a um veredito, preferindo aguardar até mais tarde para talvez aprender algo na festa que levasse ao voto de desempate.

Logo no início da noite, no entanto, soube que não mais iriam à Festa de São João do Porto: o pai foi acometido de uma terrível dor de cabeça assim que teve uma conversinha sussurrada com Beatriz. Mais tarde, aparentemente recuperado, ele desceu do escritório e encontrou a esposa na sala de jantar, junto à vidraça que dava para a casa de Santiago.

— Querida, falei com o Santiago. Estava muito atarefado. Não sei se entendi, mas ele pareceu um tanto enfadado de contar histórias, de vir aqui toda semana. Acho que devíamos dar-lhe um descanso, chamá-lo mais espaçadamente. Mas temos de ser discretos: nada de discutir esse assunto na frente dele ou das crianças, está bem?

— Que pena. Será que foi a menina quem o chateou?

— Não sei. Talvez só esteja ocupado demais.

Tão logo a mãe saiu de carro, a menina viu o pai falar ao telefone, e ele dizia a Santiago que a mãe andava indisposta e queria suspender por uns tempos os jantares. Não, não era necessário Santiago ir até lá apenas para contar histórias à menina — ultimamente ela estava interessada em jogos, disse o pai.

A menina não entendia por que o pai mentia.

Só havia silêncio para ser comido.

Sem Santiago, os jantares tornaram-se mudos, Beatriz não vinha ou enfurnava-se nas mensagens, a mãe tinha pressa em terminar, não se arrumava e nem mesmo implicava com o pai por comer rápido. A menina tentava conversar com os pais e a irmã, mas eles nunca ouviam. Talvez fosse melhor deixar a terra e ir ao mar falar aos peixes. Os pais pareciam ter uma filha órfã, a própria menina, que por isso se entristecia; depois ela entristecia-se mais ainda por ter pensado uma tolice triste dessas.

Numa sexta-feira, a menina exultou quando a mãe contou que iriam à praia com Santiago. Mais tarde, porém, enquanto punha as bonecas encadeadas no corredor, ficou apreensiva ao ouvir a conversa dos pais.

— Mas você tem de ir à praia *neste* fim de semana? — questionou o pai, num tom quase choroso. — Por que a pressa? Sabe que não posso. De jeito nenhum. Será importante o jantar com os holandeses amanhã.

— É que as meninas ainda estão em férias, o calor anda insuportável e, por um milagre, Beatriz concordou em ir. Depois ela muda de ideia e não dará mais certo. Além do mais, você não me incluiu nesse jantar. Ficarei à toa em pleno sábado enquanto você se diverte com os belgas.

— Holandeses.

— Que seja.

—Você tem certeza? Não sei se é boa ideia irem só você, as meninas e Santiago. E para que dormir em Vila do Conde, se é tão próximo daqui? — perguntou o pai, de olhos apertados enquanto passava o paninho nos óculos. — Podiam ao menos voltar no mesmo dia.

— Quanto a voltar, você bem sabe que detesto o congestionamento de sábado à noite. E agora já fiz o convite a Santiago. Não posso desconvidá-lo. E, como você mesmo diz, ele é da família — completou a mãe, com o sorrisinho que a menina já sabia indicar a certeza antecipada da vitória.

— É verdade. Desculpe-me. Estou sendo egoísta. Você não tem culpa de meus compromissos de trabalho. Vá com as meninas e Santiago. Se conseguir, irei no domingo.

— Seria ótimo estarmos todos reunidos.

— Farei o possível.

Então veio o silêncio da noite.

V

Areia e cicatrizes

No sábado de manhã o carro prata de Santiago estava defronte à casa dos Crástinos. A mãe mal abriu a porta e a menina correu até a calçada, num efusivo bom dia para o vizinho, pela primeira vez visto de camiseta e jeans. Com a menina envolta no pescoço, Santiago destravou o porta-malas e cumprimentou:

— Bom dia, Louise. Cícero não irá mesmo?

— Infelizmente, não. Uma pena. Ainda está deitado. Terá um dia cheio com uns belgas.

— Realmente, uma pena. E Beatriz?

— Está vindo. Com reclamos, só para variar. Voltou para casa de madrugada. Difícil acordá-la.

Beatriz passou insolente por eles, pôs a mochila no porta-malas e foi sentar-se no banco traseiro. Com todos a bordo, saíram em direção à ponte.

A casa de veraneio em Vila do Conde era ponto de reunião da família nos tempos da avó da menina, mas agora ficava vazia a maior parte do ano, salvo uns poucos fins de semana nos quais Beatriz e as amigas apareciam por lá. À exceção de sete placas TER LIVROS É CRIME. DENUNCIE que a menina notou pelo caminho, o trajeto foi empolgante e, embora o cinto afivelado a impedisse de ver bem Santiago, ouvir na voz dele a história de um pescador e depois a de um aviador encheu-a de contentamento.

Ao estacionar em frente ao imóvel dos Crástinos — uma construção térrea espremida entre dois sobrados, com a fachada revestida de pedras acinzentadas e uma pequena varanda —, Santiago distraiu-se e a roda do carro raspou na guia da sarjeta, fazendo um barulho que provocou arrepios na menina. A mãe adiantou-se e deixou o vaso de manjericão, comprado por ela na véspera, na varandinha, e uma rápida operação foi suficiente para a bagagem chegar ao interior da casa. A menina e a irmã correram para um dos quartos e vestiram os biquínis. Ao retornarem à cozinha, deram com Santiago, que havia substituído o jeans por uma bermuda branca. Ele ofereceu-se para desempacotar os mantimentos, mas a mãe da menina pediu-lhe fosse já à praia e ficasse de olho nas crianças.

Santiago, Beatriz e a menina dobraram à direita, caminharam por mais três quadras, cruzaram a avenida acompanhados de cadeiras e sacolas; com o guarda-sol embaixo do braço, o avô de letrinhas parecia um daqueles cavaleiros de justas nos tempos dos castelos. O céu de muitas nuvens havia-lhes reservado amplo espaço na areia e, estando as cadeiras já posicionadas, Santiago sentou-se e tirou a camiseta exibindo o tronco forte, e depois a bermuda que cobria a sunga. Beatriz reclinou a cadeira postada ao lado da dele, pendurou a canga verde-limão no guarda-sol e esticou o corpo, como um réptil a espreguiçar-se. A menina já brincava com seu baldinho azul na areia molhada, observando as pálpebras do mar dobrarem-se sobre si próprias até chegarem à areia, engolindo a praia aos poucos, quando o celular da irmã tocou.

"Estou. Não, amiga. Hoje não poderei. Sim, e ela fez questão de morrer em pleno verão. Que chatice. Na praia. Não, elas não vieram. Minha mãe, a menina e Santiago. O quê? Não, você está maluca? É um velho. Mais velho que meu pai. O quê? Até que é bonitinho, mas não dá. Precisa ver o tipo. Usa cada coisa... Ficamos assim. Ligo amanhã, quando estiver para chegar. Até mais".

Santiago pareceu incomodado.

— O senhor não deveria usar essas coisas — disse-lhe Beatriz.

— O quê?

— Essa sunga. Parece ainda mais velho.

— Bem, você já me chamou de velho duas vezes hoje. Não sei por que se importaria.

— Não me importo. Menina, pare de jogar areia no meu pé!

— Pelo menos você fez aí um elogio.

— Ouviu minha conversa, é? Que coisa feia...

— Ora, você parece não se ter esforçado para falar baixo.

— Que seja... Diga-me uma coisa. O senhor frequenta nossa casa, está sempre a conversar com meus pais e a contar histórias para a menina. Já o conhecemos há uns bons meses. Mais. Um ano talvez, não? Mas nunca o vimos com amigos. Nem com namorada. O senhor tem namorada?

— Não, não tenho.

— Ninguém?

— Por que pergunta isso?

— Por nada. É que não é um tipo de se jogar fora. E mora naquela casa enorme. Não precisava ficar sozinho.

Beatriz falava enquanto alisava as pernas com um creme, os olhos fixos no mar como que desdenhando do vizinho.

— Não tenho tido tempo. Desde que cheguei é só trabalho.

— E no Brasil, ninguém o espera?

— Não há nada para mim no Brasil.

— Nunca entendi por que falam português no Brasil...

— Isso só pode ser brincadeira...

— Não gosto de brincadeiras.

— O Brasil foi colônia portuguesa, como você deve ter aprendido na escola. Ainda ensinam História nas escolas, não?

— Claro que não.

Beatriz baixou as alças do *top* do biquíni branco, deixando à mostra duas faixas de pele mais clara que terminavam na argolinha dourada. Santiago desviou o olhar, projetou o corpo para a frente, apanhou a garrafa d'água e voltou-se para Beatriz, mas, antes que pudesse falar alguma coisa, ela disse:

— Espere um pouco. Tenho de responder umas mensagens. E, por favor, não me olhe tanto.

— O que você está dizendo? Você é só uma menina e...

—Vamos esclarecer as coisas por aqui. Um: nós dois sabemos que não sou uma menina. Dois: se estiver interessado, esqueça; para mim, caras mais velhos são sujeitos de vinte e cinco anos, não cinquenta.

— Ainda não tenho cinquenta, mas, de qualquer jeito, essa conversa é uma sandice. Se fiz algo errado, queira, por favor, desculpar-me. Vamos recomeçar. Diga-me: o que fazem as meninas da sua idade à noite no litoral?

— Ai, que saco! Não sou menina coisa nenhuma. Menina é aquela coisinha chata ali, ó, mexendo na areia. Menina, mais para cá!

A menina não gostou do "chata" e ignorou a ordem da irmã. Ainda mais porque Beatriz parecia tratar mal o avô de letrinhas.

— Não quis ofendê-la — disse Santiago a Beatriz — Se não quiser conversar, tudo bem. Só queria...

— Menina! — Beatriz foi de face enrubescida até a irmãzinha, pegou-a pelo braço e arrastou-a dois metros para trás do alcance das ondas.

Era seu jeito esquivo, mas amoroso, de proteger a menina. Depois voltou, digitou algo no celular e deitou-se de costas.

— Por favor, senhor Santiago, olhe para o outro lado. *Que coisa esses velhos...*

Santiago ia dizer algo, mas o celular de Beatriz tocou outra vez. Ele levantou-se e foi até a menina, agachando-se para colocar-se na altura dela. A menina mostrou-lhe o caminho escavado na areia e disse que era uma estrada de baleias.

A mãe da menina aproximou-se marchando de um modo engraçado, o tórax erguido e a lombar em curva anormal, o trote a expor sinuosas ancas, parecendo um animal treinado para desfile. Beatriz levantou-se para apanhar a água e, ao repor a garrafa na caixa térmica, fixou o olhar na mãe, que agora tirava a canga vermelha e esticava-se na cadeira ao lado de Santiago.

— Mãe, você está com meu biquíni! Por que não pegou um seu? Está ridícula! Devia ter vergonha. É o menor que tenho. Teve até de se depilar, não? Por isso demorou.

— Desculpe-me, querida. Esqueci meus biquínis em casa. Não pode me emprestar um dos seus só por hoje?

— Claro que não. Que coisa feia. Você nem tem mais idade para isso. Está tudo à mostra. Usou meu depilador também?

— Não. Trouxe o meu...

— Ah, agora entendo. Como se você sempre trouxesse depilador para a praia... Foi tudo de caso pensado. Foi mesmo — disse Beatriz, mastigando as vogais.

— A última coisa que eu podia imaginar é que essa aí seria moralista — disse a mãe a Santiago, apontando para a filha que se retirava. — Peço-lhe desculpas por esse constrangimento.

— Não foi nada... — disse ele.

Beatriz disparou no sentido da casa. A mãe levantou-se e foi até a menina, agachou-se e foi dando a ela aqueles biscoitos com cheiro de praia, que a menina comia sem tocar por estar com as mãos sujas de areia. Naqueles biscoitos a menina sentia que a mãe a amava, tal era a delicadeza com a qual a alimentava; era como se, desfazendo-se de si própria, da salamandra, das frustrações por não ter corrido o mundo, houvesse na mãe uma réstia de mãe.

Minutos depois, Beatriz reapareceu. Carregava uma sacola plástica. Estancou diante da mãe, abriu o zíper e tirou dali algumas peças de roupa, que foi derramando no chão granulado.

— Esqueceu seus biquínis, hein?! E o que é isso então? E isso? Estavam no seu quarto, mãe. E bem à vista.

— Obrigado, querida. Você achou-os para mim. Devem ter caído quando mexi na mala.

— Sei... Como se eu não percebesse o que está a se passar aqui. Fique aí a exibir-se...

— Beatriz, respeite-me! Quanta bobagem... Peça já desculpas ao senhor Santiago.

— Outra hora. Vou ali conversar com os meninos.

— Que meninos?

Voluntariosa como sempre, Beatriz não respondeu e seguiu em direção a três rapazes, que deviam ser dois ou três anos mais velhos, cumprimentando-os com beijos no rosto.

— Tenho de me desculpar novamente, senhor Santiago. Beatriz está terrível.

— Não se incomode. Adolescentes são assim mesmo.

— Sim, mas deve haver limites. Falar assim comigo, e na frente do senhor!

— Já havíamos deixado o "senhor" de lado há muito tempo.

— É verdade. Desculpe-me, Santiago — disse a mãe, fechando o pacote de biscoitos sem perguntar à menina se ela queria mais.

— E, por favor, pare de desculpar-se — disse ele.

— Está bem. É que ela me deixa louca. A propósito: ficou assim tão ruim? Ela deve estar certa. Não tenho mais idade para usar essas coisas... Nem sou bonita para isso...

— De forma alguma. Com todo o respeito, a senhora é uma mulher belíssima.

— "Senhora"?

— Agora sou eu quem deve pedir desculpas. Senhora, não. Você.

— Bem melhor. Acho que vou lá para a casa trocar-me. Estou envergonhada.

— Não há razão para isso. Sente-se. Vamos apreciar a vista.

Assentindo sem maior resistência, a mãe reclinou um pouco mais a cadeira, mas sentou-se ereta, e com as plantas dos pés encurvadas foi juntando areia montinhos, com os quais brincou usando os calcanhares e os dedos de unhas esmaltadas de vermelho, fazendo desenhos sinuosos; depois esfregou um pé no outro para eliminar o excesso de areia, recostou-se no espaldar e esticou as pernas; depois, com as unhas das mãos, também esmaltadas de vermelho, ajustou as alças laterais da parte de cima do biquíni preto. A menina ia-se levantando para dizer que ainda tinha fome, queria mais biscoitos; mas foi travada pelo olhar da mãe, o conhecido olhar que impunha silêncio e distância.

— Acho que a Beatriz tem razão — disse a mãe de súbito a Santiago. — Está mesmo curto demais. Deixa até um pedacinho da cicatriz à mostra.

— Cicatriz? — perguntou ele, empertigando-se na cadeira.

— É. Consegue ver? Beatriz foi por parto normal, mas com a menina teve de ser cesariana. Esse risquinho aqui abaixo da cintura. Nunca me conformei com ele. Ainda mais porque a menina não havia sido planejada. Na verdade, nem queríamos tê-la tido e...

— Não fale assim, por favor. Alice é uma graça. E ela pode ouvir e ficar magoada — tentou cochichar Santiago.

Fingindo retomar a brincadeira de baleias, a menina ancorou os joelhos na areia e curvou a cabeça para o chão.

— A menina não entende nada disso — disse a mãe. — E me deixou essa cicatriz horrível.

— Não se incomode com isso de cicatriz. É imperceptível. Se você não mostrasse, eu nem teria reparado.

Parecia haver sinceridade nos dizeres de Santiago, e mesmo a menina, que achava engraçado aquele risquinho na pele da mãe, já se havia esquecido dele, jamais se dando conta de poder ter sido ela a causadora.

A mãe colocou a ponta do polegar sob a calcinha do biquíni. Enquanto falava, ela erguia levemente a peça, o dedo a mover-se com lentidão e cautela.

— É que a marca não é regular... Consegue ver? O pedacinho que fica aparente é a porção menor. Depois o risco corre um pouco para baixo e vai para o outro lado. Não é estético.

—Você está exagerando. Como disse, é imperceptível, e mesmo num biquíni mais curto não fica de todo à mostra.

— Quer dizer que Beatriz estava mesmo certa?! Você também achou muito curto. Que bobagem a minha. Com licença. Vou lá para dentro colocar outra coisa e já volto.

Os primeiros pingos de chuva tocaram a areia antes que a mãe regressasse. Santiago fechou o guarda-sol, que não estava mesmo servindo para nada, e empilhou as cadeiras. Ele teve de argumentar largamente com a menina, que queria ficar na praia fazendo companhia às baleias imaginárias e à chuva.

Já na rua, Beatriz juntou-se a Santiago e à menina sem dizer palavra e, ao chegarem à casa, foram surpreendidos pela mãe, que afivelava as malas. Ela desculpou-se com Santiago, falou numa indisposição repentina e acrescentou que, com o tempo ruim, não tinha sentido ficarem na praia; além do mais, o marido estava a trabalhar em pleno sábado e só agora lhe ocorria não ser justo eles estarem ali se divertindo. Depois, com o vaso de manjericão nas mãos, a mãe sugeriu voltassem logo para Gaia, antes do horário de congestionamentos.

Todos concordaram. Exceto a menina.

VI

Aleatório

O domingo chuvoso manteve Santiago dentro de casa, como dava para ver pelo carro na garagem.

Do outro lado da cerca, a família Crástino também não se arriscou na chuva fria, atípica para a época do ano: a menina tinha apanhado um resfriado, fez as oito bonecas passarem o dia dormindo e só saiu da cama para fazer no micro-ondas a própria pipoca; Beatriz levantou-se apenas às duas da tarde, já irritadiça — a mãe a havia proibido de sair na véspera; o pai reclamou dos holandeses, imbatíveis na cerveja; já a mãe não estava para conversa, e reviu o mesmo filme diversas vezes, usando o comando interativo para mudar o destino das personagens.

A chuva açoitava a janela em jatos intermitentes como pancadas numa caixinha de repique, e a água a escorrer pelo vidro pôs a menina em preocupações sobre se a estrada de baleias na praia já se havia desmanchado — as baleias ficariam tristes. Ela também ia um pouquinho triste: na correria para deixarem a praia, seu baldinho azul, que vinha da primeira infância, havia ficado para trás, abandonado à beira do mar, e ela pensou se um dia o mar traria o baldinho de volta. Estava também chateada: não tinha gostado de ver a mãe e a irmã em brigas, nem de perder outras aventuras com Santiago só por causa de um biquíni; a irmã não precisava ter implicado tanto e a mãe bem que podia ter pedido antes de usar. A menina não entendia por que elas não se entendiam. Tampouco entendia aquela história de ter deixado na mãe uma cicatriz: até onde sabia, cicatrizes vinham de machucado, como quando se rala o joelho; mas a única vez em que machucara a mãe fora numa festa da escola quando, fantasiada de abelha, abraçara-a, e uma rebarba da asa espetou a mãe no braço — rendendo à menina uma reprimenda na frente dos outros alunos, dando-lhes mais um motivo para tripudiar da "Caderninhos". Mas aquela espetada não teria provocado uma marca feia na barriga de mamãe — e a marquinha nem era assim horrível, sendo até engraçada quando se lhe punha reparo.

À noite, enfiada no camisolão bege, a mãe prosseguiu com o filme, só o interrompendo quando o marido se sentou a seu lado no sofá segurando uma caixinha de comida chinesa — sem habilidade alguma com os palitinhos, o pai insistia em usá-los, formando no queixo e na camisa engraçados desenhos com o molho escorrido.

— Querido, você ainda me acha bonita? — questionou a mãe, descruzando as pernas e consertando a postura ao pousar a mão no joelho do marido.

— Claro. Mas, que pergunta é essa?

— Não é nada. Não há de ser nada. É que... Bem, deixe para lá... Não... É que ontem na praia fiquei um pouco insegura. Havia apenas jovens em biquínis minúsculos. Não sei. Medi-me com elas. Senti-me uma velha.

—Velha? Ora, você tem apenas trinta e seis anos, querida, e o mesmo corpo de quando nos conhecemos. Está lindíssima — disse ele, cobrindo com a mão a mão intrusa da esposa.

— Obrigada. Talvez eu deva mesmo acreditar. Perguntei a Santiago e ele também me disse isso — falou a mãe, enquanto fazia uma careta igual à das meninas que o pai às vezes olhava na tela.

— Santiago disse *o quê*?

— Nada. Só alguns elogios. Falou que eu estava em forma. E até que tenho o corpo tão no lugar quanto o de Beatriz. Mas aí achei um exagero, você não?

— Nada de exagero, querida. Ele está corretíssimo. Conversaram sobre mais alguma coisa?

— Não tivemos tempo. A ida e a volta foram monopolizadas pela menina com aquela coisa de histórias. Na praia mesmo ficamos uns poucos minutos.

— Entendo. Amanhã tenho muito trabalho. Boa noite, querida.

— Boa noite.

A mãe manteve seu refúgio na sala. O pai subiu as escadas e ligou o computador para ver os desenhos estranhos nas peles sem roupa das meninas sem nome.

Uns dias depois, a menina disparou assim que cruzou o portão desenhado do bosque. Queria chegar logo, encontrar Santiago, ganhar outra história. Correu pela ponte de pedra, acelerou na trilha e, encabulada, passou ao largo dos dois mendigos — os pais haviam-na proibido de falar com eles, numa advertência ridícula de que, sendo mendigos, poderiam fazer a ela algum mal. A menina podia não ser gênio como a irmã, mas tampouco estava para estúpida, e conseguia perceber que os dois homens tinham a alma estampada na testa, revelando a ela, que sabia ler testas, serem valiosos naquela beleza triste.

A menina parou para tirar pedrinhas de suas sapatilhas, retomou a correria impulsionada pelo chiado do rio e enfim divisou o palacete; mas não conseguiu falar com Santiago — a irmã, intrometida feito as pedrinhas, havia chegado primeiro, abordando-o quando ele entrava em casa.

— Olá, Beatriz. Tudo bem?

— Tudo. E com o senhor? Digo, você. Posso chamá-lo de você, não? — questionou Beatriz, que mexia nas franjas do vestido, os panos tremulando acima dos joelhos.

— Claro que pode. Precisa de algo?

— Posso entrar? Se não for incômodo.

— Entre, por favor. Aceita água? Um suco?

— Eu bem que tomaria uma cerveja nesse calor infernal.

— Não posso dar a você nada alcoólico, como bem sabe. Refrigerante?

— Refrigerante.

Santiago voltou com duas latas e serviu o refrigerante. Beatriz sentou-se no sofá e esticou as pernas, enrugando o tapete vermelho e bege. A menina espreitava.

— Queria pedir desculpas. Fui uma idiota no sábado — disse Beatriz, de costas para um dos janelões abertos.

— Não há do que se desculpar. Eu entendo.

— Entende?

— Claro. Uma menina... Desculpe-me, uma *moça* da sua idade ter de passar o fim de semana sem poder sair com as amigas e...

— Não é sobre isso! Queria desculpar-me por ter discutido com minha mãe na sua frente. Espero que entenda. Ela apareceu lá com meu biquíni. Fiquei com ciúmes.

— Ora, não se apegue assim às coisas. Um biquíni não é nada demais.

— Em que mundo você vive?! E eu lá vou ter ciúmes de um pedaço de pano?! — irritou-se Beatriz, esbugalhando os olhos como os de um peixe de mercado, seu sinal típico de que aquilo que dizia era algo óbvio.

— Não entendi.

— De você, Santiago. De você. Minha mãe a exibir-se. Para ela é só uma diversão. Para mim é diferente. Você é o homem para mim.

— Tenho idade para ser seu pai, Beatriz. Aliás, sou mais velho que ele — disse Santiago, contorcendo-se no sofá.

— Não ligo para idade. E quero é transgredir. Para isso preciso de alguém diferente de mim, mas que me entenda. Você é viajado. Deve ter conhecido muitas mulheres. Deve entender de mulheres. Veja essa coisa toda da minha mãe e da pirralha da menina com você...

— Beatriz, gosto muito da Alice, de todos vocês, e pela primeira vez posso dizer que tenho uma família. Mas não confunda as coisas.

Beatriz levantou-se, mexeu no celular consultando algo e depois foi sentar-se ao lado de Santiago, que observava calado.

A menina tinha uma alegria especial quando Santiago falava dela: o contador de histórias era o único a chamá-la pelo nome. E dessa vez tudo era um transbordo — afinal, ele disse gostar *muito* dela.

— É você. Estou certa disso. Confirmei agora mesmo no aplicativo.

— Pare com isso, Beatriz.

— Não contarei para ninguém. Sempre quis alguém mais velho. E não venha dizer que não me deseja. Vi seus olhos lá na praia.

— Pare com isso!

— Então você acha-me uma feia, é? Prefere minha mãe, não? Por quê? Sou tão infeliz...

— O que você sabe sobre infelicidade, garota? Está apenas começando a vida, tem uma família, amigos...

—Tenho nada. Ninguém é amigo de ninguém. Não consigo nada que quero. Não é possível ser feliz neste mundo...

— Não confunda felicidade com satisfação imediata de desejos, mocinha. A felicidade deve estar nas escolhas feitas. Talvez esteja na plenitude de sua alma, em estar bem consigo mesma e...

— Ai, que papo de velho! Diga: sou mesmo uma feia, não?

—Você é uma moça linda, Beatriz. Mas ainda muito jovem.

— Não saio daqui sem um beijo. Se eu for recusada por um cara de cinquenta anos, como poderei atrair alguém da minha idade?

— Pare de confundir as coisas. Venha — disse Santiago caminhando até a porta. —Vá para sua casa — e movimentou o braço como um pêndulo, indicando a Beatriz que ela devia sair.

— Um abraço.

— O quê?

— Quero um abraço.

Beatriz agarrou-se a Santiago. Ela pousou uma das mãos no ombro dele e as pulseiras multicoloridas roçaram o pescoço do homem; a outra mão ela levou às costas de Santiago e passou a deslizar as unhas lentamente, para cima e para baixo, sobre a camisa do vizinho. Santiago tentou afastá-la, mas ela começou a chorar enquanto alinhava a testa na cavidade formada entre o pescoço e o ombro direito dele.

— Eu te amo — disse Beatriz.

— Não diga bobagens. Pronto, agora pode ir embora.

— Mas eu te amo, o aplicativo randômico me disse. Fiz o teste duas vezes em casa. E mais uma agora há pouco. O resultado foi sempre "sim". A probabilidade desse resultado repetir-se por três vezes seguidas é infinitamente pequena.

— Não, não é. É de doze e meio por cento. Um oitavo.

— O quê?

— Nada. E essa coisa de teste randômico não tem relevância alguma.

— Sei... Mas pensa que não vi o que aconteceu aqui hoje? Percebi bem. Senti-o.

Ele repeliu Beatriz, virou-se depressa passando a mão pelo rosto e foi em busca do copo de refrigerante.

—Você tem de ir, Beatriz. Já!

Ela caminhou sem pressa, ajustou o cabelo no espelho, voltou de forma ainda mais lenta, a parte traseira do corpo balançando como cauda de iguana e, à porta, aproximou-se de Santiago como se fosse dar-lhe um beijo no rosto, mas virou-se e roçou-lhe a boca com os lábios.

— Beatriz, vá embora.

— Claro que vou. Mas quando quiser... — disse sorrindo, a boca escancarada como se houvesse engolido uns cem gomos de tangerina.

Os passos de Beatriz foram ligeiros, e ela seguiu chutando pedrinhas que repicavam umas nas outras. A menina saiu detrás do arbusto e juntou-se à irmã na trajetória até a casa; seguiram caladas, a menina a pensar que também amava Santiago, e sem entender por que ele ficou tão bravo ao ouvir Beatriz dizer que o amava.

Entraram pela cozinha e deram com a mãe a mexer no armário da despensa.

—Você disse que viria mais cedo para me ajudar com as compras, lembra-se? Agora já terminei de arrumar — disse a mãe, bastante irritada, a Beatriz.

— Perdi-me com o horário.

— Onde você estava?

— Ali, na casa do Santiago?

—Vocês três?

— Não. A menina encontrei no caminho para cá.

— Como assim? Só estavam você e ele?

— Sim, qual o problema? Ele convidou-me para ver umas coisas que trouxe das viagens. Tudo para lá de interessante. Fomos ao andar de cima.

A cabecinha da menina era tomada por névoa: ou ela havia ganhado sem perceber um pescoço mágico de girafa, de forma a enxergar o andar de cima da casa de Santiago, ou Beatriz estava a contar uma mentira graúda. A hipótese da mentira afigurou-se mais provável, até porque tinha bem nítido que o que vira fora a sala, não o pavimento superior. Pensou que talvez Beatriz, no seu mundinho de elogio à loucura, lançasse aquelas invencionices apenas por estar chateada com Santiago.

— Andar de cima? — questionou a mãe, recuando a cabeça e baixando o queixo, inquisitiva. Depois, esticando o pescoço e apontando para o alto o queixo, seguiu no interrogatório. — Estavam a conversar especificamente sobre o quê?

— Coisas...Também não tenho de te contar tudo da minha vida, não é, mãe? Gostei demais. Ele parece também ter gostado imenso.

— Gostado *do que* exatamente?

— Nada, nada. Vou tomar uma ducha.

Beatriz demorou-se no banho.

VII

Retornos e complicações

Santiago agora viajava pouco e voltava para casa sempre antes de o sol partir.

Mas ficava lá sozinho, e nada de ir contar histórias à menina, que não entendia o porquê do sumiço do avô de letrinhas.

A menina passou a gastar o tempo com anotações das histórias que lembrava, listas de palavras mágicas e uns resmungos de saudade. Doía nunca superar a ausência da avó e do tio e da gata, e de algum avô que nem conhecera, e agora do avô de letrinhas. Quando não estava na escola, ficava também ela enfurnada em casa, receosa de falar com a mãe que, ainda mais lacônica, agora tampouco saía.

À noite, como se criasse um escudo contra o mundo, a menina brincava com seu pingente, fazendo-o deslizar no pescoço, e refugiava-se em lembranças da casa da avó, a casa que visitava em pensamento e depois em sonho — um sonho que ainda teria mesmo acordada, mesmo quando maior, mesmo quando mais sabida.

Quando se retorna à casa da avó, abrir a velha porta amarela da frente é como abrir um corte no tempo. À esquerda veem-se os dois quadrinhos negros com linhas verdes trançadas entre preguinhos, as linhas a formar figurinhas geométricas perfeitas. Num canto repousa a aconchegante poltrona de couro, tão apropriada à sessão matinal de desenho animado e, ao seu lado, a ancestral mesinha de centro, na qual um dia descansaram mamadeiras e biscoitos dos netinhos, além, é claro, da bomboniere — presente de casamento! À direita, o vagão do silêncio, adornado com cachimbos de ébano de todos os formatos, tendo as paredes abarrotadas de livros que se projetavam para fora das estantes como se apelassem, implorando para serem lidos; no centro, a prancheta de desenho arquitetônico carregada de esquadros e canetas nanquim; era ali que, nos fins de semana, tinha-se "aula" de baralho; ali foram ouvidas as histórias fantásticas do tio desenhista e também fabulista; e foi ali que a criança viu, pela primeira vez, sair das mãos do mesmo tio o desenho do chapéu que não era um chapéu, mas um bicho estreitinho que engoliu outro enorme.

Passos adiante e surge o quarto da avó, o quarto dos presentes: sobre o guarda-roupas, em alturas inalcançáveis, viam-se embrulhos coloridos nas vésperas de datas coloridas e, claro, ovos coloridos na Páscoa!

Pisar na cozinha basta para avivar na memória o cheiro do doce de leite, a cor viva do doce de abóbora e o gosto das bolachas de natas, tudo preparado no velho fogão fincado sobre o chão de pintinhas brancas que parecia uma trilha ladrilhada de estrelas e cometas. Ouvem-se os risos e o tilintar de talheres a riscar os pratos vermelhos nas ceias e almoços de Natal, sente-se a textura das travessas nas quais iam doces em calda, bolos diversos e guloseimas subitamente antigas. Ao lado da talha de água límpida, ainda bruxuleia a chama na vela devotada ao santo do dia.

Nos fundos da casa, um pequeno quarto comporta todas as lembranças de uma senhorinha vívida, a bisavó que, com precisão de tabuada, a cada trimestre transitava pela casa de um dos muitos filhos.

Chega-se então à área de serviços, onde jaz a máquina de costura: com correia de couro e pedal de gangorra, era arma fatal contra os rasgos em roupas e demais filhotes de estripulias. Descendo as escadas vem o pequeno jardim com as mudas de plantinhas em latas de óleo de cozinha, as latas que davam as mãos à chuva e faziam cirandinha, barulhinhos que eram uma canção de ninar.

Mais para o lado, a abertura de um metro de altura projeta um salto ainda maior: o porão serve de repouso merecido para outros tantos livros gastos, nos quais, algum dia, alguém depositou seus sonhos. Ao centro, o armarinho guarda tubos de ensaio, um kitassato e potinhos com nitratos e sulfatos, registro da passagem dalgum cientista amador; guarda também a memória do mundo. Numa estante ao fundo dormita a pesada enciclopédia ilustrada, que não coubera no escritório do tio e que encantava com intrigantes verbetes sobre monstros marinhos, a história do vidro, as sete maravilhas do mundo antigo, a Renascença, a descoberta do átomo, mitos e lendas, a produção do vinho, animais fabulosos e a origem dos vulcões. E o que quer que não se encontrasse ou não se entendesse pelas figuras no papel, o tio sabe-tudo depois explicava, espantava todas as dúvidas e inventava respostas para o que não sabia. Veem-se ainda no chão a carretilha para pipas e o carrinho de rolimã produzidos pelas mãos e pelo coração de um avô que não se conheceu. Vasos, mais livros, uma roda de carro, dois ou três halteres, folhas soltas, tintas diversas, graxa para sapatos, uma bomba de encher pneu de bicicleta. Mais adiante... Não, mais adiante não. Daqui o retorno é obrigatório, não se pode ir "mais adiante": quebrar-se-ia a certeza de que ali existiam fantasmas barulhentos, hoje reduzidos a um simples e secular vazamento hidráulico.

É hora de retornar. É hora de deixar a casa da avó. Mas que seja pelo corredor externo, o de acesso direto à rua. Antes do portão, pisa-se no velho esguicho, causador de tantos resfriados, alguns castigos, muita bagunça e medo de injeção. Entra aqui em ação o mago, que num gesto supremo e geométrico cerra o portão atrás de si e faz nova viagem, de volta ao presente.

Aquela casa pode ter sido fechada, vendida, demolida; mas nunca será derrotada. Pois jamais deixará de existir nos corações dos que provaram de sua doçura.

Numa tarde de céu enferrujado, a menina viu a mãe tirar do armário a vestimenta de *jogging*, ajustar no peito o frequencímetro que apanhara na gaveta do criado-mudo e vestir por cima dele apenas um *top* fino, apesar do friozinho. A mãe deixou a casa pela parte de trás, com acesso à trilha do corredor verde, tomou o sentido do Parque Biológico de Gaia e reduziu o passo ao alcançar as costas da residência de Santiago. Pelo interior do Bosque do Febros contornou o palacete e chegou à rua, estancando próximo a um automóvel branco parado ao lado do carro do vizinho. Continuou no circuito, mas na segunda volta agachou-se diante do portão dos fundos para amarrar o tênis que já estava amarrado e passou a clicar na tela do celular, a cabeça baixa como se não olhasse o que olhava, as pálpebras compridas a mirar a cozinha de Santiago. Lá dentro, ele e uma moça de *tailleur* preto tomavam vinho, a moça a balançar seus cabelos de Moura Encantada. A mãe deu mais uma volta, alargando o percurso; depois chegou ao átrio e tocou o interfone.

— Olá, Louise — disse Santiago ao abrir a porta. — Que surpresa! Não nos vemos o quê, desde a praia?

— Isso mesmo. Passei para ver se está tudo bem.

— Gostaria de entrar?

— Não quero incomodá-lo. Parece que tem visitas — disse ela, o pescoço esticado para o interior da casa num movimento de enguia.

— Sim, e faço questão que a conheça — falou Santiago, alegre.

Antes que a mãe da menina entrasse, a desconhecida foi quem saiu trazendo vento nos cabelos, que se revolviam como dunas escuras.

— Elizabeth, esta é Louise, esposa de meu grande amigo Cícero. São meus vizinhos — disse Santiago, escorando-se em uma das colunas frisadas; depois, voltando-se para a mãe da menina, prosseguiu. — Elizabeth é assessora no Centro Português de Fotografia. Estamos desenvolvendo um projeto juntos.

— Muito prazer — disse a moça. — Santiago contou-me sobre como vocês o acolheram bem. Ele também falou bastante de Alice.

Na sua habitual simpatia de plástico, a mãe respondeu só depois de esquadrinhar cada porção da intrusa:

— Ele vive aqui sozinho, viaja com frequência e, quando dá certo, reunimo-nos. A menina adora as histórias que ele conta. Todos nós adoramos. Até Beatriz, minha rebelde — disse a mãe, arregalando os olhos para Santiago ao pronunciar "Beatriz".

— Gosto de contar histórias. Tenho saudades, como vocês sabem, do tempo em que era comum lê-las nos livros — respondeu Santiago.

— Eu também. Mas prefiro a TV — disse a mãe. — E você, Elizabeth, fotografia? A propósito, bem que poderia ser modelo fotográfica. Tão bonita...

Por detrás do arbusto, a menina tinha uma visão quase completa da cena, podia ouvir tudo e, se pudesse dar sua opinião, concordaria com a mãe: a moça era mesmo bonita.

— Obrigada — agradeceu a tal Elizabeth.

— De onde é sua família? Morena e com esses olhos...

— Meu pai é português, minha mãe inglesa de ascendência tunisiana. Mas nasci na Grécia e cresci em Istambul.

— Nossa!

— Meu pai era diplomata.

— Entendo...

— Estava dizendo para Elizabeth, Louise, que o rosto dela tem proporções perfeitas, como se tivesse sido matematicamente calculado. Não acha?

— É verdade... Bem, prazer em conhecê-la, Elizabeth. Já vou. Passei só para cumprimentar.

Santiago acompanhou a mãe da menina até a divisa do terreno, enquanto a moça nova desaparecia casa adentro. A mãe despediu-se, mas de repente se voltou para Santiago:

— Que tal um jantar lá em casa? Você poderia levar sua namorada.

— Não é minha namorada.

— Leve-a assim mesmo. Se não é ainda, logo será.

— Não sei se é apropriado. Estamos conhecendo-nos.

— Não tem problema. É bom ver que não está sozinho.

— Vou consultá-la e depois combinaremos. Pode ser?

— Quando quiser.

A menina encheu-se de contentamento com a ideia de um novo jantar com Santiago, desde logo simpatizando com a moça, que parecia ser o agente daquele retorno. Poderia haver a volta do encanto, dos longos jantares, das reuniões da família; a menina recuperaria seu contador de histórias e o bosque recobraria sua calma natural. Mas, por algum elemento antinatural naquele convite da mãe, a menina ficou cismada, numa calma intranquila.

Naquela mesma noite, levantando-se rapidamente do sofá, a mãe interpelou o pai logo que ele entrou em casa:

— Querido, você não acha um pouco estranho o Santiago?

— Por quê? — perguntou ele, colocando a pasta na mesinha de centro e retirando do rosto os óculos para esfregá-los na camisa.

— Não tem família nem amigos. Mora naquela casa, mas nada se sabe sobre a origem de seu dinheiro; e a tal fundação não deve pagar tanto assim.

Hoje passei por ali e ele estava saindo da casa com uma jovem exótica, não muito mais velha que Beatriz. Talvez uma dessas prostitutas de luxo. O que será que ele faz *de fato* para viver?

— Não sei. Quando ele se mudou para cá fui logo pesquisar. Encontrei mais de cem pessoas nascidas no Brasil chamadas Santiago Pena de Jesus. Eliminei os muito mais velhos e os muito mais novos, mas ainda assim não cheguei a lugar algum. Vários registros nem possuíam fotos. E não encontrei nenhum que pudesse referir-se a ele. Concordo que há algo anormal. Alguém com esse dinheiro todo deveria ter um histórico no país de origem. Alguma coisa a preocupa?

— Não sei bem ao certo. Semanas atrás a Beatriz me disse algo sobre ele tê-la convidado para entrar e que ficaram a conversar intimamente no piso superior. Não dei muita atenção, mas quando o vi hoje com a moça...

— Por que não me disse nada? — e as feições do pai, tipicamente de pelicano, tinham agora coloração de flamingo.

— Pareceu irrelevante. Ele está sempre aqui, é da família e tudo mais.

— Temos de ficar atentos.

— Pensei em fazer um jantar e convidá-lo. Se a jovem for namorada ou coisa parecida, talvez ele a traga. Quem sabe conseguimos alguma informação a partir dela?

— Pode ser.

— Acha mesmo? Só farei o convite se você concordar.

— Por mim, tudo bem. Sempre concordo mesmo.

A menina não entendeu por que os pais conversavam como se Santiago fosse um desconhecido. Ela pensava que, se queriam saber alguma coisa, era só perguntar e Santiago teria uma boa história para esclarecer tudo. Achava aquilo esquisito: Santiago era da família, e pessoas da mesma família deveriam confiar umas nas outras; era só pedir para Santiago dizer a verdade, porque quando se pede isso a verdade tem de vir. Pelo menos era assim no mundo da menina que gostava de histórias, brincava no bosque e conhecia o olhar dos bichos — os olhos dos bichos são sempre fiéis.

O mundo dos adultos era uma complicação danada.

A complicação piorou no dia seguinte, e a esquisitice só fez aumentar. A mãe repetiu o ritual com o uniforme de *jogging* e dessa vez havia apenas o carro de Santiago na garagem. Mas a mãe nem fez exercícios: olhou o relógio, voltou logo e apanhou na gaveta do aparador da sala um celular antigo, colocando-o para carregar pelo dispositivo sem fio. Minutos depois, digitou qualquer coisa naquele aparelho velho e com o apito da mensagem leu algo na tela do celular que habitualmente utilizava. Sorriu. Depois releu a mensagem, aproximou bem o aparelho do rosto e encostou a tela na face, afastou e encostou de novo e de novo enquanto ria sozinha, ruborizando como se houvesse feito uma travessura. Num sobressalto, atirou o celular velho de volta à gaveta e com o outro ligou para Santiago, confirmando o que já sabia — que ele estava em casa —, e perguntando ao vizinho se poderia vir até a casa dela para falarem sobre alguns assuntos sérios.

Foram dezessete minutos até que o vizinho chegasse, entrando pela porta lateral, da cozinha, de onde acenava para ele a mãe que, ao lado do vaso de manjericão trazido de volta da viagem à praia, parecia uma estaca.

A mãe levou Santiago até a sala e serviu o cafezinho. Não, a menina não podia pedir histórias ao vizinho: os adultos tinham um assunto de adultos e ela deveria ficar no quarto, ordenou a mãe. A menina fez que foi para o quarto, mas ocultou-se sob a escada.

— Desculpe-me, Santiago. Essa menina é mesmo complicada.

— Você sabe o quanto gosto de Alice.

— Isso porque não é você que aguenta as maluquices diárias. Se ao menos tivesse sido planejada...

— Já falamos sobre isso, Louise. Alice pode ouvir e não se sentir nada bem.

— Ela não entende dessas coisas ainda. Talvez não vá entender nunca, não é inteligente como a irmã. A menina não sabe, mas não pudemos fazer o que fizemos por Beatriz.

— Como assim? — perguntou ele, esticando o pescoço como uma doninha.

— Beatriz foi planejada em tudo. Com a inseminação artificial, editamos o código genético. Ela foi programada para ser um gênio. E sabemos que sob aquela rebeldia há um gênio. Afinal, não era para menos: gastamos com ela uma fortuna na Fonte da Vida, a mais renomada clínica de geneterapia do país.

— "Fonte da Vida"... *Lebensborn*... — resmungou Santiago, parecendo perder-se nalgum emaranhado de complicações.

— O quê?

— Uma coisa que não deveria mais existir... Desculpe-me... Bem... Sabe, acho insólito a Humanidade, que não se lembra nem de seus antepassados, querer controlar em detalhes as gerações de descendentes... Vocês não pensaram ser perigoso interferir dessa forma?

— Não! Aliás, essa sim é uma vantagem do Modelo GATE. E os resultados justificam qualquer risco. A eugenia é o futuro. O planejamento genético leva à melhoria da saúde, da inteligência, do comportamento social. Por que esperar a ação cega da natureza se temos um mapa?

—Talvez porque os mapas nunca sejam o próprio território mapeado. A propósito, não lhe parece contraditório que hoje em dia se confie tanto na sorte, em aparelhos randômicos, mas ao mesmo tempo se interfira na combinação genética?

— Isso não é questão para se pensar. É simples: temos o conhecimento e o usamos — disse a mãe.

— O fruto proibido?

— Que foi feito para ser comido... Mas não foi para falar desse assunto que o chamei.

Então a mãe contou ter planejado um jantar para a semana seguinte, quando ele deveria trazer Elizabeth. Santiago disse achar isso precipitado: um jantar na casa dos vizinhos casados talvez fosse assustá-la.

— Entendo... Não queria ser indiscreta, mas a diferença de idade não o incomoda?

— Pensei nisso, mas percebi que não me podia privar de pessoa tão interessante.

— E bonita também.

— Realmente. E confesso gostar muito dela.

— Isso é ótimo — disse a mãe, enquanto mexia no cabelo como se a cabeça coçasse.

— Sim, é. Mas... ao telefone você falou que tinha assuntos sérios para tratar comigo, não?

— Exato. É uma questão delicada. Na verdade, são duas. Não sei bem por onde começar. Dias atrás a Beatriz chegou de sua casa e insinuou alguma coisa, que você a teria, digamos, assediado de alguma forma. Mas já lhe digo logo que não acredito, ela está na fase de inventar histórias para ser o centro das atenções.

Santiago retorceu-se na poltrona.

— Louise, isso é muito grave. Vocês são as pessoas que tenho em mais alta consideração. Amo-os. São minha família. Beatriz esteve mesmo lá. Ela estava chateada com alguma coisa tola, conversamos um pouco, dei nela um abraço e mandei-a embora. Apenas isso.

— Que alívio. Deve ser um desses mal-entendidos.

— Certamente — disse ele, saindo do retesamento e esticando as pernas.

— O outro assunto é tão ou mais delicado, e pode ser também um mal-entendido. Gostaria de sua opinião. É difícil falar disso com você, mas não tenho com quem conversar — disse a mãe, baixando os olhos para o chão.

— Se eu puder ajudá-la.

— É o seguinte. Frequento uma academia, logo ali em Avintes. Desde o início um rapaz olha-me com frequência. No começo achei que poderia ser alguém das redondezas, algum amigo de Beatriz, enfim, um conhecido. Estava enganada. Ele veio falar comigo, fez elogios, disse não acreditar que eu tinha duas filhas. Agora a questão está mais séria... — e a mãe interrompeu-se, assim permitindo que se ouvisse o farfalhar das copas das árvores lá fora, agitadas pela repentina corrente de vento. — Tenho recebido mensagens de texto no celular. São sempre anônimas e, digamos, ousadas. Acho que vêm do tal rapaz. No entanto, nas últimas ele mencionou detalhes que só quem frequenta minha casa poderia conhecer. E não recebemos ninguém aqui além de você. Claro, não estou a insinuar nada, você é tão educado, e duvido que se quisesse alguma aproximação faria dessa maneira. Aliás, duvido que você pudesse querer algo comigo, ainda mais agora, com aquela namorada linda.

— Louise, posso garantir que não mandei mensagem alguma.

— Nem comentou nada sobre mim por aí?

— Claro que não. Você sabe o quanto sou discreto... Esse calor... Gostaria de uma água.

— Vou buscar.

A menina parecia entender algo daquela conversa, mas algo estava errado: a mãe não ia à academia coisa nenhuma. A mãe voltou com o copo e postou-se diante de Santiago, olhando-o beber. Depois, ainda em pé, mostrou a ele o celular.

— Veja aí. Sou uma mulher casada. Que coisa horrível. Se ao menos fossem mensagens educadas. Mas... Agora estou com vergonha. Não devia tê-lo feito perder seu tempo. É um homem ocupado. Não vai ligar para essas futilidades.

— Não sei bem o que dizer e...

— Diga-me alguma coisa. Você acha esses elogios verdadeiros? O sujeito faz provocações, diz que não recebo atenção suficiente, essas idiotices de sempre dos imaturos. É verdade que as coisas esfriaram um pouco depois que a menina nasceu... E talvez eu não seja mais interessante...

— Já lhe disse uma vez, Louise, você é uma mulher maravilhosa. Cícero é um homem extremamente feliz com você.

— Acha mesmo? — perguntou ela, sentando-se no sofá.

— O quê? Que você o faz feliz?

- Não, não isso. Sou mesmo bonita? — perguntou a mãe, deslizando o cantinho do polegar pelos lábios, de um jeito que à menina pareceu abobalhado.

— Evidente que sim. Não se preocupe.

— Obrigado. Talvez ainda sirva para instigar a imaginação de algum desses rapazes imberbes. Mas não teria mais atributos para atrair um homem formado, culto...

— Claro que teria.

— Não creio. Responda-me: eu despertaria os desejos de um homem inteligente como você?

A menina percebeu que Santiago assumiu uma pitadinha de vaidade, monstro que nitidamente se empenhava em segurar pelo focinho — porque das vaidades ninguém se garante nem por vacina, não escapando nem mesmo os muito bons, os já cicatrizados, os avôs de letrinhas.

— Desperto sua atenção... uh... digamos... como mulher? — insistiu a mãe.

— Bem, eu... eu..., você é uma mulher lindíssima; mas eu nem me atreveria a pensar qualquer coisa... Você é esposa do meu único amigo; considero-a uma irmã.

— Ah, sim, uma irmã...

A voz desviveu na boca da mãe da menina, numa mostra inequívoca de decepção. A menina estava para além de surpresa, não habituada a ver a mãe naquele estado de contrariada, e menos ainda a observá-la em vestes de derrota — logo a mãe, famosa por conseguir tudo o quanto desejava. A mãe fez uma cara de criança sem doce e a menina apiedou-se dela.

— Agora, se me der licença, tenho de ir — disse Santiago, olhando seu relógio. — Trabalhei muito esses dias; preciso descansar.

— Você parece mesmo exausto — retrucou a mãe, levantando-se e postando-se atrás da poltrona de Santiago. — Acho que trabalha demais. Deixe-me ver. Olhe só. Seus ombros estão rígidos. Vou aplicar um pouquinho de pressão aqui. Acha minhas mãos agradáveis?

— Certamente. São ótimas. Mas... preciso mesmo ir.

— É possível o rapaz interessar-se por mim? — perguntou ela, forçando o peso nos ombros do homem, impedindo-o de se levantar. — Ou será que ele só quer passar o tempo?

— Deixemos esse assunto para lá. Louise, com sua licença, já vou e...

No momento em que Santiago começava a levantar-se o pai irrompeu na sala, vendo a esposa ainda com as mãos nos ombros do vizinho.

— Querido, que surpresa! Mais cedo hoje?

— Sim. Preciso resolver umas coisas e os documentos ficaram em casa. Boa tarde, Santiago. Vejo que conversavam sobre algo interessante — falou o pai, soltando no chão sua pasta.

— Santiago veio para acertarmos os detalhes do jantar. Ele queria já ir embora, mas insisti que ficasse. Eu estava a mostrar-lhe que a lavanderia tem passado as camisas de um jeito errado, com vincos feios na gola.

— Ah... Entendo. Bem, preciso mandar os arquivos ainda hoje. Dê-me licença, Santiago.

Santiago saiu da sala apressado como um tigre e, na despedida na varanda, a mãe tentou impor o jantar para a próxima quarta-feira, mas, como ele tinha compromissos, ficou para sexta-feira. Nada havia de errado com a gola da camisa dele.

A menina não entendia por que a mãe mentia.

À tarde na sexta-feira, tudo era uma espera infernal. A menina ansiava chegasse logo a hora do jantar, precisava fazer o tempo andar mais depressa, estava que só inquietude, queria o mundo a correr; mas a espera era uma via comprida.

Na volta da escola, ela passou pela própria casa sem entrar (ninguém ligava se ela se demorasse), abriu o saco de gominhas açucaradas e enveredou pela trilha do túnel que tossia quando se gritava nele. Contornou a casa em ruínas, cujo portão lembrava a fornalha de um trem a vapor, soltou um "piuí" alongado, seguiu pelo Caminho das Canas e fez com a mão um canudo de luneta para enxergar melhor a árvore de tronco curvo, que à distância parecia um pequenino guarda-chuvas. Avançou com o olhar preso na árvore recoberta de trepadeiras e, conforme dela aproximava-se, via o guarda-chuvas transformar-se num brontossauro verde de pintas lilases (no outono as flores desceriam como um véu flutuante, abençoando de lilás o solo, e a árvore viraria uma estátua com folhas de ouro). Andou mais um bocado e chegou até a foz, bem no ponto em que o rio Febros desembocava no Douro como sorvete a derreter na taça, e sentou-se no banco de pedra, donde se podia ver ao longe na outra margem, o Palácio do Freixo, que a distância cuidava de transformar em miniatura como um castelinho de colecionador. Desviando um pouco o olhar à direita, via-se um pedacinho do Estádio do Dragão, que parecia um disco-voador pousado no Porto. Aí vinham os predinhos coloridos e amontoados como as gominhas que ela acabara de comer.

A menina gastou na foz umas duas horas, e tinha o pensamento a saltar como um cavalo audaz: lembrou-se da Lenda dos Três Rios, lembrou-se de anedotas narradas pelo tio nos Jardins do Palácio de Cristal, lembrou-se da avó contando histórias na casa de chá do Parque de Serralves.

Surgiu um cachorro de pelagem longa e dourada e veio lamber a mão da menina. Ela afagou as orelhas do bicho e ele foi-se abaixando, abaixando, abaixando, até que, em posição de esfinge, postou-se aos pés da menina, formando com ela uma daquelas figuras de tapeçaria medieval. E agora o bicho era um dragão heráldico.

A menina olhou a cabeça do animal, quadrada como um caixote, e as patas peludas a ocultar garras de lobo; concluiu não haver lá grande diferença entre um cachorro e um dragão: um e outro eram seres fantásticos, habitantes de um mesmo mundo mágico, sempre um mistério aos olhos humanos. Ouviu-se um assovio e o cão retirou-se latindo. (Anos depois, ao relembrar, relendo no caderninho, o episódio do cão, mas pensando em pessoas, a menina acrescentaria na letra graúda de adulta uma notinha triste: "tire-se o humano do humano e não sobra o animal; sobra o mal, extremamente humano.")

Com a saída do cão, remanesceu apenas a mudez das folhagens, um silêncio de ausência de ventos. No regresso para casa, observando o viaduto de pernas fincadas no bosque, a menina traçou na cabecinha linhas misteriosas a ligar o cão, o dragão e o brontossauro de folhas do bosque.

A menina amava bosque. Mas fazia gosto também nas cidades. Achava-as uns aconchegos, lugares de encontro e abrigo, com o burburinho transformado em barulho silencioso na noite, o recolhimento, os jantares, o sono dos habitantes, a caminhada noturna dos insones, as cidades abrigando anseios que vêm e vão com os bondes, os carros e os sapatos; havia nas cidades o cipoal de prédios, a doçura das *delicatessen*, a solidão do asfalto, o congraçamento nos bares; havia nas cidades o familiar e o inusitado, os amores, as obras; havia nas cidades tudo que o homem cria.

E tudo que destrói.

VIII

O mito e a verdade

O cordeiro foi muito bem preparado pela mãe da menina.

Santiago e Elizabeth chegaram dois minutos adiantados, às 20:28 pelo relógio da TV. A moça estava linda com o verde do vestido a ressaltar o dos olhos e o bracelete a evocar origens misteriosas. Era Elizabeth, mas a menina alocava-a na família dos tigres. E poderia ser Palas Atena, pensou a menina, resgatando na gavetinha de recordações uma história contada pela avó. A menina também achava a mãe bonita; mas mamãe não poderia ombrear-se com aquela moça. E, por alguma razão imperscrutável, a mãe parecia medir a moça, numa inveja incontida.

Assim que os convidados entraram, a menina correu para os braços de Santiago, perguntando qual seria a história daquela noite. Beatriz desceu as escadas a equilibrar-se nos saltos insanos, as pernas travadas pela calça-armadura; ela cumprimentou Santiago e fingiu não ver Elizabeth, até que a mãe a chamou de volta e ordenou mostrasse boa educação. Sentaram-se todos na sala de jantar e a menina apinhou-se no vizinho. O pai quis saber dos projetos conjuntos de Santiago e Elizabeth, e eles narraram os detalhes com excitação. Beatriz passou o jantar a grunhir para a comida que a mãe lhe oferecia. Já a menina ficou o tempo todo no colo de Santiago, deglutindo umas torradinhas — ela não comia cordeiro, e o peixe que a mãe lhe preparara estava com um cheiro horrível —, enquanto os pais empanturravam Elizabeth com perguntas. A mãe deixou cair uma travessa na mesa e desculpou-se, desnorteada.

Naquela noite, a atenção de todos era para a namorada de Santiago e, como ficou logo claro, a moça também sabia nomes de lugares distantes, falava de coisas que não se veem nem em mapas, de viagens e de aventuras. A moça carregava a alma esculpida na testa.

Empenhada em pôr fim à proibição dos livros e evitar a das fotos, Elizabeth falava com arrojo, e aí seu rosto ficava bonito como a matemática — a menina adorava histórias e gramática, mas também matemática. A menina a tudo ouvia compenetrada, desejando um dia ser sabida como a moça, poder segurar na mão de Santiago sem que os pais a enxotassem para algum canto, ter o perfume da moça — e os olhos também, para poder ver Santiago, sempre. Decidiu que precisava crescer rápido, de forma a ter a altura do que enxergava; estava farta de só observar, de faltarem-lhe os amigos da mesma idade, de vedarem-lhe que convidasse à casa alguma aluna nova (antes, é claro, que se ajuntasse ao coro espezinhador da escola, chamando-a "A Caderninhos"), de ser relegada a uma espectadora muda do universo tresloucado dos adultos — como se fosse a poltrona estragada de algum cinema decadente.

Terminado o jantar, Beatriz saiu sem se despedir. A menina pediu uma história, os pais ralharam, Santiago interveio:

— Hoje contarei uma história sobre a nossa língua, Alice. É também um mito de formação de um país.

Santiago ajeitou-se no novo sofá cinza-escuro e emendou:

— Chama-se "O Mito da Videira Encantada"...

— Era uma vez uma videira que dava frutos exuberantes e tinha um encantamento: todo aquele que dela comia as uvas ou bebia o vinho passava logo a falar a língua do lugar no qual a plantinha crescia. Dizia-se de tal videira, bastante popular e chamada latim, que havia sido levada do Lácio para a Lusitânia por um forte romano chamado Luso. Como, porém, o solo da Lusitânia era diferente por conta dos povos que por ali moravam ou transitavam, a planta começou a dar frutos diferentes, e os que comiam das uvas ou bebiam do vinho já não se punham a falar a língua dos romanos, mas uma nova, depois chamada língua portuguesa. A tradição de Luso foi mantida em segredo por seus descendentes, e eles seguiram replantando mudas da videira encantada; temerosos, porém, de que a chegada de outros povos àquelas terras modificasse demais o solo e as plantas, a família dos assim chamados lusíadas teve a ideia de pôr sob a terra, junto às raízes das videiras, longos rolos com escritos em seu novíssimo idioma, para que ele fosse absorvido sem variações por quem comesse as uvas ou bebesse o vinho. E assim foi feito. Certo dia, um bárbaro investiu contra o vinhedo, arrancando algumas plantas com as raízes, e encontrou intactos os escritos a elas emaranhados. Raciocinando ao modo de seu mundo invertido, o bárbaro achou que as raízes eram galhos de ponta-cabeça, e que os escritos dali brotassem. Assim, iludido com o que supunha ser a magia das raízes, replantou mudas em suas terras esperando fazer fortuna com a novidade; mas só nasceram mesmo umas videiras pálidas, e nada de brotarem escritos no subsolo. Ele até voltou ao vinhedo original, estabeleceu-se por ali, lavrou a terra, transpirou, plantou as mudas, mas novamente nada de escritos nas raízes. De tanto esperar, o homem morreu louco. Séculos depois, um escritor que era também navegador estava para lançar-se numa empreitada perigosa no além-mar. Sua esposa, chamada "Lusa" em homenagem ao ancestral, era a guardiã da tradição da videira encantada e, antes de o marido partir de Portugal, revelou a ele o segredo, dando-lhe mudas para serem plantadas no novo mundo. Receosa, no entanto, de como iriam crescer as plantinhas em solo tão distante, ela entregou ao esposo um pequeno tesouro familiar: livros em seu idioma, copiados à mão e de lombadas cosidas, instruindo o marido a colocar um livro no fundo de cada cova, de forma a permitir que as raízes das plantas sugassem o vocabulário. Na despedida, entregou a ele também cartas de amor, escritas ao longo dos meses antecedentes à partida, nas quais antecipava quanta saudade sentiria pela ausência do amado. Vencidos os dias e noites no mar e sobreviventes a uma terrível tormenta, o Navegador e seus companheiros enfim chegaram à nova terra; fundearam, lançaram os batéis, foram à praia — não sabiam se aquilo era ilha ou continente. Era um paraíso terrestre: árvores com madeira cor de brasa, palmeiras, plantas aquáticas, animais coloridos, águas límpidas. Logo encontraram os índios, de corpos pintados de vermelho e preto e beiços atravessados por ossos, guerreiros de ferocidade gentil. Os nativos riram das roupas dos homens do mar, inocentemente deram de presente seus arcos eflechas e, por um caminho na floresta, contornando um monte rochoso arredondado, levaram os visitantes à foz de um rio cujas águas serenas desembocavam no mar. Num fim de tarde, depois de os nativos ajudarem os navegantes com o carregamento de lenha, às margens daquele rio fez-se ceia com pão e vinho, uma festa ao som de gaita e tamborete, os índios agitando suas coroas de penas numa dança ritmada. Distanciando-se um pouco do festejo, o Navegador pôde marcar o lugar ao pé do monte rochoso, onde uma árvore frondosa projetava galho tão nivelado ao horizonte que servia de remate à linha que, ao fundo, unia céu e mar. Finda a ceia, o Navegador retornou com seus homens à imponente nau. Já na madrugada, enquanto os companheiros dormiam, ele foi ao porão buscar os livros para, em segredo, fazer o plantio das mudinhas. Foi quando descobriu terem sido destruídos pela água que invadira a embarcação na tormenta, salvando-se apenas um dos livros, que ele separara para ler na antecâmara. Era um grande revés... Mas ele era homem de palavra, e a promessa à esposa haveria de ser cumprida! Porém, como partiriam no dia seguinte, não teria tempo para procurar por outros escritos ou ele mesmo escrever em papel, e por isso o Navegador apressou-se lentamente: em silêncio, desceu o esquife a bombordo, já carregado com as mudas, com o livro sobrevivente e com os petrechos para o plantio. Sozinho na escuridão, rasgou o trecho de mar que o separava da costa, caminhou mata adentro orientando-se pela silhueta do monte rochoso, chegou à foz do rio e ali fez fogo, para fazer luz. Como mudas tinha muitas, e livro, apenas um, não haveria vocabulário para todas as covas, e de início o Navegador pensou em arrancar folhas do livrinho e dividi-las pelos buracos; mas, como sabia o segredo da videira que dava frutos consoante o que bebia do solo, temeu que, partido o livro, ficasse partido também o idioma. Foi quando se lembrou das cartas da esposa; sacou-as da algibeira e leu-as pela última vez, novamente encantado ante a beleza da língua e do Amor. E chorou sobre o solo. Procedeu então como lhe havia ensinado a mulher, num ritual mágico: abriu a primeira cova de círculo perfeito, nela meteu uma das cartas, pôs sobre os escritos da esposa as raízes da muda, cobriu de terra, regou com a água do rio; usando o livro como esquadro e seguindo a tradição lusitana, ele fincou ao lado da cova uma estaca e pôs um travessão na parte alta, como se fosse uma verga, formando uma cruzeta que haveria de servir para, pelos quadrantes, alinhar a primeira estaca com o galho nivelado da árvore, e depois as demais estacas umas com as outras, criando suportes para um futuro vinhedo ordenado. Repetiu tudo com a segunda cova, e com a terceira, e com a outra, e mais outra, até que acabaram as mudas e também as cartas e, constatando serem em número igual, não precisou fazer uso do livro, o qual conservou consigo — isso na certa alegraria a esposa, quando ela recebesse de volta aquele único remanescente do tesouro. Antes de deixar o lugar, ele olhou a abóbada celeste, admirando uma pequena constelação que se não podia ver em sua terra natal no hemisfério norte; marcou-a no Mapa do Tempo, chamando-a "Cruzeiro do Sul". De volta à agora radiante nau, o Navegador escreveu a seu país dando notícia das maravilhas do novo mundo; e também à amada, contando haver cumprido a promessa. Na manhã seguinte ele despachou as duas cartas por outra embarcação, fez-se ao largo e aproou para o Oriente, de onde nunca mais voltou. Morreu em batalha. As mudas floresceram na terra fértil — depois chamada Brasil — e, com raízes fincadas em cartas de amor e saudade, deram uvas e vinho celestiais. Aconteceu que os nativos daquelas bandas e outros povos que lá foram viver também entraram na História: labutando, salgaram a terra com seu suor e, muito sangrando, adoçaram a terra com seu sangue, dando às uvas e ao vinho tonalidades, sabores e aromas locais. Mãos de todas as cores replantaram mudas da videira encantada ao longo do novo território que se tornou um lar, e costumes e histórias e mitos foram fundidos criando novos, numa nova identidade, numa nova nação, num novo país. A terra foi palco de lutas violentas e sacrifício e trabalho duro, o solo cada vez mais encharcado com o sangue e o sal e os sonhos dos que ali viviam. A tradição da videira foi esquecida, mas o encanto perdurou: geração após geração, todos os que comeram das uvas ou beberam do vinho — fossem os antigos habitantes da mata, escravos trazidos em grilhões sob chibata ou aventureiros ávidos de terra, ouro e prata — puseram-se a falar, com amor e saudade, aquela salgada e doce língua portuguesa.

A menina perguntou se aquilo de videira encantada era verdade, se tinha acontecido mesmo.

— Certamente — respondeu ele.

— Então por que a história é chamada de *mito*? — questionou ela.

— Porque aconteceu e acontece até hoje.

A menina foi mandada para a cama, mas limitou-se a caminhar até o esconderijo sob a escada, enfiando-se qual agulha em carretel polpudo e disfarçando sem dificuldade a pouca estatura na penumbra.

— Parece que finalmente nosso Santiago tem uma companheira. Bem-vinda à família, Elizabeth! — disse a mãe, com a taça em riste.

A moça agradeceu e beijou Santiago no rosto. Ele respondeu com um beijo no cabelo dela, acima da orelha, e ficou a olhá-la enquanto ela falava com os anfitriões. Era um olhar ágrafo, impossível de captar nos caderninhos; ele a contemplava como se fosse a única mulher do mundo, ou todas as mulheres.

Depois de muita conversa empolgante para a menininha, que, agachada e oculta, sonhava crescer e ser sabida como a moça-Atena, o novo casal deixou a residência dos Crástinos por volta da meia-noite. Elizabeth chamou um táxi, pois precisava acordar cedo no dia seguinte e não queria que Santiago a levasse de carro depois de ter bebido. A menina gostou ainda mais da moça.

Enquanto colocava a louça na pia, o pai comentou:

— Fiquei contente em ver Santiago feliz. Elizabeth é muito agradável. Só está a incomodar-me esse apego todo da menina com ele. Entro em casa e ela mal me cumprimenta mas, quando é Santiago, corre a abraçá-lo.

— Se esse fosse o maior dos males... — disse a mãe, evasiva, abrindo a torneira com lentidão.

— O que você quer dizer com isso?

— Nada.

— Querida, conheço-a há um bom tempo. Diga logo.

— Deve ser bobagem minha. É que, no dia em que liguei para Santiago para tratar desse jantar, ele quis vir até aqui. Não entendi bem o porquê, poderíamos acertar por telefone, mas ele insistiu e não vi mal nisso. Assim que chegou, começou uma conversa estranha, perguntando se eu era assediada na academia. Respondi que nem academia frequento, mas aí ele enveredou a dizer que eu era uma mulher maravilhosa, falou daquele dia na praia, algo sobre meu biquíni, e que você era um homem de sorte.

— Mas que absurdo! Por que não me contou?

— Quis evitar constrangimentos.

—Terei de falar com ele.

— Nada disso. Ele foi educado, talvez só tenha tentado ser gentil.

— Se você diz... Bem, preciso terminar uns relatórios para a semana que vem — disse o pai, já se retirando, os ombros em formato de barraquinha de *camping* com cordas e nós frouxos.

A menina escovava o dente que doía, mas parou, acabrunhada: a mãe estava a contar ao pai histórias modificadas, a falar de coisas que Santiago não dissera, a enganar-se sobre quem ligara para quem. Talvez estivesse apenas a praticar aquela coisa da qual a menina não gostava e que nunca tinha fim, aquela história de todo mundo ficar mudando as histórias.

Já no quarto, o sono da menina andava preguiçoso, como se não precisasse vir.

Na madrugada, enquanto ouvia o pai trabalhar, a menina pensava no mito e na moça.

De manhãzinha, com o salto do pai para a cama, a mãe saltou para dentro da roupa de *jogging*. De novo. Fez tudo como nos dias anteriores, foi à porta e aceitou a oferta de água, sentando-se no sofá da sala de Santiago, que não fechou a porta. A menina deu a volta na casa, posicionando-se sob a janela aberta.

— Santiago, gostaria de agradecer-lhe — disse a mãe, desfazendo o rabo-de-cavalo para depois fazê-lo de novo com uma demora irritante.

— Ora, mas pelo quê?

— Por tudo o que tem feito por nós. Nossa família está mais unida graças a você e às histórias que conta para a menina.

A menina gostou — sentiu-se pela primeira vez um elo da família, e não o papel amassado; depois até daria um beijo na mãe (mas só se a mãe estivesse com uma cara boa). Em pé, Santiago ficou uns segundos em silêncio. Depois falou num tom pesaroso:

— Não fui sempre isso que você vê hoje, Louise. Coleciono atos dos quais não me orgulho.

— Duvido.

— Acredite, na juventude fiz coisas terríveis. Paguei caro por elas, mas as cicatrizes não nos abandonam.

— Deixe disso, não há de ser nada.

— Não posso. O que fiz não tem reparo, e ainda hoje me atormenta. Por vezes tenho até pesadelos com perseguições.

A mãe riu antes de falar:

— Desculpe-me, Santiago, mas é difícil imaginar que você tenha alguma fragilidade.

— Pode estar certa de que tenho. Fiz coisas muito ruins, sofri e se superei algo daquilo não foi por mérito, mas pela influência de um velho amigo e pelos livros.

— Continuo sem acreditar que você tenha feito coisas tão ruins. De qualquer jeito, dê-se um desconto. Você mesmo disse serem coisas de quando era jovem, não pode se culpar tanto assim e...

— Por favor, não enverede por aí. — disse Santiago. - A um homem pode-se tirar tudo, menos a responsabilidade por seus atos.

— Por quê?

— Porque sem ela perde-se o que há de humano em nós — falou Santiago, olhando para as cortinas — E se o que é humano não é protegido, o bestial aflora.

A mãe pôs-se em pé e aproximou-se dele.

— Venha cá — disse ela. — Você sabe que pode contar comigo, não? Somos uma família — completou, abraçando-o.

— Obrigado — disse ele com olhos de doninha.

— Por nada. Agora está melhor. Pode abraçar. Deixe-me apenas tirar isso que está a estorvar-me.

A mãe colocou as mãos sob o *top* amarelo e fez girar o frequencímetro até que o fecho chegasse à frente. Mostrou alguma dificuldade em conseguir abrir o fecho. Estava nervosa e pediu a Santiago abrisse o fecho. Santiago ajudou, abriu o fecho, as costas das mãos inevitavelmente roçando a pele que o decote revelava.

— Continue... — disse a mãe, dando um passo à frente e juntando seu corpo ao de Santiago.

— O que você quer dizer com isso?

—Você é *realmente* assim tão ingênuo ou apenas finge sê-lo?

— A aparente ingenuidade pode ser minha maneira respeitosa de dizer não, Louise. Achei que já tivesse percebido.

— Então você finge e...

— Fingir-se de ingênuo é, não raro, uma boa forma de evitar confusão.

— Curioso... Minha mãe dizia algo parecido. Mas ela também dizia que, se alguém passa muito tempo fingindo ser algo, acaba se transformando naquilo.

— Espero que não.

— E eu espero um sim — disse a mãe. — Continue — provocou, repetindo a ordem, mas agora apertando-se ainda mais contra o corpo de Santiago e erguendo o queixo, como se para receber dele um beijo.

Santiago parecia ter esquecido a mão no decote. Apesar da recusa verbal, ele não se mostrava desconfortável com a situação. Talvez até estivesse gostando. Mas depois afastou o corpo.

— Isso não vai acontecer, Louise.

— Ora, é claro que vai — retrucou ela, uma vez mais grudando seu corpo ao dele, e aconchegando o rosto no peito de Santiago.

Santiago estava mais estático que as colunas de sua casa, com o tronco ereto, as mãos agora espalmadas e os braços abandonados ao lado do corpo, sem corresponder ao abraço forçado da mãe da menina.

— Ah! E eu achei que você fosse um homem sério, Santiago!

Era Beatriz que, irrompendo na sala, berrava.

A mãe afastou-se de Santiago e perguntou que história era aquela, os olhos ora perscrutando Beatriz, ora ele. Nenhum dos dois respondeu, ela insistiu, e nada. Beatriz tinha a face desfigurada, como se houvesse acabado de sair de uma caverna de morcegos. Voltando-se para Santiago, aos prantos ela gritou:

—Você está destruindo minha família!

— O que é isso, Beatriz?! Fiz algo errado? — indignou-se Santiago.

— Ah, você não sabe? Claro que fez. Tudo — disse ela, fechando as mãos, com raiva, nas bordas na minissaia.

— Como assim?

—Tudo: suas histórias, essa atenção com a pirralha, amizade, amor, sei lá. Essas bobagens. Tudo isso faz mal. É horrível. É uma droga!

— Sempre fui autêntico com vocês. Verdadeiro.

— O problema é esse — retrucou Beatriz

— Que problema?

— A verdade.

— O que tem a verdade? — perguntou Santiago, abandonando-se no sofá como quem desistisse do mundo.

Beatriz hesitou como se buscasse palavras de uma língua desconhecida. Depois respondeu:

— A verdade é insuportável.

Houve silêncio, e a mãe, sempre falante na presença de Santiago, tentou dizer alguma coisa, mas desta vez Beatriz impediu-a:

— Vou contar para o papai. Você vai ver só.

— Beatriz, volte aqui! Volte! — berrou a mãe.

Santiago quis ir atrás, mas Louise conteve-o. Disse que era para ele ficar tranquilo, ela resolveria tudo, tudo ficaria bem.

Alguns minutos depois ela já estava em casa, com a menina no encalço. A mãe entrou no quarto e encontrou Beatriz tentando acordar o pai, mas era inútil — quando trabalhava a madrugada toda e depois tomava aqueles remédios para dormir, ele demorava horas para largar a cama. Mãe e filha foram juntas até a sala, onde poderiam conversar sem pressa e como adultas, longe da menina, disse a mãe; depois falariam com o pai.

Enquanto isso, pela janela via-se Santiago enfiando uma mala no carro e partindo.

O mundinho da menina parecia invadido por algo incontrolável, como faziam a chuva e a água do mar na estradinha de baleias. Percebeu que a mãe e a irmã competiam por Santiago, tudo mais evidente desde a ida a Vila do Conde, numa disputa incompreensível para a menina — logo aquelas duas que nem gostavam de histórias. O mundinho da menina também parecia ganhar uma linha temporal, diferenciando-se os atos mais distantes de outros mais próximos, os mais distantes com os pais e a irmã sem muita prosa uns com os outros, os mais próximos com a escalada de conversas belicosas. E o mundinho da menina parecia agora menos suave que o bosque, menos calmo que o rio, menos sincero que as doninhas. A menina percebeu que, com sua história de gostar de histórias, servia de desculpa usada pela mãe para atrair Santiago à casa e então se apossar dele, enquanto a menina era atirada para o lado feito um capacho com rasgos. Percebeu também que a fraternidade e a confiança declaradas pelo pai a Santiago talvez fossem tão sólidas quanto uma nuvem. Percebeu que a mãe e a irmã tinham-na como um estorvo por vezes útil, sem nenhuma serventia outra que não a de as aproximarem do vizinho. Sim, a menina era invisível para Beatriz, papai e mamãe: a primeira atropelava-a pela casa, enquanto os pais ou não a viam, portando-se como se ela não tivesse existência, ou, se a viam, não a escutavam e, acaso a escutassem, esqueciam-se dela (há dias a menina queixava-se de dores num dente, contou aos pais, passaram-lhe uma descompostura, esqueceram-se de agendar o dentista). Mas talvez isso de estorvo fosse apenas bobagem, asneira dessas pensadas por meninas, tolice engendrada pela imaginação de pirralha. Era tudo uma confusão só.

A menina pensou "quanto mais sabida se fica, mais tudo se complica e pinica", e sorriu sem gostar da rimazinha pobre. Depois pensou que quanto mais aprendia do mundo com Santiago, mais parecia conhecer os pais e a irmã; e quanto mais os conhecia, mais os amava; mas menos deles gostava.

IX

A verdadeira conspiração

Uma viatura policial estacionou diante da casa de Santiago. Dois homens desceram do carro e pisotearam o jardim. A menina a tudo assistiu através do ar opaco do dia seco. Como ninguém atendia à porta, os fardados foram até a residência dos Crástinos, e a mãe relatou ter visto Santiago sair havia uma hora; ela disse poder contatá-lo se eles quisessem e, como eles quiseram, ligou para Santiago. Ele chegaria em breve, estava na Rodovia indo para o Cima-Corgo, mas faria meia-volta, informou a mãe aos policiais.

Quando o carro de Santiago passou pela casa dos Crástinos, os dois policiais ainda aguardavam na calçada. Era apenas verificação de rotina, disseram: por conta de uma denúncia anônima sobre irregularidades, o Serviço de Estrangeiros solicitara que conferissem se o local de residência batia com o que constava nos arquivos de concessão do visto. Nem sequer entraram na casa, contentando-se em olhar uns papéis exibidos por Santiago.

Tão logo a viatura foi embora, os Crástinos prestaram solidariedade ao vizinho. Ainda sonolento, o pai convidou-o para comer com eles. Depois da refeição, sentaram-se todos na varanda. Deitada no banco que fazia "nhec-nhec", a menina adormeceu com os assuntos maçantes de adultos — falavam sobre a nova lei que proibia a circulação de papel-moeda; agora só haveria dinheiro eletrônico.

A menina despertou e, ouvindo a voz de Santiago, resolveu espiar. Em volta da mesinha com potes que desprendiam cheiro de damasco, os adultos decidiram que cabia mais uma garrafa de vinho e, sim, excepcionalmente Beatriz poderia acompanhá-los.

Santiago reafirmou ser aquela sua família, e que ter uma família fora o que mais almejara em toda sua vida. Os Crástinos mais crescidos abraçaram-no — a menina ainda não se tinha revelado — e disseram que o amavam como se sempre tivesse sido da família, a casa era dele. Depois continuaram com o vinho a incentivar verdades ou embustes.

O pai revelou-se o mais fracote e pediu licença, estava a trabalhar em excesso nos últimos tempos, passara noites em claro, era preciso dormir depois de todo aquele vinho. O celular de Beatriz tocou e ela não quis atender, mas quando tocou novamente a mãe mandou desse sossego com o barulho e atendesse logo àquela porcaria. Beatriz retirou-se para a sala, para perto de onde estava a menina; a amiga de Beatriz contava uma novidade — agora um amigo mais criançola é que tinha morrido por causa das pedrinhas. A menina ficou triste, mesmo sem conhecer o amigo — amigos não deveriam morrer. Beatriz, no entanto, disse ao celular que aquilo era um assunto aborrecido e desligou; então a menina ficou mais triste ainda, a achar uma injustiça ser tão desprovida de amigos, enquanto Beatriz, uma rematada chata, tinha-os em profusão mesmo não se importando com eles.

Santiago disse que iria ligar para Elizabeth. Não era boa ideia, alertou a mãe: ele estava bêbado e ela poderia estranhar. Com um bocejo risonho, ele concordou. Momentos depois, Santiago foi ao lavabo, e Beatriz, dizendo-se sedenta, à cozinha. Como demoravam-se a voltar, a mãe saiu no encalço, mas parou ante a cena: Santiago estava à porta do lavabo e Beatriz bloqueava a passagem com uma das mãos no peito do homem. Escondida, a menina ouvia sem nada entender, pois Santiago dizia para Beatriz parar com aquela conversa de atração, tinha-a como uma filha ou irmã mais jovem.

— Tudo bem, eu já sei, você nunca vai ficar comigo — disse Beatriz, e de novo o balanço de réptil tomava conta dela. — Mas uma coisa preciso que me diga. E prometa ser sincero — completou, pondo a ponta da língua no lábio superior, parecendo ainda mais uma iguana.

— O que é?

Beatriz encostou-se em Santiago, os joelhos dela a roçar os joelhos dele.
— Prometa.

— O quê? Vamos voltar logo.

— Prometa.

— Está bem.

— Responda: se tivesse de escolher uma mulher para ficar pelo resto da vida, e se as opções fossem Elizabeth, minha mãe e eu, qual escolheria?

— Que brincadeira doida é essa?

— Já disse que não gosto de brincadeiras. E você prometeu.

— Não prometi nada. Elizabeth é minha namorada. E não posso falar dessas coisas com você.

— E se as opções fossem apenas minha mãe e eu? Exclua Elizabeth. Só por hipótese... Agora tem de responder. Qual?

— Pare com isso.

— Facilitei para você. Qual das duas?

— Pare.

— Qual?

— Está bem, está bem. Não vai ficar magoada, hein?!

— Não ficarei.

— Escolheria você. Agora vamos.

— Mesmo?

— Mesmo.

— Com cem por cento de certeza?

— Com cem por cento de certeza.

— E se não fosse pelo resto da vida, mas só uma noite?

— Estamos bêbados. Devemos voltar. Sua mãe está esperando.

Beatriz travou o caminho erguendo uma das pernas, apoiando o enorme salto do sapato no batente e deixando à mostra boa parte da coxa com o deslizar da saia vermelha de crepe, as pernas afastadas como um compasso bem aberto.

— Para hoje à noite, quem seria? Responda já.

— Responderei só para pôr um fim nessa tolice. Você também.

— Então me leve.

— O quê?

— Para sua casa, leve-me. Pensa que não percebo o quanto gosta dessa conversa, o quanto fica excitado?

—Você está maluca? — pergunto ele, parecendo indignado com o que ela dizia.

Beatriz abraçou Santiago.

—Você me deseja, não? — perguntou ela.

— Não vou responder — disse ele, com o sorriso sarcástico que traía um sim.

—Venha — disse Beatriz, esfregando-se nele.

Santiago pareceu deleitar-se momentaneamente com aquilo, como se houvesse esquecido de tudo o que acabara de dizer e suas palavras de indignação tivessem sido substituídas por uma passividade de fera que prepara investida mortal. Mas de repente Santiago afastou-se, seu semblante tornando-se o de um fantasma, um Santiago desconhecido, como que perdido em virilidades abrutalhadas, a cara torcida como uma vontade grande à qual se mete canga, barbela e bridão.

— Preciso sair daqui, Beatriz. Pareço um *gangster* armado de uma espiga de milho.

— Agora você é que está sendo maluco. O que significa isso?

— Nada... Uma história de um velho livro... Nada...

—Você está mesmo bêbado.

Ela tentou beijá-lo, mas ele a impediu, segurando-a pelos ombros, calado.

— Amanhã vou à sua casa — disse Beatriz, erguendo o queixo.

— Não... não posso...

— Por quê?

— Elizabeth.

— O que tem ela?

— Eu a amo...

— E só por isso não pode traí-la?

— Mas isso é óbvio.

—Você é ridículo — disse Beatriz, com uma gargalhada.

Eles saíram dali abraçados, sem notar que a mãe sondava — a mãe escutara tudo com uma cara de início apreensiva, depois abatida, então raivosa. Santiago e Beatriz tornaram à varanda, onde a ausência de ventos fazia um silêncio de morte que permitia ouvir, ao longe, o grasnar de um corvo; permaneceram mudos no aguardo da mãe, que tinha já subido as escadas saltando degraus. Procuraram-na na cozinha, e Beatriz sugeriu que abrissem outro vinho e fossem tomá-lo no jardim. Santiago recusou, disse ser já tarde e arrastou-se até a porta. Fingindo um tropeço, Beatriz atirou-se sobre ele e tentou beijá-lo na despedida, sem sucesso. Ele caminhou até sua casa e acendeu algumas luzes, que logo se apagaram.

Foram poucos os minutos passados até a mãe interceptar a filha mais velha. A mãe disse que ela estava sendo estúpida, nem parecia sua filha gênio, era preciso lembrar tudo quanto já se havia dito pela manhã, aquilo era bobagem, não devia importar-se, Santiago era velho demais para ela, tudo não passava de uma ilusão adolescente, dessas que somem ao amanhecer. Como Beatriz resistisse, a mãe sugeriu usar a solução randômica, mas a filha argumentou que a mãe sempre fora contra aquilo, ouvindo como resposta que, em situações sérias, podia-se fazer uso daquela parte de GATE – podia-se recorrer a Á*lea*. Beatriz digitou algo no celular e leu para a mãe o que o aplicativo dizia – que ela não estava apaixonada por Santiago. Confessou ter usado o aplicativo antes a respeito de Santiago e que o resultado sempre foi positivo; mas aquele teste com respaldo materno devia ter algo de especial, e a resposta negativa era provavelmente a correta, concluiu.

A menina tinha aprendido na escola um pouco sobre o tal Modelo GATE. De umas partes não entendia. Das que entendia, não gostava. Não gostava de resolver as coisas na sorte. E era enfadonha aquela história de ficar sempre mudando as histórias.

A manhã do sábado seguinte estava apenas começando quando Santiago apareceu sem gravata e com uma história que a menina achou horrível. Ele parecia assustado como um garoto medroso – como se toda a experiência que aparentava ter houvesse sumido ou nunca existido.

Os dois homens sentaram-se num banco de ferro do jardim sob o sol raquítico. Ainda vestindo o pijama de tartarugas, a menina cumprimentou Santiago com um beijo e ficou a poucos metros dele, mas logo percebeu que da narrativa preferia não ter sabido detalhes: já à partida achou uma história maluca e sem sentido. Mesmo assim permaneceu por ali, ladeada pelas bonecas e pelo cheiro de poeira seca, a escrever no caderninho enquanto ouvia seu cavaleiro falar e a claridade definhar com o movimento das nuvens.

Um sujeito sem nome contatara Santiago por telefone, contou ele. O interlocutor dizia ser frade em Braga e ter assuntos seríssimos a tratar, envolvendo Elizabeth, mas sem especificar o quê. Santiago perguntou se seria possível rastrear a ligação, e o pai da menina explicou que sim, mas para fazer isso legalmente seria necessário formalizar à Polícia queixa sobre algum crime. Não, o homem do outro lado da linha não fizera nenhuma ameaça explícita: apenas afirmara ser preciso encontrá-lo, relatou Santiago. Sem crime, sem possibilidade de autorização judicial para rastrear a ligação, disse o pai. Santiago estava em dúvida quanto a ir ou não encontrar o sujeito, e o pai da menina esforçou-se para convencê-lo de que deveria ir, não haveria de ser nada demais. Não, Cícero não poderia ir junto: numa voz metálica, na certa alterada por *software*, o interlocutor exigira que Santiago fosse a Braga sozinho, e dissera que Elizabeth não poderia saber do encontro, pois do contrário ela estaria em risco.

— Realmente, acho que você nada deve dizer a Elizabeth. Ainda mais por ela estar fora do país — disse Cícero. — Se há uma ameaça real, não haveria por que arriscar; e, se não for séria a ameaça, Elizabeth iria preocupar-se à toa. Em qualquer das hipóteses, não seria nobre contar e...

— Acha mesmo? — interrompeu Santiago, segurando com firmeza no braço do pai da menina e agora parecendo um garoto a pedir conselhos a um pai. — Ocultar isso dela seria... *nobre*?

— Claro! Uma forma de preservá-la! — enfatizou o pai da menina enquanto desembaçava os óculos e tirava o suor do pescoço.

A menina gostava de histórias, mas não daquele tipo. Ainda mais porque cortada em pedaços, só voltando no dia seguinte, depois de ela ter passado a noite em claro enquanto a escuridão derrubava no bosque suas babas feiosas.

Santiago retornou no domingo e encontrou os Crástinos aos bocejos. Mudos, o pai e a mãe tomavam o café da manhã, entreolhando-se mais do que de costume. Beatriz era só irritação: tinha perdido o sábado em casa a cuidar da menina para que os pais pudessem sair – uma bobagem, disse ela, afinal eles eram velhos e não tinham por que jantar a sós depois de tantos anos. A menina, ainda de camisolinha, correu para abraçar Santiago, que hoje tinha olhos naufragados no rosto pálido. Depois ela sentou-se não tão perto das bonecas, esticou o braço e apanhou seu caderninho.

Na varanda, Santiago contou a outra parte da história, num relato que não combinava com o sol, nem com bosque, nem com nada. A menina pegaria Santiago no colo, se pudesse; sabia que algo não ia bem, queria protegê-lo, resgatá-lo como fizera com o passarinho no dia do aniversário.

O avô de letrinhas disse ter ido a Braga pela estrada da "voltinha da macadâmia" e parado o carro no Centro Velho, próximo ao Paço Episcopal. Como a ansiedade o fizera chegar cedo demais, perambulou pela cidade, acabando por entrar na Sé, onde passou quase uma hora observando as peças de arte, as lápides, o órgão, e lendo panfletos informativos. Dali foi ao restaurante marcado, mas seu celular tocou e o tal frade disse que o lugar estava muito cheio e teriam de encontrar-se noutro. Santiago irritou-se, disse que ia embora, e o sujeito assegurou-lhe que não haveria mais adiamentos se ele próprio indicasse um local. Santiago sugeriu um café na Praça da República, e no caminho perdeu-se por vielas estreitas; incrementando o suspense, narrou ter tropeçado num cano e, ao levantar-se, ter visto dois vultos cruzando o beco, até desaparecerem no breu. Chegando ao café, ocupou uma mesa na esplanada, mas a espera foi inútil: o celular tocou e agora o sujeito propunha a Santiago que tomasse o rumo do Santuário de Bom Jesus do Monte e continuasse para Sameiro, onde deveria ingressar numa pequena estrada rural. Santiago esbravejou, não iria a mais lugar algum; mas o sujeito alertou que a fortuna não livraria ninguém de problemas. Duvidando da identidade do tal frade, Santiago decidiu valer-se de um truque: disse que só aceitaria o encontro se fosse na Sé de Braga, e perguntou se poderiam encontrar-se defronte ao túmulo românico do príncipe Gonçalo Pereira. Como houve silêncio, Santiago questionou o sujeito sobre se sabia de qual túmulo falava, e a resposta do suposto frade foi um trêmulo "Sim, claro, um de nossos tesouros". Um grande deslize do farsante: Santiago explicou que o túmulo era gótico, não românico, e que D. Gonçalo Pereira fora um arcebispo, não um príncipe – coisas que um verdadeiro frade de Braga na certa saberia. Então o sujeito não era quem afirmava ser... Temeroso, Santiago correu dali, evitou as ruas mais escuras e retornou para Gaia pela rodovia.

(A menina ouviu tudo, deixando bem longe as bonecas para que elas não ficassem com medo; depois, copiando a pronúncia azeda de Beatriz, disse a si mesma ter achado a história "uma chatice")

O pai da menina demoveu o vizinho da ideia de comunicar o ocorrido à Polícia – tudo poderia não ter passado de alguma brincadeira de mau gosto, ponderou. Santiago despediu-se dos Crástinos com pressa, sem tempo para contar uma historinha de criança, dizendo ter uns documentos importantes a mandar para um advogado. Ele já tinha dado alguns passos rumo ao palacete quando a mãe da menina o chamou. A menina animou-se com a meia-volta do vizinho, mas a mãe mandou-a entrar: o tempo para histórias havia acabado *mesmo*.

Dois degraus acima de Santiago, que estava no nível do jardim sobre as folhas ressequidas, a mãe relatou ter encontrado um recanto especial no bosque, no qual fizera fotos interessantes, e que pretendia montar uma surpresa para Elizabeth; havia, porém, um ângulo do qual não conseguira fotografar, e precisava de ajuda para subir num mirante natural; por isso pedia a Santiago acompanhasse-a ao lugar na tarde do dia seguinte. Santiago propôs que fossem de imediato. Não, disse a mãe: naquela tarde de domingo tinha já compromissos (o que, bem sabia a menina, era mentira). A mãe explicou a Santiago como chegar: bastava caminhar até o marco 3 da trilha do Bosque e depois descer em direção ao rio; ela estaria lá por volta das quatro da tarde. Não, não era necessário irem juntos – ela pretendia começar a tomada de fotos mais cedo, deixando o mirante por último. Tratando-se de uma surpresa, Santiago concordou em nada dizer à namorada, despediu-se da mãe e, notando por ali a menina que, desobediente, ficara à porta, deu nela um abraço final.

Fazendo com os tamancos um barulho de cascos de Mulher Marinha, a mãe subiu até o escritório, onde o pai trabalhava, e colocou-se atrás dele, as mãos pontudas sobre os ombros suados do marido, afagando-os como a menina há tempos não via. A menina gostava daquilo, gostava de vê-los juntos. Mas algo estava descompassado – como um espelho que refletisse a cabeça para baixo e os pés para cima.

A menina sabia que alguma coisa funesta estava a rondar aquele pedaço do Éden em Gaia.

X

Menina cresce

A paisagem parecia um grito.
A menina voltava da escola em companhia da irmã, caminhando paralelamente ao muro rachado, que já desmoronava aqui e acolá. Beatriz estava furiosa: disse detestar a menina, não tinha obrigação de ser babá de pirralha, era tudo uma chatice. Mas os pais haviam mandado assim se fizesse porque a menina teimava em vir pelo bosque, apesar de proibida de andar por ali. As duas estavam agora bem defronte ao portão de bronze.

Uma garça-real cruzou o céu chumbo-amarelado e a menina estranhou quando três gaivotas atacaram aquela ave, derrubando-a na margem do rio Febros.

Partes das margens desapareciam sob a cerração malévola, e naquele trecho de rio a céu aberto as águas estavam encrespadas. Talvez fosse só a ventania. Talvez algo mais.

As águas pareciam estilhaços de espelho.

A menina queria ir até lá ver a garça caída, mas a irmã achou um absurdo. A menina insistiu em ir para casa por dentro do bosque, afinal ia sempre por ali. Beatriz esbravejou, disse que não ia, os pais haviam proibido, aquilo também era uma chatice. A menina fez bom lance, lembrando à mais velha que pelo bosque não ventava tanto e haveria abrigo contra o chuvisco que principiava – foi o bastante para convencer a irmã, que tinha as pernas à mostra e apenas a camisa fininha do colégio sobre um *top* vermelho. Passado o portão, elas meteram-se sob a copa dos salgueiros, cruzaram a ponte de pedra, tomaram a trilha. A menina encantou-se:

— Uma doninha!

— Ah, claro. Continue a andar — respondeu a irmã.

— Mas é uma doninha. Há tempos não via uma.

A menina ficou para trás a olhar o bichinho assustado; ele também olhava para ela e parecia querer dizer alguma coisa. A menina ficou ali, a irmã a andar, a menina a olhar. A menina preferia mesmo a doninha. Mexeu os dedinhos dentro das sapatilhas. Depois pensou ser caso de apressar-se: queria contar para Santiago que tinha visto uma doninha, e ele talvez pudesse contar alguma história de doninhas – se soubesse.

Percebendo que a irmã tinha sumido, a menina retomou o caminho. Andou, andou e numa clareira agachou-se em meio aos troncos para apanhar do chão umas bolotas de carvalho, daquelas tóxicas que só os porquinhos podiam comer. Ao levantar-se viu as cinzas de um braseiro e um copo quebrado, no qual a tênue luminosidade do dia repicava as cores do bosque. Saltando as cinzas, ela deu uns passinhos e foi olhando, olhando, olhando e enfim viu, perto do rio, Beatriz com seu uniforme bonito. Viu só parcialmente a irmã, porque os arbustos faziam umas listras na imagem; mas aí o uniforme ficava ainda mais bonito. A menina saiu da trilha e foi devagarzinho ver o que a irmã estava fazendo. Beatriz usava o telefone celular para tirar fotos de algo no chão.

A menina quase chegou e viu um pé. Dois pés. Alguém estava deitado no deque quebrado. Com farpas e pregos à mostra, o deque de madeira formava uma rampa em direção ao rio. Quando a menina viu, era Santiago no deque.

De costas para os destroços do deque, Santiago tinha os pés bem juntos na parte alta, os joelhos levemente flexionados, o dorso torcido para a esquerda. Com um cotovelo apoiado na madeira ele fazia o apoio, e assim o ombro do outro lado ficava mais alto. Ele olhava para o rio e, visto de onde a menina estava, parecia um espantalho surrado, um boneco atirado de nuca num escorregador.

Ele esforçava-se para falar algo, mas a voz não saía. Sua face estava limpa; já o cabelo, empapado com algo assemelhado a gordura velha; um tipo de piche pingava por trás do pescoço. Manchada de vermelho, sua camisa branca parecia uma bandeira. Santiago tentava falar e continuava a olhar para o rio e a voz continuava a não vir, o grito enterrado. A irmã continuava a tirar fotos e a teclar no telefone móvel. A menina tentou gritar, surda e molhada, e queria aproximar-se de Santiago, mas a irmã segurou-a firme com o braço que não usava no celular. Santiago estava a contorcer-se de braços bem abertos e quase de ponta-cabeça sobre a madeira, parecendo o São Pedro crucificado que a menina vira num quadro no museu virtual.

Num mundo de sinal invertido, haveria mesmo de ser assim.

A menina chutou a mais velha e conseguiu soltar-se. Correu até Santiago e passou o bracinho por detrás do pescoço dele. Sentindo uma gosma no braço – um vinho licoroso, algum dia líquido, agora pastoso –, ela tentou colocar o outro braço sob a coxa de Santiago, como se fosse pegá-lo no colo; mas ficava muito longe. Queria levantá-lo, correr com ele para a torneira de água gelada, dar-lhe de beber no biquinho, pôr a cabeça dele sob a água, avivá-lo como fazia com os passarinhos que batiam nas vidraças, ver Santiago de novo voar. Mas não havia meio.

A menina gritava, e agora era mesmo um grito. Berrava para a irmã ligar logo e pedir socorro, mas a irmã não respondia e só mexia no celular. Voltando uns metros, a menina procurou na relva o lugar onde tinha largado suas coisas ao ver Santiago, e encontrou o *tablet* em meio a alvacentas folhas de árvore que pareciam lã de carneiro espalhada; acionou o número de emergência e uma mulher atendeu. A menina não conseguia falar, só gritava que Santiago sangrava. A mulher advertiu-a de que se fosse um trote a menina e os pais teriam problemas, mas a menina jurou que era verdade, e quando se jura o outro tem de acreditar, porque quando se jura se tem de cumprir. A mulher disse que havia uma ambulância a caminho. A menina correu de volta para Santiago e a irmã continuava teclando, teclando, teclando. Santiago tentou de novo a fala, mas não havia voz naquele lugar. Ajoelhada, a menina chorava e gritava e a irmã só movia as pontas dos dedos e Santiago contorcia-se apontando com o indicador. A menina viu o paletó dele num mato baixo e foi até lá, de onde olhou para Santiago sem entender – ele continuava apontando, apontando, apontando, só que mais para adiante, mais na direção do rio. Então ela viu o pequeno caderno de capa branca que balançava num miúdo braço de águas calmas. O "caderno Hilário Pena" ia afastando-se da margem sem pressa, como se não quisesse ir embora, parecendo uma minúscula e cautelosa arca diluviana. A menina correu, ajoelhou-se na margem e esticou um braço, tocando o caderno. Mas seu outro braço sentiu o braço da irmã pegar por trás e arrastá-la dali, a menina de costas para a irmã e de frente para o rio e para Santiago. Ele se contorceu um pouco mais olhando para ela com olhos de doninha e a menina olhando para ele, ela se debatendo e ele se contorcendo, ela sendo arrastada para longe dele e ele para longe de tudo, a irmã gritando que tinham de ir embora logo porque os homens com as sirenes estavam chegando, a menina agora também se contorcendo e Santiago ainda se contorcendo.

Então Santiago deixou de se contorcer.

A menina cruzou a sala gritando e chorando e se contorcendo. Beatriz veio atrás, garantiu aos pais que nada de mal havia acontecido a elas, e aos prantos contou o ocorrido, ela chorando, a mãe chorando, o pai chorando, a menina sozinha no quarto chorando e ouvindo-os chorar. Beatriz não parava de falar, o pai acalmava-a, a mãe conversava ao telefone com alguém da Polícia. Depois a menina foi até a porta da sala e viu Beatriz balbuciar entre soluços:

— É horrível... É horrível, mamãe.

—Também sinto muito, filha — e a mãe pareceu tocada com a tristeza de Beatriz, de um modo que a menina jamais vira. — Pobre Santiago... Todos o amávamos.

— Santiago... — titubeou Beatriz — Não é disso que falo. Veja isso aqui, ó. Há menos de quinze minutos eu era a pessoa mais popular na rede. Todo mundo a adorar as fotos e os vídeos. Aí veio uma velha e disse que eu devia ter ajudado Santiago. Agora estão acabando comigo. Mais de quarenta mil pessoas. Dizem que sou um monstro. Estou liquidada. Nunca mais poderei sair de casa. É horrível...

Beatriz levantou-se e foi até o espelho da sala. Seus olhos haviam enegrecido, todo o lápis de olho perdido em lágrimas, tudo a tingir a pele, a fazer dela uma delicada e miúda réplica da criatura do Dr. Frankenstein. Ela afastou o porta-retratos que estava sobre o aparador de vidro e aço escovado e depois o deitou de forma a que não mais se visse a foto dos quatro com Santiago na noite de Natal; chegou mais perto do losango reflexivo e com uma das mãos foi retirando coisas do canto do olho, esfregando o rosto enodoado, a outra mão pousada na cintura com o cotovelo a parecer o bico de um triângulo e ela, com o tronco curvo, a parecer um abridor de latas; então saiu dali cambaleante, e com as mãos sujas foi carimbando a parede, carimbando móveis, carimbando. Logo a mãe substituiu-a na posição. A mãe ajeitou no espelho os cabelos que agora pareciam delgadas serpentes e ficou numa contemplação assustadora, estranha mãe feita de pedra; repetiu "é horrível... é horrível..." e saiu. Depois foi a vez de o pai investigar-se no espelho. Não se mostrou particularmente interessado no rosto, mas virou-se de um lado para outro como se procurasse alguma coisa nas costas, e apenas pouco antes de subir as escadas é que se voltou para trás dando uma olhadela rápida na própria face; estava todo torto, o rosto como se mastigado; parecia que o pai ia ser dissolvido como um monte de cal.

A menina pensava, e pensar doía. Queria que Santiago fosse uma videira, que com a senescência das folhas apenas *parecesse* morta, para logo entrar em floração e dar frutos bonitos. Mas não era assim. Queria saber se ele seria agora uma Alma de Mestre. Também queria gritar. Mas a voz não saía.

Tudo ainda doía na menina quando ela ouviu baterem à porta. Já com outra camisa, o pai atendeu os policiais e perguntou se era sobre o horrível incidente com o vizinho. Eles disseram ser exatamente isso e explicaram o motivo da diligência: havia uma sequência de fotos e vídeos no *blog* de Beatriz; eram da vítima a agonizar e tinham sido postadas do celular dela; o *blog* tivera milhares de acessos em menos de dez minutos, e ela comemorara o inusitado registro; mas os policiais queriam saber por que a adolescente, que disponibilizou os arquivos quando a vítima ainda estava com vida, não acionou o Serviço de Emergência.

O pai perguntou se a filha estava encrencada, e os homens da Polícia disseram que aquilo poderia configurar omissão de socorro; por isso ela teria de ir ao Tribunal de Menores. O pai argumentou que a família ficara abalada, as meninas estavam em estado de choque, Beatriz trancara-se no quarto e a menina menor apenas trocara os gritos pelos soluços. Comprometeu-se com os policiais a apresentar a adolescente já na manhã do dia seguinte e eles concordaram, tinham muito que fazer: faltava ainda interrogar os dois mendigos surpreendidos desacordados no bosque – a carteira de Santiago fora encontrada perto deles e, embora os testes para o gene da criminalidade tivessem dado negativo para ambos, haveria sempre a hipótese do *gene-C* virtual.

A menina enfurnou-se na cama. Ouvia os barulhos e as vozes dos familiares e chorava baixinho. O lençol pinicava como se tivesse urticárias, formigas bravas e raladores de queijo. Quando a casa ficou em silêncio, ela deixou o quarto e foi flutuando nas meias, saltando as sapatilhas largadas pelo caminho. A menina quis falar com a mãe e a mãe abriu só um pouco a porta do quarto. A mãe trajava um bonito roupão rosa, disse que ia tomar um banho, precisava descansar, e não, a menina não devia pensar em Santiago, ele era uma pessoa boa que tinha virado estrelinha.

Ao entrar na cozinha para beber água, a menina viu que o pai, pálido, desembrulhava uma coisa comprida e lavava-a no tanque da área de serviço. Saía uma coisa escura da coisa comprida, parecia uma mistura de terra com vinho tinto, e o pai enrolou o negócio em uma toalha e subiu com ele as escadas na velocidade de um Cavalo do Pensamento. A menina foi atrás. Papai sempre pendurava os tacos de beisebol na parede. Mas aquele ele enfiou atrás do móvel.

A menina começou a entender a conversa ouvida na véspera.

Na véspera, o pai e a mãe haviam discutido, cada um a acusar o outro de ser o culpado por tudo, pelas falhas, pelo plano não ter dado certo – não falaram o que seria "o tudo", "as falhas" ou "o plano". A menina decidiu rever a discussão e ligou um aparelho, localizando as gravações. De pernas cruzadas sobre a cama, ela pôs as bonecas de face na parede e assistiu à conversa que os pais haviam tido na véspera – um diálogo que no futuro ela perceberia evocar uma velha peça de Shakespeare.

"Não posso fazer isso, querida. Não é seguro" – dissera o pai.

"Claro que pode. Pense em mim. Pense nas meninas. Apesar da acolhida que demos a ele, o que recebemos em troca? Ele me cortejando, invadindo seu espaço de pai, insinuando-se para Beatriz".

"Mas é um dos poucos amigos que tenho. E o único que dá valor às minhas coleções..."

"Ah! Coleções... Ele quer é roubar a sua vida, homem! De um jeito ou de outro, quer sua esposa e suas filhas. Agora, siga seus instintos. Você fez o teste randômico, não fez? A resposta foi sim, não foi?"

"Sim... Mas não posso... Não podemos simplesmente eliminar todos que... E se isso ficasse pronto de vez... Mas há consequências, há a Justiça... E ele é um bom homem. Um bom amigo. Não posso ir além."

"Justiça? É só uma abstração. Temos de ser coerentes e buscar o que é justo *para nós*. Vejo que bem frágil esse seu amor. Quando conversamos sobre fazer isso você era um homem. Se prosseguir, será ainda mais homem."

"Mas e se o novo plano falhar?"

"Não falhará. Nos fins de tarde os dois mendigos sempre ficam ali às margens do rio, desacordados de bêbados. Serão naturalmente suspeitos..."

A menina, que não era gênio nem nada, mas tampouco burra, apercebeu-se da teia: a conversa que acabara de ouvir, a voz chamando Santiago a Braga, o jantar inabitual dos pais no sábado, o convite da mãe a Santiago para as fotos, Santiago no deque contorcendo-se, o pai com o taco pingando gosma escura.

Só agora a menina entendia a conversa esquisita da véspera. Na véspera não tinha entendido porque na véspera ainda não era sabida. Na véspera não era sabida, porque na véspera ainda não tinha crescido. Na véspera não tinha entendido porque ninguém entende nada na véspera.

Mas a menina agora entendia – agora era sabida.

Ser sabida dá uma dor danada.

A menina tentou dormir, mas a imagem do Estrangeiro que contava histórias morrendo de ponta-cabeça não dava mãos ao sono. Ela sempre tivera para si que Santiago vestisse uma Camisa Invulnerável como a das histórias, mas agora precisava admitir que andara enganada: embora não fosse burra, talvez tivesse sido tola – como fora ao pensar que o mar não levaria embora seu baldinho azul ou, ao menos, que o devolveria. O mar nunca devolve baldinhos azuis.

O sono foi-se de vez embora, agravou-se de vez a sede da menina, as amígdalas secaram de vez. Ela queria uma fonte, mas, à falta, foi só à cozinha buscar mais água. Pelo caminho refletiu sobre os pais, com dúvidas quanto a se podia mesmo ser filha deles; a dúvida foi-se agravando e multiplicando, com ela agora tendo dúvidas quanto a se era dia ou noite, se sentia frio ou calor, se ela própria existia ou não. Pensou em monstros, lembrando-se que os monstros das histórias pelo menos tinham lá uma lógica, ainda que mera lógica de monstros; mas os humanos que estava a conhecer descortinavam uma falta de lógica que, não podendo ser tributada à sua monstruosidade, só podia advir de sua humanidade. A menina gostava de lógica, gostava de matemática, havia se habituado a ver o mundo como uma coisa quase sempre lógica e matematicamente ordenada como um mapa, as exceções sendo de uma beleza ímpar; mas agora tudo funcionava ao contrário e mal e maluco – como uma conta malfeita com resultado errado pelo sinal trocado.

Retornando da cozinha, a menina topou com a irmã ao pé da escada. De maquiagem borrada e com roupas largas de dormir, Beatriz parecia uma assombração medíocre. Conversaram mudas, entreolhando-se, a mais velha distante, a mais nova como se a irmã fosse mesmo algum tipo de monstro.

Sabiam da proibição de subirem as escadas depois das onze da noite, mas barulhos incomuns vinha lá de cima, elas estavam dentro de meias e foram ganhando os degraus. No piso superior, entreolharam-se de novo, Beatriz com os olhos agora um pouco menos fechados, o vaso de porcelana chinesa com cabelo de índia americana reduzido a uma irmã assombrada.

A porta do quarto dos pais estava encostada, mas havia uma fresta de luz. Feito um espectro materializado, Beatriz tocou a porta fazendo-a abrir apenas alguns graus. O quarto era o mesmo de sempre, embora a luz fraquinha das arandelas pintasse as paredes de um laranja obsceno, como se o quarto tivesse mastigado o sol e agora cuspisse os pedacinhos aos poucos.

Ali estavam o pai e mãe, homem e mulher, seres incógnitos deslizando um sobre o outro. As palmas das mãos do pai deslizavam sobre as palmas das mãos da mãe e a mãe repetia o maneio, como se eles quisessem e não quisessem se tocar. As costas do homem faziam oscilações extravagantes, como se ele quisesse dar a volta à Terra antes de explodir. Ele soltava guinchos, e um inacreditável volume de ar passava pelas narinas. A mulher tirou a mão da mão e passou pela testa e pelos cabelos eriçados de mulher. Depois colocou a palma dessa mão na própria boca e mordeu, com os olhos fechando-se junto. Depois ela tirou a outra mão da mão e colocou-a na cintura do homem. Ela falava uma língua incompreensível e puxava o homem para si, como se a volta ao mundo pudesse ocorrer dentro dela. Ele respondeu com outra língua incompreensível. A menina e a irmã continuaram a ver e a ouvir; havia danças, volteios, pulos, escapes, ajustes; havia grunhidos, uivos, arrulhos, balidos, mugidos; havia copos e garrafas quebrando-se e um barril partindo-se. A mulher é que então deu meia volta ao mundo e, em extremada volúpia, montou no homem que relinchava. A mulher tinha uma das mãos no peito dele e a outra colocou atrás da nuca, num jogo de equilíbrio dinâmico. Ela movia-se, e seu movimento fazia ondas no Atlântico. Ela gritava, mas ele tapava o grito. Depois ele gritava, e ele mesmo tapava o grito. As costas da mulher cintilavam, mexiam, derivavam, flamejavam. Como se fossem chamas. Cinzas escarradas pelo Vesúvio. Água de fazer café. Um dragão. Sobre outro dragão. O movimento não parava, inconcebível. As posições invertiam-se, o homem trepidava, a mulher abria-se como uma noz, e ambos se contorciam. O trote passou a galope, e o galope a saltos cadenciados. Houve crispação de faces, tremores e o desfalecer de um sobre o outro como lava desbordando de vulcão que se prenunciasse apocalíptico, mas se revelasse apenas morno.

Então o movimento incessante cessou e o amálgama bestial foi desfeito.

Eles ficaram lado a lado, rei e rainha entreolhando-se como um terrível deus mitológico olharia outro, um trespassando o outro. Deram as mãos. Soltaram as mãos. Suspiravam feito alucinados, como se repudiassem a urdidura até ali prazerosa. Ela levantou-se e apanhou o roupão, esfregou os olhos, fez cara de vômito. Já ele moveu a própria face de vômito e veio na direção da porta, impulsionando para o andar de baixo o deslizar de quatro meias imperceptíveis.

Ocultas como dois vultos sob a penumbra da escada, a menina e Beatriz ouviram o som de computador sendo ligado no escritório do pai. Sem nada dizer, foram cada qual para o próprio quarto, a menina sabedora de que, de lá de cima, não se podia ouvi-la a chorar.

Chorou longamente. E adormeceu.

A menina foi despertada pelo barulho dos pesados passos do pai, que descia a escada. Ao vê-lo defronte à porta de seu quarto, ela fechou os olhos e fingiu estar dormindo. Os passos afastaram-se em direção à cozinha e de lá veio o inconfundível rangido da portinhola que dava acesso ao porão. O pai desceu até o porão e por alguns instantes pôde-se perceber, pelos ruídos, que ele mexia em latas. Muitas latas. Então a casa ficou em silêncio e a menina foi novamente tomada pelo sono.

Ia alta a noite desalumiada naquele pedaço do Éden em Gaia.

Todos pareciam dormir.

A noite era cinza, o teto era baixo, a noite era vermelha, não havia mais teto.

As nuvens adquiriam um tom plúmbeo misturado com laranja, refletindo no céu o que se passava no chão. A ventania dava de comer às labaredas e o fogo consumia a casa. De tempos em tempos ouviam-se estalos, os vidros iam derretendo, as lentes das câmeras de vigilância explodindo, as chamas dardejando perigosamente como espadas afiadas num palácio de cristal. O fogo deglutia o papel de parede e seu padrão de símbolos burros que não queriam dizer nada, que não significavam nada, que se repetiam tentando, a marteladas, suprir o vazio do Nada. Os móveis saltavam e o ar denso do incêndio mudava as cores e as formas da casa, a casa parecendo uma embarcação à deriva durante a pior tempestade de todos os tempos. Mas era o fogo que inundava tudo, molhava tudo, absorvia tudo, liquidava tudo, dissolvia tudo num vinho de ira. Num ponto ou outro a queima de um móvel dava ao conjunto do fogo nuances de azul ou verde. Mas o fogo engolia as cores, depois as vomitava, e depois sobrava de novo a cor que não é escarlate, não é laranja, não é nada parecido – é a cor do fogo. O odor era de penas e peles em brasa, num perfume de carne queimada; o vento arrastava o cheiro, e os curiosos iam-se amontoando de narizes tapados – alguns de olhos tapados –, a face do fogo sendo refletida na face dos curiosos, a casa em chamas penetrando na alma dos que assistiam, as almas tentando alçar voo da casa em chamas, mas sendo novamente capturadas pelo fogo indômito, o indigesto churrasco tomando volume, o fogo alastrando-se, iluminando como relâmpagos, ensurdecendo como trovões, queimando roupas coloridas ou negras, queimando escadas, queimando grades, garrafas, telas, a grama e as árvores em derredor.

Sob o influxo de quatro ventos as chamas deram saltos acrobáticos e pularam para a divisa. A cerca branquinha logo estava em brasa e o caminho de fogo foi seguindo até a foice apoiada na cerca, a foice agora na cor que só se vê nas forjas. Como uma tocha.

Bombeiros vieram, mas pouco puderam contra o fogo. Quando o fogo é verdadeiro, a água nada pode contra ele. A chama, sempre diferente, e eternamente a mesma.

As explosões ganharam forma, ritmo e intensidade, e os curiosos foram dando passos para trás, aterrorizados pelos clarões nas trevas. O fogo então atingiu alturas inimagináveis e agora revelava uma luminosidade insólita, parecendo uma montanha sobrenatural e etérea entrecortada por camadas em movimento, socalcos em espiral ascendente. Agora o vértice do fogo parecia tocar o céu baixo. Agora o fogo era uma pira radiante. Agora o fogo era o inverso de um abismo.

Enquanto os bombeiros tentavam acessar o imóvel por janelas do pavimento superior, gritos vindos de dentro da casa transpuseram as chamas e foram manejados pelo vento.

Segundos depois, uma mulher e um rapaz destacaram-se do bloco de curiosos anônimos e quebraram a porta lateral, atirando-se ao fogo como se fosse ao mar, sangrando quase inutilmente, chamuscando-se ao arriscarem-se por desconhecidos. Talvez se regozijassem em salvar; talvez fossem loucos; ou talvez simplesmente tenham tido na infância alguém a contar-lhes umas boas histórias.

Os telejornais da madrugada repetiam a matéria sobre o terrível incêndio. O chefe da equipe de perícias havia concedido uma entrevista, relatando que a presença de vários focos iniciais (encontraram latas de querosene espalhadas pela sala) aliada à ausência de marcas de arrombamento revelava ter sido o fogo proposital, e que alguém da própria casa provocara aquilo tudo. Dois civis haviam prestado auxílio aos bombeiros, ajudando-os a encontrar, entre os escombros, uma das vítimas; não se sabia ainda a identidade de tais colaboradores que, intoxicados com a fumaça, foram retirados às pressas e agora passavam bem. O relato seguia trágico: três corpos carbonizados tinham sido encontrados e eram de moradores; havia bombeiros feridos, alguns gravemente. Na reportagem via-se que o palacete vizinho estava às escuras; mas a iluminação de jardim esgueirava-se em direção ao bosque, os sete postes de ferro fundido parecendo sete estrelas no breu.

Enquanto os repórteres falavam, uma gravação mostrando as chamas era alternada com duas imagens fixas, fotografias amadoras feitas por algum transeunte. Na primeira, a oficial do Corpo de Bombeiros puxava uma menininha para fora da casa, as chamas assustadoramente perto, a menina com o rosto virado para trás e a mãozinha esticada como se quisesse apanhar algo do chão. Na foto seguinte, a oficial tinha já a menina no colo e por sob o ombro da mulher de uniforme pendiam bonecas amarradas umas às outras num fio atado à mão da garotinha; com o outro bracinho a menina envolvia alguma coisa, apertando-a contra o peito – mas o pescoço e a cabecinha curvados não deixavam ver o que era.

O incêndio tinha sido controlado antes de atingir a residência vizinha, frisava um repórter, mas o carro do proprietário, estacionado próximo à cerca, fora tomado pelas chamas, já extintas pela ação dos bombeiros. No porta-malas do veículo, registrado em nome de um recém-assassinado senhor Santiago Pena de Jesus, havia um caixote, cuja única lateral preservada ostentava um estranho desenho de âncora entrelaçada por golfinho. O caixote estava repleto de material proibido: livros – agora reduzidos a cinzas encharcadas. Então a TV voltava a exibir as imagens do incêndio, e o que se tinha eram chamas de proporções legendárias, explosões, estalidos de vidro e madeira. E gritos.

Na noite do fogo, não havia mais nenhum livro para ser lido.

EPÍLOGO

Era o trabalho mais fascinante do mundo: rascunhar os sonhos dos outros, encher os sonhos de portas e janelas bem abertas, depois ver os sonhos voarem do papel.

O escritório de Arquitetura era amplo, as paredes, simétricas, e o piso formado por oito fileiras de oito quadrados alternando-se em claro e escuro como num tabuleiro de xadrez. No canto, a velha prancheta de desenho arquitetônico tinha preguinhos nas laterais içando esquadros, transferidores e escalímetros, e sobre ela dormitava, serena, a folha virgem de papel vegetal — para caso alguém quisesse projetar do jeito de antigamente. A parede atrás da prancheta era decorada por um quadrinho emoldurado em madeira, no qual, desenhado a bico de pena e depois colorido, o rio de espelho derretido passeava pelo bosque, podendo-se ver em primeiro plano a gata de três cores e, ao lado de um deque, a doninha semioculta entre as flores lilases de queirós. Já na parede oposta, logo acima da mesa de trabalho com tela 3D, ia outro quadrinho, cuja moldura, idêntica à do primeiro, ostentava o papel repleto de cicatrizes das dobras do tempo: era a "Lista S.E.A."

Ela deixou o escritório pela porta que dava na Avenida da Boavista e por calçadas batidas pelo vento caminhou as três quadras até a Fundação A.S.A-Santiago, também conhecida como Fundação A.S.A.S. No trajeto, passou diante da placa enferrujada que ainda ostentava a mensagem sombria: Ter livros é crime. Denuncie. Ergueu os olhos.

Depois, no sétimo andar do prédio cor de areia, sede da fundação, tomou assento em sua cadeira de presidente, os nervos todos hirtos pela batalha que se prenunciava: em minutos teriam de decidir sobre a continuidade ou não da campanha nacional pela revogação da lei que proibia os livros

— há quase duas décadas a fundação vinha despendendo vultosas quantias na luta pelo retorno dos livros, sem nada conseguir, e alguns membros do conselho de curadores estavam reticentes. No mês anterior, no entanto, três países haviam liberado a circulação dos livros impressos e também dos digitais protegidos contra alterações, e em vários outros ganhava corpo o movimento pelo fim da proibição, que começava a ser vista como o delírio de um passado tragicamente adulto, a ser logo sepultado — embora nunca se saiba se está bem morto. Naquele tempo o abismo em "v" principiava a ser invertido, de forma a um dia, talvez, tornar-se montanha, com o pico no lugar certo. Naquele tempo, ao menos em alguns lugares, abria-se a primeira porta. Naquele tempo as palavras queriam voltar a dar as mãos à realidade, para "montanha" ser de novo montanha — e "abismo", abismo.

A uma acalorada discussão, travada na sala revestida de cedro, seguiu-se a votação: três conselheiros manifestaram-se a favor, e os outros três, contra. Diante do empate, caberia à presidente decidir valendo-se de seu voto de Minerva, e por um instante, um brevíssimo instante, ela lembrou-se dos passarinhos que arremetiam contra vidraças e do pequeno ato que os punha a voar, da água nos biquinhos que os trazia de volta à vida.

Na sala lígnea, o sim prevaleceu com o voto da jovem.

Ela optou por não almoçar – dias decisivos tiravam-lhe a fome – e ir direto ao destino. Pôr-se na estrada sempre fora um jeito de encurtar as esperas, as quais tinha por demasiado longas, embora, já crescida, soubesse das necessárias e das inevitáveis, e que nem sempre se chega a todo lugar mesmo muito esperando; já crescida, pensava nas dúvidas que jamais espantaria, explicações que jamais teria, respostas que jamais alcançaria – coisas intangíveis, para além do rasamente racional. Mas havia alento, pois o não saber e não poder saber tudo davam-se agora no aconchego de uma serenidade agitada.

Dirigindo sob o céu azul com pinceladas brancas em pontilhismo, ela tomou a rodovia A4, desceu pela N101 e, depois de ultrapassar um ônibus que estampava no vidro traseiro o aviso governamental sobre esterilização preventiva de portadores de *gene-C,* parou em Peso da Régua, perto do atracadouro. Sentada na varanda de um café, através da cortina de vapor que subia de seu chá, ela observou o diminuto colibri que, sustentando-se no ar, batia o biquinho na lataria do seu carro, fazendo barulho de máquina de costura. Então o bichinho pousou na borda da placa frontal de identificação do automóvel – SEAS2045 – e aquietou-se.

Retomando a estrada, ela trocou de margem do rio Douro e seguiu pela N222, passando por matas e quintas, pontes e casas, picos e vales, pela barragem, pelo restaurante sobre o rio, pelo trem que corria do outro lado, por mais quintas, mais uma placa Ter livros é crime. Denuncie, por um cavalo selado à espera de quem o montasse, por outras quintas, e assim foi até chegar à foz do rio Torto. Estacionou na estrada de terra, apanhou do porta-luvas o molho de chaves, abriu o portão de ferro forjado, deixando atrás de si o leão de dupla face, e pôs-se a olhar os socalcos e suas videiras em flor, os dois promontórios com as silhuetas de capa, a secular oliveira. No bosque, empolgados com a floração, passarinhos iniciavam em forma-sonata seu concerto polifônico.

Passeando pela Quinta dos Imortais, o deslumbramento sempre se apoderava dela, não raras vezes rendendo tombos no caminho de pedras. Mas naquela tarde ela não caiu.

A chave girou e ela entrou na casinha. Passou os olhos pelos instrumentos musicais, pelos óleos sobre tela, pela escultura *O Rapto de Proserpina* – a original, que comprara quando da onda de demolição dos museus –, e pelos quadros com projetos arquitetônicos. Afastou o sofá e desceu.

Nas entranhas da terra, sob as videiras, sob muitas camadas, ela estancou inebriada pelo aroma do mais nobre filho das uvas. Deslizando o indicador direito pelo pulso esquerdo, tocou as linhas precisas e paralelas de queloide, que, parecendo tatuagem em alto relevo, formavam o desenho pautado como uma partitura. Como riscos feitos com rastelo. Como marcas de garra ou listras de tigre. Certa vez propuseram-lhe cirurgia plástica para remoção. Recusou-se. Afinal, todos precisam de cicatrizes.

Com os saltos a ferir o chão de pedras, provocando eco no teto abobadado, ela percorreu o corredor de barris alinhados como soldados asseados. A travessia trazia sempre as mesmas lembranças, e ela reconstruía a própria história a partir de anotações: colava os pedaços, interpretava-os, formava um rosto mítico e finalmente algo se fazia mais claro, o passado quase nítido, duas partes de reminiscências e uma parte de imaginação, estava bem certa disso. (Na verdade, não tinha tanta certeza e talvez a proporção fosse outra, mas era assim que gostava de contar a história).

Diante da porta ela parou e, mexendo os dedos dos pés como bem gostava, pôs-se a pensar em Hilário, que morreu Santiago, o homem tornado estrangeiro no próprio país e depois no dela, o forasteiro contador de histórias que lhe legara tudo. Ela crescera a imaginar que em sua cama dura de Babel talvez ele tivesse sonhado um futuro menos trágico para si, e a pensar que ela mesma gostaria de poder ter reescrito vários atos daquela história. Agora, crescida e talvez um pouquinho mais sabida, pensava em Santiago como um rio sereno a cortar o bosque da infância, um rio de águas calmas que vez por outra se tornam corredeiras, um rio que dá vida e depois desemboca noutras águas que descansarão no mar. A morte de Santiago não fora um fim, agora compreendia: como todas as mortes, fora um remate à sua existência, então tornada imutável. Um epílogo eterno. Um rio sereno indo encontrar o mar – o Avô de Letrinhas era agora um rio sereno, como todo rio que, ao cortar bosques de infância, há de ser sereno feito um avô de letrinhas.

Pensou ainda na avó e no tio, os primeiros contadores de história, e que igualmente haviam de ter serenado nalgum mar. Avivando o passado, pensou também nos mendigos do bosque, felizmente inocentados. Pensou em Elizabeth, a mulher que dela cuidara e que estava no Brasil em visita a feiras de livros – agora retomadas, após anos de proibição. Pensou também nos dois anônimos que se atiraram ao fogo, arriscando-se por desconhecidos, sangrando. E pensou no pai e na mãe e na irmã (sempre tivera esse incorrigível hábito de pensar), e se fora remorso, ódio ou loucura que, naquela noite de inversão insondável do mundo, fizera do sangue, querosene, e do pequeno pedaço do Éden em Gaia, chamas, cinzas e pó.

Ela trazia nas mãos apenas o caderno. A capa era branca, os escritos do miolo conhecidos, e as folhas tortas e laterais chamuscadas revelavam ter passado por um naufrágio e um incêndio. O "Hilário Pena" da capa havia desbotado, sobrando apenas um borrão azul, agora recoberto pelo símbolo igual ao pingente do pescoço. Ela prometera trazer o caderno sempre consigo – uma daquelas promessas que se faz e se cumpre. Não tinha mais idade para as bonecas, é certo, mas ainda as guardava em casa, com os caderninhos no ventre, e parte das anotações miúdas transcreveu para o caderno que agora tinha em mãos, recontando para si a história – preservou as imagens infantis de que mais gostava e reformulou, com a maturidade, as outras. Santiago escrevera no caderno parte de sua história, mas, como ele deixara em branco as páginas iniciais e outras tantas ao final, coube a ela preenchê-las. Assim ela pôde juntar num só lugar a história de Hilário, que renasceu Santiago, e a dela própria. Como um rio a desembocar em outro, numa vida reinventada, Hilário fora um modesto rio Torto, que ao depois desemboca e transforma-se em Santiago, esplendoroso rio Douro; e ela fora o pequenino rio Febros a borrifar suas aguinhas já quase no final do trajeto, já quase na foz do Douro – já quase no final da história. Águas misturadas, juntar-se-iam outros afluentes, modestos ou exuberantes, e tudo iria desaguar com risos e lágrimas no mar salgado, o oceano evaporaria para o céu em pinturas, o sal ficaria nas espumas para ser atirado onde dele se carecesse formando esculturas de cristal, a chuva cairia nas nascentes fazendo música, começaria tudo de novo, tudo arquitetonicamente renascido – para ela, tudo havia de desaguar na Arte, pois tudo o que morre e renasce na Arte, vive para sempre.

Correndo os dedos sobre a capa e pelas folhas maltratadas, ela pôs-se a recordar a tarde e a noite longínquas: ao apanhar o caderno do rio, agarrando-se a ele enquanto era arrastada para longe de tudo, no último relance ela vira, na expressão retorcida de Santiago, um fulgor de vitalidade na morte, um lampejo da eternidade naquele que se esvaía; não muitas horas depois, apanhar o caderno na noite do fogo rendera a ela uma queimadura – e a cicatriz bem estranha, de terrível simetria.

Emergindo das lembranças daquele mundo ao avesso, ela aferrou-se ao amuleto de pescoço – a âncora com o golfinho – fazendo o pingente deslizar na gargantilha de um lado para o outro como um pêndulo mágico; era um cacoete que vinha da infância, um escudo contra o mundo, um escudo contra ausências.

Sacando do bolso uma antiga caneta-tinteiro, escreveu na capa o título – *O silêncio dos livros* – e decidiu que ali mesmo, em pé entre os barris, lançaria no caderno as derradeiras anotações – como o faz *exatamente agora*.

Então Alice dá mais alguns passos – precisos, resolutos, invulneráveis. Conhece a expressão, conhece todas as letras, pronuncia a senha:

—Apressa-te lentamente. Sabes o que fazer para abrir a próxima porta.

FIM

**INFORMAÇÕES SOBRE NOSSAS PUBLICAÇÕES
E ÚLTIMOS LANÇAMENTOS**

- editorapandorga.com.br
- /editorapandorga
- pandorgaeditora
- editorapandorga

PandorgA